西方思想文化译丛

文学

Atlas des égarements.
Études géocritiques

迷失地图集：
地理批评研究

Bertrand Westphal

〔法〕贝尔唐·韦斯特法尔／著

张蓓／译

刘 铭 主编

海峡出版发行集团｜福建教育出版社

图书在版编目（CIP）数据

迷失地图集：地理批评研究／（法）贝尔唐·韦斯特法尔著；张蔷译．—福州：福建教育出版社，2024.4
（西方思想文化译丛／刘铭主编）
ISBN 978-7-5334-9919-8

Ⅰ.①迷… Ⅱ.①贝…②张… Ⅲ.①世界文学－文学评论 Ⅳ.①I106

中国国家版本馆CIP数据核字（2024）第047094号

Atlas des égarements. Études géocritiques
Copyright© 2019 by Les Editions de Minuit
All Rights Reserved.

西方思想文化译丛
刘铭　主编

Atlas des égarements. Études géocritiques
迷失地图集：地理批评研究
（法）贝尔唐·韦斯特法尔 著　张蔷 译

出版发行	福建教育出版社
	（福州市梦山路27号　邮编：350025　网址：www.fep.com.cn
	编辑部电话：010-62027445
	发行部电话：010-62024258　0591-87115073）
出 版 人	江金辉
印　　刷	福建新华联合印务集团有限公司
	（福州市晋安区后屿路6号　邮编：350014）
开　　本	890毫米×1240毫米　1/32
印　　张	8.875
字　　数	169千字
插　　页	1
版　　次	2024年4月第1版　2024年4月第1次印刷
书　　号	ISBN 978-7-5334-9919-8
定　　价	56.00元

如发现本书印装质量问题，请向本社出版科（电话：0591-83726019）调换。

编者的话

在经过书系的多年发展之后,我一直想表达一些感谢和期待。随着全球新冠疫情的爆发,与随之而来的全球经济衰退和政治不安因素的增加,各种思潮也开始变得混乱,加之新技术又加剧了一些矛盾……我们注定要更强烈地感受到危机并且要长时间面对这样的世界。回想我们也经历了改革开放发展的黄金40年,这是历史上最辉煌的经济发展时段之一,也是思潮最为涌动的时期之一。最近的情形,使我相信这几十年从上而下的经济政治的进步,各种思考和论争,对人类的重要性可能都不如战争中一个小小的核弹发射器,世界的真实似乎都不重要了。然而,另一方面,人类对物质的欲望在网络时代被更夸大地刺激着,陀思妥耶夫斯基的大法官之问甚至可能成为这个时代多余的思考,各种因素使得年轻人不愿把人文学科作为一种重要的人生职业选择,这令我们部分从业者感到失落。但在我看来,其实人文学科的发展或衰退如同经济危机和高速发展一样,它总是一个阶段性的现象,不必过分夸大。我坚信人文学科还是能够继续发展,每一代年轻人也不会抛弃对生命意义的反思。我们对新一代有多不满,我们也就能从年轻人身上看到多大的希望,这些希望就是我们不停地阅读、反思、教授的动力。我想,这也是我们还能坚持做一个思想文化类的译丛,并且得到福建教育出版社大力支持的原因。

八闽之地，人杰地灵，尤其是近代以来，为中华文化接续和创新做出了重要的贡献。严复先生顺应时代所需，积极投身教育和文化翻译工作，试图引进足以改革积弊日久的传统文化的新基因，以西学震荡国人的认知，虽略显激进，但严复先生确实足以成为当时先进启蒙文化的代表。而当今时代，文化发展之快，时代精神变革之大，并不啻于百年前。随着经济和政治竞争的激烈，更多本应自觉发展的文化因素，也被裹挟进一个个思想的战场，而发展好本国文化的最好途径，依然不是闭关锁国，而是更积极地去了解世界和引进新思想，通过同情的理解和理性的批判，获得我们自己的文化发展资源，参与时代的全面进步。这可以看作是严复、林纾等先贤们开放的文化精神的延续，也是我们国家改革开放精神的发展。作为一家长期专业从事教育图书出版的机构，福建教育出版社的坚持，就是出版人眼中更宽广的精神时空，更真实的现实和更深远的人类意义的结合，我们希望这种一致的理想能够推动书系的工作继续下去，这个小小的书系能为我们的文化发展做出微小的贡献。

这个书系产生于不同学科、不同学术背景的同道对一些问题的争论，我们认为可以把自己的研究领域中前沿而有趣的东西先翻译过来，用作品说话，而不流于散漫的口舌之争，以引导更深的探索。书系定位为较为专业和自由的翻译平台，我们希望在此基础之上建立一个学术研究和交流的平台。在书目的编选上亦体现了这种自由和专业性结合的特点。最初的译者大多都是在欧洲攻读博士学位的新人，从自己研究擅长的领域开始，虽然也会有各种问题，但也带来了颇多新鲜有趣的研究，可以给我们更多不同的思路，带来思想上的冲击。随着大家研究的深入，这个书系将会带来更加优秀的原著和研究作品。我们坚信人文精神不会消亡，甚至根本不会消退，在我们每一本书里都能感到作者、译者、编者的热情，也看到了我们的共同成长，我们依然会坚持这些理想，继续前进。

刘铭

于扬州大学荷花池校区

致 谢

感谢利摩日大学"人类空间与文化交互"研究中心为我提供的帮助;感谢弗朗索瓦·科阿多(François Coadou)重新阅读了书稿;感谢邀请我发表学术报告的同行。

目　录

序章：地图与疆域　/ 001

流动的制图学　/ 017

地理批评视阈下的巴西空间　/ 036

津邦贝尔—伊洪伽　/ 061

南上北下的地图　/ 086

城市之线，生命之线　/ 110

大陆的漂移　/ 133

走出子午线的牢笼，或者被解放的列支敦士登　/ 154

绛红色的地图　/ 174

消失的身体　/ 191

时间的大陆　/ 213

漫步低语之丘　/ 236

附注 / 260

译后记 / 262

序章

地图与疆域

常言道:"地图并非疆域。"这句话已经变成了老生常谈,我们甚至不知道是谁发明了这句话。也许你会告诉我,是米歇尔·维勒贝克(Michel Houellebecq)[1],那么,你弄错了。事实上,说这句话的人是被称为"普通语义学之父"的阿尔弗雷德·科日布斯基(Alfred Korzybski)。在他看来,词语和图像(地图)表征(représentation)并不是指称物(即疆域)的彻底的简化形式[2]。我们无须在这个问题上作过多的思考,因为这是显而易见的事实。现实并不受某种特定表征的束缚。一般来说,现实逃避表征。如果不是这样的话,那么与现实保持不稳定关系的文学和艺术将失去一切合法性。这个观点也许令我们失望了吧?而事实上,如果地图与疆域吻合的话,那么我们就放弃

---

[1] 米歇尔·维勒贝克(Michel Houellebecq, 1956—),法国当代著名作家,凭借小说《地图与疆域》获得2010年龚古尔文学奖。在这里,作者影射的便是这部作品。——译者注
[2] 让—米歇尔·贝斯尼尔(Jean-Michel Besnier)对科日布斯基的假设进行过这样的总结:"'地图并非疆域'这句话表达的是一种理解世界的方法,即拒绝把客体等同于概念,这也是普通语义学的理念。而这一理念最终也保留了人与物的不确定性,并将其视作这一理论的财富。"参见让—米歇尔·贝斯尼尔《明天属于后人类主义者:未来还需要我们吗?》,巴黎:法雅尔出版社,"复数"丛书,2017年,第52页。原文信息如下:Jean-Michel Besnier, *Demain les posthumains. Le futur a-t-il encore besoin de nous?*, Paris, Fayard, coll. «Pluriel», 2017, p. 52.

了各种各样的乐趣与体验，不顾一切去追寻唯一的灵丹妙药，去追寻现实世界真正的真理，永恒的、普世的和独一无二的真理。然而这只是一种幻想。

但是，科日布斯基的这句话却没有得到所有著书立说者的认可。因此，这个事实并非显而易见。我们生活在一个确定性的国度，并且对这种确定性津津乐道。在这个国度里，地图就等于疆域。这种理想化的观点的具体表现便是我们在地图和疆域之间画等号，认为地图完美无缺并忠实地表征疆域，地图与疆域趋同。按照这种思路，每一种表征都应该是恰如其分的，也就是说符合我们对疆域的种种期待。换言之，疆域对于它的表征形式具有垄断式的话语权。这是一种完美的对等关系，这一自明之理也有理有据。在谈论地球、构想地球居民的种种命运时，我们已经不再需要作家，更不需要电影导演或者造型艺术家。我们唯一可以设想的且"恰如其分"的艺术便是摄影师拍摄的、我们贴在护照上的证件照。摄影师兢兢业业拍出来的证件照消除了与主体之间的距离，媒介消失了。归根结底，我们为什么不排除一切人为的介入，也就是说，抹除人为介入所包含的艺术性呢？卫星难道不也是从太空中通过数字化方式计算我们的皱纹吗？它们的摄影作品难道不具备绝对的权威吗？答案是显而易见的：未来并不属于摄影技术，而是属于生物识别技术。

序章：地图与疆域

不，地图不是疆域。当地图声称能够等同于疆域时，那么等待它的将是悲惨的命运。豪尔赫·路易斯·博尔赫斯（Jorge Luis Borges）和刘易斯·卡罗尔（Louis Caroll）分别在他们的作品《恶棍列传》（l'Histoire universelle de l'infamie）[1]和《西尔维和布鲁诺》（Sylvie et Bruno）中证实过这一点。你一定记得博尔赫斯笔下的各种帝国制图学院。在他所创作的诸多可能性世界中，曾经为之写下过些许篇章。这些制图师曾经疯狂地投身于绘制"扩张地图"的计划中，试图描绘一张"与帝国同等尺寸的地图"。正如博尔赫斯写到的，接下来的几代人厌倦了这项工程，最终弃之不顾。书中的叙事者苏亚雷斯·米兰达（Suarez Miranda）提到，"在西部的荒漠里残存着这幅地图破旧的碎片"。而在时间的荒漠中，相比于试图囚禁现实的话语，现实本身更加顽固不化。比博尔赫斯早出生几十年的卡罗尔则在小说《西尔维和布鲁诺》中创造了梅因·赫尔（Mein Herr）这个人物，他把自己关于一幅理想地图的设想告诉了西尔维和布鲁诺，这是一幅与疆域对等的地图。在他出生的星球上，这个设想引起了轩然大波。人们此前已经接受了6英寸：1英里[2]的地图比例尺，1：1的比例尺让农户们大为不满。他们担心农作物从此不能够

---

[1] 豪尔赫·路易斯·博尔赫斯：《论科学的精准性》，选自《恶棍列传》，由罗杰·凯洛瓦译自西班牙语，巴黎：UGE出版社，"10／18"丛书，1994年，第107页。原文信息如下：Jorge Luis Borges, «De la rigueur de la science», in Histoire universelle de l'infamie / Histoire de l'éternité, traduit de l'espagnol par Roger Caillois et Laure Guille-Bataillon, Paris, UGE, coll. «10/18», 1994, p. 107.

[2] 1英寸等于0.0254米，1英里等于1609.34米。——译者注

003

享受阳光的照射，而他们自己也失去了想象星空的能力。"疆域式地图"（carte-territoire）可能会给我们带来安全感，因为它让我们能够解读我们所处境遇中的种种谜题。然而，它也极有可能变成阴森可怖的枷锁，让我们失去梦想，失去灿烂的星空，失去探索世界奥秘的欲望。过度的确定性扼杀了自由。毫无疑问，地球比我们自己要辽阔得多。想要用一张地图覆盖我们的星球，想要使之极端地"结域化"（territorialiser）是一种徒劳无益且有百害无一利的想法。然而事实上，这种想法依然存在着。

在一本关于后人类的论文集中，让—米歇尔·贝斯尼尔（Jean-Michel Besnier）花了几页的篇幅对科日布斯基做过评述。他对我们挣扎其中的处境有如下总结：

事实上，词语是不能杀死事物的，如果我们是诗人的话，这一点应该让我们感到庆幸。但是，如果我们将科学视作一种处于理想状态的完备的语言、一种能够厘清混乱现实的语言的话，那将是令人遗憾的。[1]

---

[1] 让—米歇尔·贝斯尼尔：《明天属于后人类主义者：未来还需要我们吗？》，巴黎：法雅尔出版社，"复数"丛书，2017年，第51页。和贝斯尼尔一样，哲学家阿兰·米隆（Alain Milon）也提供了一种相似的，或者说补充式的视角，他认为："未知的地图为我们提供了一种在运动中'静止地向前走'的机会。这些地图好像在告诉我们，空间几何学所画的定点首先是诗意几何学所发明的虚构点。"参见《不确定的地图：空间的批评视角》，巴黎：美文出版社，"海墨"丛书，2012年，第18页。原文信息如下：*Cartes incertaines. Regard critique sur l'espace*, Paris, Les Belles Lettres, coll. «Encre marine», 2012, p. 18.

序章：地图与疆域

地图取得了巨大的成功，并且这种成功依然在不断扩大，因为地图关注的是科学疆域或者艺术空间。地图与疆域之间的对立是一直存在的。对于一些人来说，地图是唯一的，而对于另一些人来说，地图数不胜数，甚至无穷无尽。我们有一种奇特的感觉，觉得现如今地图传递的思想影响着我们对自由的理解。在先前出版的著作中，我不停地探索地图与疆域的结合。很久以前，如果人们问我，本书开篇提到的"地图并非疆域"这句格言是谁说的，我也许会毫不迟疑地说，这是吉尔·德勒兹（Gilles Deleuze）和菲利克斯·加塔利（Félix Guattari）[①]说过的话。德勒兹和加塔利一直坚决反对将地图视作疆域的翻版，反对将地图视作一种永恒身份的独特标记。他们的理论是至关重要的。但是，这已经不再是"疆域能不能简化为一张地图"的问题了，而是"疆域本身就不止一个"的问题。当地图摆脱了一系列错综复杂的惯例和悖论之后，它为我们展示的正是这一点。正如艺术评论家埃斯特拉·德·迪亚哥（Estrella de Diego）所说，"归根结底，疆域只不过是一种文化契约"[②]。她读过德勒兹和加塔利的作品吗？当然读过。她是否受过他们的影

---

① 吉尔·德勒兹（Gilles Deleuze, 1925—1995）和菲利克斯·加塔利（Félix Guattari, 1930-1992），法国后现代主义哲学家，合著《千高原》和《反俄狄浦斯》两本书，系统阐释了"解辖域化""再辖域化""游牧"等概念。——译者注
② 埃斯特拉·德·迪亚哥：《穿越不确定性的旅程》，巴塞罗那：塞依斯·巴拉尔出版社，2005年，第276页。原文信息如下：Estrella de Diego, *Travesías por la incertidumbre*, Barcelone, SeixBarral, 2005, p. 276.

响？我不知道。对我而言，无论如何都需要承认的是，正是在这两位哲学家的影响下，特别是受到二者"解辖域化"（déterritorialisation）①和"再辖域化"（reterritorialisation）观点的启发，我提出了"地理批评"（géocritique）的原则。他们帮助我融通了多种视角，使我不再被欺骗性的表象所蛊惑，使我与之保持距离。我阅读过大量的作品，深受多种观点的启发，而德勒兹和加塔利对我产生的影响是巨大的，对此我深表谢意。

*

当然，我们应该摆脱精神景观中固定地图上的"老生常谈"（lieu commun）②。这种老生常谈必然会带来精神景观的僵化。我认为，我们应该去拥抱解域化的潮流，放逐于地理批评意义上的"越界性"以及表征和身份的永恒流动性之中。诸多隐喻把我们带到了一个真实和虚构共存的空间，一个不断用想象言说客观事物的空间。总而言之，让我们选择迷失，远离任何单一化表征试图确立的惯例。地理批评顺应了这种流浪的哲学，

---

① "解辖域化"是由德勒兹和加塔利共同提出的重要概念，指的是人或物离开辖域的运动。"再辖域化"是再次构建疆域的运动。关于"解辖域化"，可参见周雪松《西方文论关键词——解辖域化》，《外国文学》，2018年第6期，第81—93页。——译者注
② "lieu commun"在法语中为固定词组，意为"老生常谈"，同时也可以把它理解为一个由形容词修饰的普通名词，意为"公共场所"。在这里，作者一语双关，两个含义兼而有之。——译者注

它总是在不断摸索中发展，并甘愿承担迷失带来的风险，因为正是在迷失中，新鲜事物才能崭露头角。新鲜事物的诞生是消除精神景观分隔的先决条件。精神景观和地图一样，体现了疆域的一个面貌，或者我们诸多身份中的一个身份。精神景观处于不断地变化之中。而精神景观的地图为我们还原了一种心境、一种印象，却不能还原真实的个性。我们可能会勾勒出某种个性，但是勾勒它的目的是想把它封闭起来。一动不动会让我们危险重重，行动刻不容缓。

2016年，我出版了《子午线的牢笼》（*La Cage des méridiens*）[①]一书，这是一本探讨文学与当代艺术之间关系的著作。在撰写这本书时，我按捺不住内心的澎湃。但是无论如何，我都要保持冷静。这种澎湃的思绪让我的思考超出了该书的边界，并且让我对边界这个概念本身提出了质疑。随后，另一个新发现加深了我对这种生机勃勃的现象的思考：造型艺术在表征空间和场所方面拥有巨大的潜力。《子午线的牢笼》中收录了十几幅视觉作品，而实际上，有关空间的同类作品数以百计，甚至数以千计。因此，我不能在这本书中言尽心中之意。所以，此后我借助了更为直接的交流渠道：学术报告。很快我发现，我搜集并在学术报告中展示的素材可以集结成册单独出版。因为我极力呼吁要解构地图，所以试图用文本建立唯一的疆域和一

[①] 《子午线的牢笼》中译本已于2021年由福建教育出版社出版。——译者注

种封闭的方法是不合适的。我想做的是单独探讨一些观念、概念和指导性方针。因此，在我看来，通过报告这种独特的方式去探讨艺术潜在的释放力量是非常恰当的，而事实上，在我之前很多人已经这样做了。这种探索既是一个实验室，有时也是一种解脱的手段。我探索着新的"特定领域"（这个该死的词！）的边界。我置身于未知之中，与其他人交流着观点，并在交流过程中自发地阐释自己真实的想法——或者说看上去真实的想法。总而言之，我愉快地投入到了充满风险的迷失之旅。

"迷失"（s'égarer）意味着什么呢？字典里充斥着各种令人信服的定义。通常来说，"迷失"意味着偏离正途，不管是在身体上还是在道德层面上（道德方面我们非常喜欢用具有空间性的词语）。对于我来说，"迷失"仅仅意味着告别停滞状态。这就好像起初我们想要停下车子，于是我们找到了一个空车位，然后我们开了进去，我们便这样永久地停在了那里。我们就这样停下了车。这是一种安逸的状态，并且需要小心地留意那些可能会扰乱这种状态的人。然而我们有时还是想要离开停车场。于是，我们在"停滞"（se garer）之后，开始"迷失"（s'égarer）。事情进展得有点突然：我们抽身出来，然后很快又迷路了。值得关注的是，停滞（garage）与迷失（égarement）之间无须过渡，我们只需要投身到辽阔的、令我们迷失的探险之旅中即可。动身出发并不仅仅意味着要面对迷失的风险。在这里，迷失是不可避免的，我们不知道会抵达哪里，也许在风车脚下，也许来到巨人面前①。离开固定停靠的地点，就是摆脱地图，也就是摆脱固定的疆域。我只能说，在这个过程中，我们逐渐"偏离"（s'écarter）②。无论如何，理想的生活方式是安居一隅的生活，只要稍有风吹草动的变化，悲剧就产生了。在一本分析古希腊悲剧和《俄狄浦斯在科罗纳斯》（Œdipe à Colone）一剧的专著中，威廉姆·马尔克斯（William Marx）非常准确地点评道："这部悲剧是一个关于地方的故事。"③就他的观点，我们还可以补充一点：一旦动起来，地方就变成悲剧的故事。在这样一个把地图等同于疆域的大环境中，迷失是令人恐惧的。但对于我而言，迷失帮助我重新找回天真。因为天性乐观，所以在幸福的间隙中，迷失让我充满着堂吉诃德式的理想主义精神。

*

这本书中共收录了11篇文章。这些文章是从2013年到2018年我所做的报告的文稿。随着时间的流逝，我关注的主题也发生了变化。地理批评是这些文章的关键词，但并不能覆盖全部

---

① 作者这里影射的是西班牙作家塞万提斯的小说《堂吉诃德》。在第八章，堂吉诃德和仆人桑丘遇到了三四十个风车，堂吉诃德误把转动的风车当成巨人。——译者注
② 在法语中，这是一个简单的文字游戏："偏离"（s'écarter）并不意味着我们离开地图（carte），而是意味着我们放弃了"值守"（quart）。在法语中，"quart"是一个军事术语。
③ 威廉姆·马尔克斯：《俄狄浦斯之墓：没有悲剧性的悲剧》，巴黎：子夜出版社，2012年，第17页。原文信息如下：William Marx, *Le Tombeau d'Œdipe. Pour une tragédie sans tragique*, Paris, Minuit, 2012, p. 17.

研究，因为空间有无数的变体。最近几年发生的空间转向浪潮证实了这一点。有些文章围绕文学与建筑的关系展开，有些文章的主题是"西方"视角下的、不断迷失方向的"东方"。在另一些文章中，我深入探讨了城市化主题，或者时间与空间之间的关联。在报告的内容方面，我拥有绝对的自由，关于这一点，我在这里要向报告会的组织者献上我遥远的谢意。大部分报告是用法语完成的，但并非所有报告皆如此。在这个广阔的世界里，我有时会用英语做报告（比如在美国北卡罗来纳州的格林斯伯勒，或者纽约州的雪城），有时会用意大利语（比如在博洛尼亚），有时会用西班牙语（比如在布宜诺斯艾利斯）。很遗憾，我完全不懂非欧洲的语言。我可能因此失去了许多与他人交流思想的机会。做一个堂吉诃德式的人要求我们去迎击世界上所有的语言中的风车①。风车与语言有这样一个共同点：它们的领地都在日渐减少。如果制图的工作揭示的是与表征有关的种种规约的话，它还能让我们带着跨学科、跨媒介的视角审视新的文学领域，就像"世界文学"（world literature）②这个概念一样。善于运用视觉效果的艺术地图拥有巨大的优势。它能够轻易地

---

① 作者这里影射的是西班牙作家塞万提斯的小说《堂吉诃德》。在第八章，堂吉诃德和仆人桑丘遇到了三四十个风车，堂吉诃德误把转动的风车当成巨人。——译者注
② "世界文学"（world literature）的支持者旨在审视全球范围内的文本集合与文学现象。他们重点探讨的是作品的翻译与传播，并思考文学经典的构成。但是这个概念本身就是难以翻译的。歌德（Goethe）和艾克曼（Eckermann）使用的是德语 Weltliteratur。而在法语国家和地区，研究者创立了 littérature-monde 一词。这三个概念并不是同义词。

跨越语言的隔膜。虽然巴别塔的坍塌是一个神话,但是,在日常生活中我们却随处可见它的寓意。从宏观角度来看,我们的语言能力是有限的。然而图像却可以恣意传播。

确实,有很多东西能够让我们迷失其中,但是迷失把我的目光带向了地图,并且每一张地图都是独一无二的。有些地图是词语绘制的,有些地图是图像构成的。后文中我会分析诸多作家,因为我的研究领域是比较文学,这是一个脆弱的学科,而它的脆弱性本身就让人着迷。比较文学长期存在的危机(也许)令这个学科激荡不已,并且能够解释这个学科。在本书中,我们会谈到菲利普·瓦塞(Philippe Vasset),他喜欢拍摄各种缝隙中的巴黎,还有为自己心目中的西藏绘制绛红色地图的藏族女作家唯色。在阿根廷小说家里卡多·皮格利亚(Ricardo Piglia)的陪伴下,我们放逐于巴拉那三角洲。同华裔英国女作家郭小橹一道,我们将去探索混乱的移民地理学。在墨西哥裔行为艺术家吉耶尔莫·戈麦斯·佩纳(Guillermo Gómez-Peña)那里,我们可以找到同样的移民地理学。我们还会陪伴歌手兼诗人帕蒂·史密斯(Patti Smith),跟随她一起在全世界漂泊。我们在本书中探讨的更多的是造型艺术,而不仅仅是文学——如果我们从传统意义上定义文学的话。但是书中依然涉及了文学作品,比如我们专开章节探讨了贝尔纳·海德西克(Bernard Heidsieck)的动作诗《被解放的列支敦士登》(*Le Liechtenstein déchaîné*)。

对造型艺术的发现开启了我的迷失之旅,我不能再囿于《子午线的牢笼》这本书。通过撰写《子午线的牢笼》,我认识了弗朗西斯·阿里斯(Francis Alÿs)、艾未未、豪尔赫·马基(Jorge Macchi)以及布里吉特·威廉姆斯(Brigitte Williams),他们对于我来说已经是旧相识。在本书中,我也会简要提及这些艺术家。但是,我新近发现并视作珍宝的艺术家不止这些。还有谁呢?比如维克·穆尼斯(Vik Muniz)、伊内斯·芳特拉(Inés Fontenla)、曹斐、米开朗基罗·皮斯特莱托(Michelangelo Pistoletto)、朱莉·拉普(Julie Rrap)。有些名字我们是熟知的,有些则相对陌生。这些人的作品促使我走上迷失之旅。事实上,他们促使我写成了这本地图集,或者说一本"反地图集"。我希望读者阅读过本书之后,也能从对地理的固定认知中逃离出来。但是这些艺术家提到的地方多为"真实世界"的指称物。它们分布在世界的各个角落。渐渐地,世界上所有的大洲都走进了这本迷失地图集的书页。

在结束这个序言,将话题转向菲利普·瓦塞、艾未未以及在历史上籍籍无名的阿兹特克[①]地图测绘员之前,请允许我再展开一个新的话题。什么是"地图集"(atlas)呢?抛开世界上第一本地图集的作者墨卡托(Mercator)关于宇宙的沉思不谈,让我们先聚焦于那些刻意令人迷失的地图。在我看来,有两本典

[①] 阿兹特克文明是美洲古代三大文明之一,是古代墨西哥文化的重要组成部分。——译者注

型的地图册。第一个是一本无法模仿的天才之作,即阿比·瓦尔堡（Aby Warburg）的《记忆女神图集》(*Mnemosyne Atlas*)，法国艺术史学家乔治·迪迪—于贝尔曼（Georges Didi-Huberman）对此多次做过点评[1]。瓦尔堡深受二战的触动，用一系列木板表达了他对分崩离析的艺术、文化以及饱受苦难的个体的理解。这些木版画风格极为混杂，令当代人错愕不已。在这里，我们看到的不是已经确立的秩序，而是一种或多或少有些偶然的相似性，我们可以把这些偶然性称为体系。正如乔治·迪迪—于贝尔曼指出的，地图集代表着"一种与介入的、实证主义分类相对立的知识风格，也就是说，地图集是一种动态的异质性组合"[2]。瓦尔堡的作品中充斥着碎片美学的理念，而作为乌拉诺斯与盖亚的女儿，记忆女神谟涅摩叙涅（Mnémosyne）本身就代表着一种碎片美学。碎片美学与实证主义和确实的分类系统相去甚远。谟涅摩叙涅既是记忆之神，同时也会塑造语言，是诸多缪斯的母亲。她所处的空间是一个在过去和未来之间不停重构的空间，她居于时间之中，在时间之中投入到了一次次有

---

[1] 乔治·迪迪—于贝尔曼关于《记忆女神图集》的点评非常多。他的《历史之眼》(*L'Œil de l'histoire*) 的第三部即名为《地图集或者不安且愉快的知识》，巴黎：子夜出版社，"悖论"丛书，2011年。原文信息如下：*Atlas ou le Gai savoir inquiet*, Paris, Minuit, coll. «Paradoxe», 2011. 而早在2002年，同样是在子夜出版社，他出版了《幸存的图像：阿比·瓦尔堡眼中的艺术史与幽灵的时代》(*L'Image survivante. Histoire de l'art et temps des fantômes selon Aby Warburg*)。《记忆女神图集》同样在他和尼基·吉亚纳里（Niki Giannari）合著的《经过，不惜任何代价》(*Passer, quoi qu'il en coûte*) 中被提及。
[2] 乔治·迪迪—于贝尔曼：《地图集或者不安且愉快的知识》，巴黎：子夜出版社，"悖论"丛书，2011年，第163页。

意义的迷失之旅中。

另一本我要简要点评的地图集是洪浩的作品。他汇集起来的地图是平面的，但是在左侧和右侧，这些地图有一个共同的特点，即被一个虚拟的边缘所包围，仿佛存在一个隐形的地图集。观众被邀请进入了第三维度，一个人工创造出来的厚度。有两种解读这一设计的方式。按照第一种方式，也是更为谨慎的方式去解读，艺术家洪浩想要创造一种写实的效果。每一张地图所属的地图集勾画出了特定地理区域的网络。如果说地图等于疆域的话，那么每一片疆域都有自己的地图。而按照第二种更为大胆的说法，地图集收集的是同一张地图的各种状态，也就是说同一个地方接续性（或同时性）的表征。这个单一地方的地图集汇集了不同的地图版本，这些版本之间是不一致的。地图重现的至多是一个瞬间：地图反映的表征的现状，表达的是一种感觉，一种有时披着客观性外衣的主观性。

文学同样如此。在《缺席的城市》（*La Ville absente*）一书中，里卡多·皮格利亚在蜿蜒曲折的巴拉那河中构建了一座虚构的岛屿。岛屿上生活着一群若伊斯人，他们一直在找寻语言与现实——也就是地图与疆域之间的折中方案。岛上的居民孜孜不倦地找寻更高级的语言。而事实上，这是后人类时代才有的更高级人类的语言：

我们不能设想一种永恒不变的符号系统。如果 a+b=c，那么这种确定性只是暂时的，因为在两秒钟的时间里，a 就已经变成了 -a，这个等式就不一样了。这个显而易见的事实只有在表述这个命题的一瞬间是成立的。在这座岛上，行动迅速是真理的一个类别。在这种情况下，三一学院的语言学家们完成了看起来不可能完成的任务：他们将现实的一种不确定的形式固定在了一种逻辑范式中。他们定义了一种符号系统，该系统的标注方式随着时间的推移而发生改变。换言之，他们发明了一种语言，这种语言展示了世界的样貌，却不能够命名这个世界。"我们成功地建立了一个整齐划一的领域，"他们这样说道，"现在我们只需要让现实把我们的几个假设引入语言即可。"[1]

现实会为他们这样做吗？不会的，甚至在皮格利亚描绘的忧心忡忡又令人害怕的世界中，这种情况也没有发生，因为如果这样的话，那么地图将彻底等同于疆域。在这种对等的关系中，我们能够构想的故事将等同于这个独一无二的、不可分割的现实。

皮格利亚、瓦尔堡和洪浩生活在或者说曾经生活在不同的社会语境中，但是他们所付出的努力却有惊人的相似之处：他

---

[1] 里卡多·皮格利亚：《缺席的城市》，由弗朗索瓦·米歇尔·杜拉左译自西班牙语，巴黎：祖尔玛出版社，2009年，第149页。原文信息如下：Ricardo Piglia, *La Ville absente*, traduit de l'espagnol par François-Michel Durazzo, Paris, Zulma, 2009, p. 149.

们都带着一种具有迷失倾向的视角去审视地图集和语言。对他们而言，地图与疆域之间仅存在微弱的联系。瓦尔堡创造了一种不可能的地图集，这个地图集与其说在组织地图，不如说令地图错位。他带领读者回顾艺术史，或者蜿蜒曲折地穿过正在解构的地理。洪浩采用地图集的形式，用一种滑稽戏谑的方式将疆域引入了一个默认的表征系统，一个可以用多种方式解读，并且引人迷失的系统。皮格利亚则用一种反乌托邦的视角去审视语言与现实、地图与疆域之间的交叠。好了，不要再卖关子了，在这里我不妨直截了当地承认：正是这种地图集，这种复数的地图集吸引着我。

流动的制图学

当你迷失的时候,你一定会打开米其林地图来找到正确的路途。这是万无一失的方法,特别是在智能手机时代,地图上各种各样的褶皱已经越来越少[①]。但是试设想,如果是你的地图让你走错了路呢?在《幸福的爱情词典》(*Dictionnaire amoureux du bonheur*, 2011)中,阿兰·施夫乐(Alain Schifres)很明智地将"地图"(carte)一词放在了字母C条目中,介于"卡门贝干酪"(camembert)和"服饰手册"(catalogue de vêtements)两个词条之间。你会去查找这个词吗?你现在已经蠢蠢欲动,想要进行深入思考了,但是不要着急,先耐心听我讲几分钟。归根结底,地图中到底有什么让人如此着迷呢?这个问题问得很好。阿兰·施夫乐试着给出了如下解释:

> 货棚、温室、风车、金属围栏、泉水……除去种着蘑菇的角落,所有一切都显示在这些讨厌的地图上[指的是国立地理学院的地图](在法国这样的民主国家,除了种蘑菇的角落,没有秘密可言)。[②]

[①] 作者在此处使用了一语双关:在法语中,"ne pas faire un pli"直译为"不出一个褶皱",译意为"万无一失,十拿九稳",与此同时,又呼应了后半句的地图褶皱的问题。——译者注
[②] 阿兰·施夫乐:《幸福的爱情词典》,巴黎:普隆出版社,2011年,第63页。原文信息如下:Alain Schifres, *Dictionnaire amoureux du bonheur*, Paris, Plon, 2011, p. 63.

迷失地图集：地理批评研究
Atlas des égarements. Études géocritiques

地图是最准确，同时也是最具欺骗性的表征人类空间的方式。要是跟着地图去采蘑菇，你就很有可能和某个采蘑菇的人撞个满怀，他可能在你到来之前已经把蘑菇采光了。阅读地图浪费了你的宝贵时间。制图学的历史不断向我们展示，各种形式的投射、比例尺、边沿、界限、长着蘑菇的角落以及各种附加于地图之上的象征符号都极具相对性。过了很长时间之后，人们才开始对这些问题提出质疑。在墨卡托投影出现四个多世纪之后，这张地图才被废除，因为人们意识到它更侧重北半球以及殖民强国。也就是说，直到20世纪70年代，人们才开始谴责这种扭曲的制图方法。但是一旦世界被缩小到仿制品的大小，这种纠葛就会重复出现。比如一个在木架上转动的带釉面的地球仪、一块纸板或者一枚小小的邮票。反过来说，我们都知道按照1∶1的比例尺绘制出的地图的缺点，但是地图的客观性声望却丝毫不减。相反，在谷歌地图和GPS全球卫星定位系统时代，地图等同于疆域的观念反而有增无减。谷歌地图的设计者布莱恩·麦克伦登（Brian McClendon）最早在设计这个应用程序的时候，就把世界的中心错误地定位在了堪萨斯州的劳伦斯，定位在了他自己出生的公寓[1]。毫无疑问，谷歌地图是所有世界地图中最美观的地图，然而正是这个最漂亮的地图却通过一种

---

[1] 肯·詹宁斯：《地图头脑》，纽约：斯基伯纳出版社，2011年，第2页。原文信息如下：ken Jennings, *Maphead*, New York, Scribner, 2011, p. 2.

戏谑玩笑的形式擅自背离了符码中立的原则。谷歌地图绝非孤例，不止一张地图显示了虚构的地方，这样做是为了更好地标示边界。在20世纪70年代末出版的密歇根州官方高速公路地图上，就出现了俄亥俄州的戈布卢（Goblu）和比托苏（Beatosu）两个虚构城市。这两个地名最初的功能和地理没有多少关系。它们让人想起了密歇根大学的口号"向蓝"（Go Blue），以及另一个口号"打败俄亥俄州立大学"（Beat OSU）。在密歇根州政府的网站上曾经有一个链接，点开可以读到这一段地图绘制者耳熟能详的逸闻趣事[1]。但是如果你现在点击这个链接，你会和我一样读到这句话："该页无法找到。"对不起，我们不能定位你想找的页面。这个页面也许被移除、被重命名或者被删除了。这个玩笑的始作俑者是密歇根州的公务员皮特·弗莱歇（Peter Fletcher），他已经去世了。如果他看到网页上的这句话一定会放声大笑。是的，地图是一个页面，但却是一个找不到的页面。

*

我们有可能给这个世界赋予一个严肃而稳定的形象吗？毫无疑问，可以赋予它一个严肃的形象，但是赋予一个稳定的形

---

[1] 马克·蒙莫尼耶：《如何让地图说谎：论地理学的谬用》，由戴尼思·阿尔芒·卡纳尔译自英语，巴黎：弗拉马利翁出版社，1993年，第86—88页。原文信息如下：Mark Monmonier, *Comment faire mentir les cartes. Du mauvais usage de la géographie*, traduit de l'anglais (États-Unis) par Denis-Armand Canal, Paris, Flammarion, 1993, pp. 86—88.

象，我们对此却深表怀疑。理想的地图是一种倾向于稳定化的地图，但是现实却总是阻挠这一不切实际的想法。2003年，中国著名艺术家艾未未被邀请前往清华大学美术学院授课。他接受了这个邀请，但是提出了一个条件，即按照他自己喜欢的方式授课。他和学生们一起将北京这座巨大的都市划分为16个城区，并且租用了一辆配备了摄像机的大巴车。在16天的时间里，这个小团队按照一天一个城区的节奏走遍了每个城区的大街小巷，并且按照几何学的方式对这些街巷进行了分区。摄像机不间断地拍摄了这个巨大的城市棋盘。整个影片长达150分钟。这个活动完全可以被称为"穷尽一个北京地方的尝试"[1]，而艾未未则给它取了一个更为简洁的名字：《北京2003》（Beijing 2003）。一年之后，艾未未又进行了一个类似的实验。他从北京的主干道之一——长安街出发开始录制，长安街长达43公里，通向天安门广场。每一分钟的胶片用于拍摄50米长度的街道，这个纪录片共十几个小时。艾未未认为，整个拍摄过程"既是现象学的，也是诚实的"[2]。艾未未本人也是诚实的，他是第一个承认影片无法复原真实的城市空间的人。北京比世界上任何其他大都市都更好地证实了这一假设。艾未未指出："当然，在

---

[1] 此处作者影射的是法国作家乔治·佩雷克（Georges Perec）在1975年出版的作品《穷尽一个巴黎地方的尝试》（*Tentative d'épuisement d'un lieu parisien*）。作者在这个故事中讲述了他曾经连续三天坐在巴黎六区的某个咖啡馆里记录下所有他看到的事物。——译者注

[2] 《艾未未与汉斯·乌尔里希·奥布里斯特的对谈》，伦敦：企鹅出版集团，2011年，第36页。原文信息如下：*Ai Weiwei speaks with Hans Ulrich Obrist*, Londres, Penguin Books, 2011, p. 36.

拍摄过程中和拍摄之后，这座城市和它的街巷已经改变了样貌。"[1]看到这些画面，观众感觉眼前呈现的仿佛是伊塔洛·卡尔维诺（Italo Calvino）笔下马可·波罗向忽必烈汗描述的诸多看不见的城市中的一个[2]。马可·波罗向忽必烈展示了诸多城市，而忽必烈却怀疑它们是否真实存在。他知道，城市继续存在着，但是从此之后，它却与从前所见的城市不再相同。虚构的地图被不断注入新的元素。艾未未的视频记录了一些地方的人造状态。随着时间的推移，这些地方最终变为了某个珍贵瞬间的遗迹，即某个表征的遗迹。

事实上，艺术家所谴责的问题——如果说艺术家确实是在谴责，并且这个问题确实存在的话——涉及的是地图表征的问题。表征永远落后于它所希望具象化的现时（présent）。现时中包含着过去的维度。与其说表征的是现时，不如说是一种过去的在场（présence du passé），或者说是一种过渡（passage）。表征具有地质学或者考古学的特质，它转述的是一种地层学的视角，向我们呈现的是地方的现状。然而，从我们开始表征某一个地方的那一刻开始，这一个地层就已经被埋在了一层词语和事物之下，而这些词语和事物又为我们提取出了这个地方的新的潜在特征。我们落后于世界，作为这个世界的主要参与者，我们落后于我们自己。只有通过约定俗成的方式表现，城市才

---

[1] 《艾未未与汉斯·乌尔里希·奥布里斯特的对谈》，伦敦：企鹅出版集团，2011年，第35页。
[2] 作者指的是伊塔洛·卡尔维诺的小说《看不见的城市》。——译者注

是看得见的，然而城市也不是不可见的，它介于可见与不可见之间，一如卡尔维诺笔下的北京城，一如忽必烈汗的王国。简而言之，城市是叙事，也就是表征，而且这个叙事永远不是单一意义的。只有当我们试图实现客观性，进而希望找到绝对真理时，困难才会出现。无须前往北京这座永远处于变动中的城市，我们也可以意识到这一点。

*

菲利普·瓦塞在2007年所做的尝试与艾未未在长安街完成的创作相似。瓦塞走遍了巴黎城区地图上大大小小的地方，或者更准确地说，他前去探访了"地图上五十多个白色区域"[1]。瓦塞的计划最初看起来不如艾未未的宏大。他没有去探访那些人头攒动的街巷，而是小心地避开了风景如画的地方，前往了那些所谓的"空地"，也就是巴黎地图上的白色斑点。空地让我们想起了孩童时代游戏的王国，而且瓦塞从小就知道一些孩子们做游戏的空场地。"在巴黎郊区的拉库尔讷沃，A1高速公路下面，冬天总有人争抢一些圆木柴来生火。"[2]现实生活中谋生的焦虑与孩童游戏的逻辑是不一致的。对于瓦塞而言，他无意陷

---

[1] 菲利普·瓦塞：《白皮书》，巴黎：法亚出版社，2007年，第10页。原文信息如下：Philippe Vasset, *Un livre blanc*, Paris, Fayard, 2007, p. 10.
[2] 菲利普·瓦塞：《白皮书》，巴黎：法亚出版社，2007年，第23页。

入浪漫且温柔的回忆:"我想要的是别的东西:一种有孔隙的、脆弱的,以及比任何故事都更神秘的现实。"①

我们可以在地图上找到这种现实,这个悖论只是一种表面上的悖论。地图本质上应该是完整的、详尽的,但是事实上地图是充满孔隙的,是脆弱的,地图上的白色斑点就是一个例证。或者更确切地说,地图确保了这些白色斑点的存在,因为它们本身是虚构出来的。无论是像艾未未一样,用摄像机记录下北京的大街小巷,还是像菲利普·瓦塞一样,为填补巴黎城区的一些所谓的空地而撰写一本白皮书,我们都会发现无法填满一个转瞬即逝的景象。而"转瞬即逝的视角"是我们习惯上说的"现实"的另一个称呼。不管是拍摄一段影像,还是写一本书,抑或是绘制一幅地图,有一点是相似的,即"平滑空间"(espace lisse)永远不可能简化为"充满纹理的地方"(lieu strié)②。德勒兹是对的,卡尔维诺也是对的,后者把整个城市变成了一个看不见的空间,而且这种不可见性必须是能够被表达出来的。瓦塞追随意大利前辈卡尔维诺的步伐,颠覆了传统

---

① 菲利普·瓦塞:《白皮书》,巴黎:法亚出版社,2007年,第102页。原文信息如下:Philippe Vasset, *Un livre blanc*, Paris, Fayard, 2007, p. 102.
② "平滑空间"(espace lisse)与"纹理空间"(espace strié)是德勒兹和加塔利在《千高原》一书第14章《1440年:平滑与纹理化》中提出的重要概念。平滑空间指的是"游牧空间",即没有任何区划、边界、界标的未知且开放的空间,它不受人控制,难以捕捉,比如沙漠和海洋;纹理空间则恰恰相反,是大部分人定居的空间,是被规划、命名、分割的空间,是有边界且封闭的空间。参见德勒兹、加塔利:《资本主义与精神分裂(卷2):千高原》,姜宇辉译,上海:上海书店出版社,2010年,第687—722页。——译者注

地图的表现方式。他没有借助充满空隙的地图来定位，而是用生活填充地图，正是生活让地图变得生机勃勃，而这也是地图无法再现的：

> 在开始我的计划之前，地图上只有抽象的形状和色彩块，就像一幅距离已经固定的风景画。但是随着计划的逐步深入，一切都活跃了起来。起初是一些庞大而缓慢的运动，这种流动计划难以觉察。随后逐渐变成了不断涌动的人潮。在这种变动的背景中，我调整了地图上的空白之处，希望看不见的元素可以显现出来。[1]

尽管地图有强大的说服能力，但是最写实的地图并不是GPS卫星定位系统或者谷歌地球（Google Earth）提供的地图。比如，布莱恩·麦克伦登设计的谷歌地图只做到了表面上的同步，它默默地调配着一些异质的地层，或者说"一系列嵌套的比例尺"[2]。正如菲利普·瓦塞所言："谷歌地图呈现的卫星画面实际上是由不同时期的底片拼凑在一起的，有时显示的是同

---

[1] 菲利普·瓦塞：《白皮书》，巴黎：法亚出版社，2007年，第33页。
[2] 布鲁诺·拉图尔：《在何处降落？如何在政治领域导航？》，巴黎：发现出版社，2017年，第118页。"我们不能像谷歌地球的缩放功能一样，通过一系列嵌套的比例尺从本土（Local）过渡到全球（Global）。"原文信息如下：Bruno Latour, *Où atterrir ? Comment s'orienter en politique*, Paris, La Découverte, 2017, p. 118.

一地区的连续状态。"①而这也是绘图工作的精华所在。地图是由地层构成的，但是却又不顾一切、悄无声息地维护着指涉的假象。地图使用者的要求并不高，他只希望在当下能够即刻找到方向。信息工具崇尚即时性，崇尚纯粹的同步性，也就是说与世界同步，与表征同步，与查找表征图像的时刻同步。这只是一种圈套。从某种程度上说，最真诚的地图要比谷歌地球提供的地图古老得多。

在众多当代艺术家中，艾未未很好地展示了这一原则。正因为地图表征与指称物存在"异步关系"（relation asynchrone），所以我们需要去考察那些纳入了多重维度时空观的地图。2004年，艾未未用铁力木制作了一幅名为《中国地图》（*Map of China*）的地图。铁力木是一种颜色暗沉且坚硬的木材，一般用于制作不需要精雕细琢的家具或者高大威严的建筑。《中国地图》有两个鲜明的特点：其一，它的厚度达到了51厘米，象征着中国宽厚博大的领土；其二，制作它用的铁力木是从清代寺庙里拆下来的，仿佛古老在支撑着现代，又好像现代正使古老复苏。通过强调地图的厚度与木材的重复利用，艺术家并没有用现在时进行地图叙事，而是为地图赋予了历史的厚度。我们知道，这幅作品展现的是现实与非现实、瞬间（instant）与绵延（durée）之间紧密的关联。而后，艾未未又用相似的方法制作了

---

① 菲利普·瓦塞：《白皮书》，巴黎：法亚出版社，2007年，第33页。

《世界地图》(*World Map*),并在2006年的悉尼双年展上首次向公众展示。这一次的地图是使用木头和棉布做的,地图各处的厚度是不一致的,艾未未用压缩的棉布突出地层的厚度。在制作的过程中,他要求工匠将棉布层压缩到一米厚。这是一个巨大的工程。另外,他告诉策展人说,这个作品表达的是国家统一这一理念的复杂性,因为国家的构成元素与地图的组成材料是同样多样的[①]。艾未未点评的是世界地图而非中国地图。铁力木和棉布象征着地方巨大的物质性。相反,空间从与北京有关的电影中涌现出来,它是转瞬即逝的、冲动的、难以捕捉且不可通约的。通过展示地图的地层学维度,我们认为地图与疆域、历史以及复杂的身份有着密不可分的关系。不同的地层解释了地图潜藏的元素,即从空间中走出的、带有深刻历史内涵的地方叙事。

*

艾未未在作品中想要传达的信息,阿兹特克人以前也传达过。在西班牙统治者将他们灭绝之前,他们也曾制作过地图。

[①] 参见苏纳达·克里格的注解《用拼接地图剪切布料》,原文信息如下:Sunanda Creagh, «Cutting the clothwith jigsaw map».http://www.smh.com.au/news/arts/cutting-the-cloth-with-jigsawmap/2006/06/01/1148956480917.html,2016年5月29日查阅。

按照塞尔日·格鲁金斯基（Serge Gruzinski）[1]的说法，切断阿兹特克人的文化实际上造成了一种"审美悲剧"[2]。阿兹特克地图用雕刻凹线呈现，在空间中铺陈开来，它们呈现的不是静态的、永恒的疆域，而是一种流动的叙事。绘图家比公证人有更多的空间[3]。我们以《锡古恩札的地图》（*Mapa de Sigüenza*）为例。这张地图展示了疆域上的军事要塞，并且回顾了阿兹特克人从位于北部的神秘的阿兹特兰（Aztlán）向王朝首都特诺奇提兰（Tenochtitlan）迁徙的历程。在西班牙人征服阿兹特克之后，这张地图变成了一幅虚构绘画作品，同时再现了共时与历时两个维度，为我们展现了一种地层世界的透视法，在这个地层世界中我们所有人都处于前进和变化之中，它将疆域变为了一幅超前的三维叙事。当然，我们也要清楚这一点，将这幅地图视作梦幻浪漫的绘画是一种天真且落后的想法。事实上，它为一系列事件建立了等级制度，用以证明阿兹特克政权的合法性。最完整的绘画作品，比如《伊特兰绘画》（*Lienzo of Ihuitlan*）就追溯了阿兹特克族群的神秘起源，列举了部落的历任首领以及疆域范围。正是在这一点上，《伊特兰绘画》与殖民地和后殖民地

---

[1] 塞尔日·格鲁金斯基（Serge Gruzinski, 1949— ），法国当代著名历史学家，主要研究16—18世纪拉丁美洲历史。——译者注

[2] 塞尔日·格鲁金斯基：《墨西哥印第安人笔下的美洲征服》，巴黎：联合国教科文组织／弗拉马利翁出版社，1991年，第222页。原文信息如下：Serge Gruzinski, *L'Amérique de la conquête peinte par les Indiens du Mexique*, Paris, Unesco/Flammarion, 1991, p. 222.

[3] 也就是说，书写的痕迹与地图的痕迹逐渐混合在一起，但是尽管如此，我们还是可以清晰地辨别土著画家与西班牙公证员的两种痕迹。阿兹特克的地图一直沿用到16世纪。

时期的西方地图非常相似。制图术与民族中心主义是并行不悖的：它们影响的都是人与环境之间的关系，以及人与环境在世界表征中所占的分量。但是，至于人与人的关系，正如意大利谚语所言，"tutto il mondo è paese"，也就是"世界即国家"。这里的"国家"（paese）指的是"村庄"，也指的是地图圈定的国家。

理论上的时空（无指称物）与疆域（被人解读的、具有主观性的布置）之间的关系为我们展现了地图无法弥补的缺陷。说到底，地理学家也明白这一点。正如马克·蒙莫尼耶（Mark Monmonier）在《如何让地图说谎：论地理学的谬用》（*Comment faire mentir les cartes. Du mauvais usage de la géographie*，1991）一书中所言："任何给定的地图都只是我们从同一个情景、参考同一批参数建立起来的无数地图中的一种。"[1]在地图与参数之间还有时间，还有消解在绵延中的瞬间。总而言之，二者之间还有生活。蒙莫尼耶的观点是建立在这样一个前提上的："为了能够在白纸或者荧屏上以一种有意义的方式再现三维世界的复杂关系，地图必须扭曲现实。"[2]说实话，我不确定地图是否扭曲了现实，因为现实在其表征之外并不存在，现实是制图学中的现实，是所谓客观或者艺术塑造的现实，抑或是刻意主观而为

---

[1] 马克·蒙莫尼耶：《如何让地图说谎：论地理学的谬用》，由戴尼思·阿尔芒·卡纳尔译自英语，巴黎：弗拉马利翁出版社，1993年，第25页。
[2] 同上，第23页。

之的现实。蒙莫尼耶与艾未未通过不同的方式得出了相似的结论。正如格鲁金斯基评价阿兹特克地图时所言："我们所称的地图实际上只是一段故事的空间情节，这个故事的进展及其主人公则通过地图上雕刻的凹线展现出来。"①

*

尽管地图上的文字和线条会随着叙事符码和符号学符码而变化，但是地图所奉行的基本原则是不会改变的。我们参考的地图帮助我们构建各种各样的叙事，有时甚至是耳熟能详的小说的叙事。你难道从来没有在一张地图前面幻想过自己家族迁徙的路径吗？在乘坐火车的时候，我经常将车厢入口处火车线路图上的城市与自己的流浪历程联系在一起。

有些人从来没有乘坐过火车，有些人即使乘坐过火车，也只是踏上了一趟有去无回的旅行。席琳·博耶（Céline Boyer）的系列作品《掌纹》（*Empreintes*）就是在向这些人致敬。这组作品由30张照片组成，在每张照片上可以看到一个张开的手掌，掌心中再现的是地图片段上的复杂线路。比如，我们在68岁的吉奥（Geo）的掌心中看到了他祖父奥莱斯特（Oreste）的单程旅行。1900年，他离开意大利的贝文尼托，先后选择在尼斯和

---

① 塞尔日·格鲁金斯基：《墨西哥印第安人笔下的美洲征服》，巴黎：联合国教科文组织／弗拉马利翁出版社，1991年，第218页。

瓦尔省定居[①]。"选择"（élire）是个宏大的词，更多的时候我们不是"选择"一个居所，而是根据实际情况"找到"一个居所。另一张照片上的手掌让我们想到了26岁的蒂奥热纳（Diogène）的逃难之旅。他从卢旺达出发，在刚果民主共和国住过难民营，最后抵达了法国的贝桑松。还有另外28个手掌，它们呈现的地图线路都与离散之旅有关。2013年，这些照片得以在土伦的《世界地图》（Mappamundi）展览上展出。策展人纪尧姆·蒙塞日翁（Guillaume Monsaingeon）对这些照片有过如下评价："就像一系列地图构成地图集一样，《掌纹》中的一系列照片组成了一部长途旅行电影，绘制出了共同的空间，这部电影的内在镜头揭示了我们的主观地图。"[②]

我们囿于方寸地图之中，局限于地图传递的原始数据和客观事实（即地名、边界、地势和疆域）。文学的目的则恰恰相反，很难与这种世界观达成一致。但是无论如何都要保持谨慎。但是至少，地图激发了一种文学空间的表征模式，那就是更多地关注辽阔的空间。菲利普·瓦塞在《白皮书》中谈到了这个问题。语言总是用有限的手段来"言说空间"[③]。在诸多限制因

[①] 法语中，"定居"（élire domicile）这一短语由两个单词组成："选举"（élire）和"居所"（domicile），在后一句中作者将这个短语拆开，玩了一个文字游戏。——译者注
[②] 纪尧姆·蒙塞日翁：《世界地图：艺术与地图》，马赛：括号出版社，2013年，第70页。原文信息如下：Guillaume Monsaingeon, *Mappamundi. Art et cartographie*, Marseille, Parenthèses, 2013, p. 70.
[③] 菲利普·瓦塞：《白皮书》，巴黎：法亚出版社，2007年，第93页。

素之中，语言将等级强加于人，因为语言总是探索被过度编码的地方，这个地方就是书页。瓦塞在书中探讨了让·帕特里克·曼切特（Jean-Patrick Manchette）[1]的侦探小说、克洛德·西蒙（Claude Simon）[2]的小说《导体》（*Les Corps conducteurs*）的片段，以及罗伯特·平格特（Robert Pinget）的《诉讼》（*L'Inquisitoire*）。他认为，通过列举一些不连贯的例子，我们可以"在文本中引入疆域的不确定性"，并且"在一个瞬间将彻底空间化的书写变得切实可感，抑或者恰恰相反，使某一个空间完整地被语言覆盖"[3]。将疆域转录成文字并不等同于书写旅行小说，"后者仅仅满足于将空间简化为一条条旅行线路，并且罗列日期和名字，就像我们收集明信片一样"[4]。

*

因此我们需要构想一种文本，一种只限于列举一些点而并不把它们对齐的文本。也就是说，我们需要构想一种文学范式，拒绝一切句法上的排列组合。我们想要的这种文学形式正是理

---

[1] 让·帕特里克·曼切特（Jean-Patrick Manchette，1942—1995），法国著名犯罪小说家。——译者注
[2] 克洛德·西蒙（Claude Simon，1913—2005），法国"新小说"派著名作家，于1985年获得诺贝尔文学奖。——译者注
[3] 菲利普·瓦塞：《白皮书》，巴黎：法亚出版社，2007年，第94页。
[4] 同上，第100页。

想地图的展现形式，但是正如我们所见，这种文学只是一种幻想。地图上的点是用来排列组合在一起的，它们被固定在一个地图上，为疆域赋予了一种内在的形式。然而，它们一直是一个故事的前文本（prétexte/avant-texte），被牵涉其中的有时是个体，有时是国家。因为我们都知道，平面世界地图上充满着地缘政治的叙事。一些人为勾勒的线条偏离了地图上的方位标，并最终偶然地将它们串联起来。从一种似是而非的悖论观点来看，地图就是为了被超越的。地图既是它本身，又是某种难以预料的东西。一条条逃逸线（ligne de fuite）在其中纵横交错，有时勾勒出一次离散迁徙的轨迹。从这个角度看，纯粹的、已知的现实与过去交融在了一起。这个过去是读图人的过去，他阅读着地图，仿佛阅读着掌心中的生命线。

我们可以拒绝等级（hiérarchie）原则，并用他者治理（hétérarchie）原则［道格拉斯·理查·郝夫斯台特（Douglas Richard Hofstadter）①所言］取而代之吗？这正是所有问题之所在。理想的地图应该是一张空白地图，是否应该白得像卡西米尔·塞文洛维奇·马列维奇（Kasimier Severinovich Malevich）在白色背景板上画下的白色方块②，抑或像一本完美小说的书页？

---

① 道格拉斯·理查·郝夫斯台特（Douglas Richard Hofstadter, 1945— ），中文名为侯世达，美国作家。——译者注
② 卡西米尔·塞文洛维奇·马列维奇（Kasimier Severinovich Malevich, 1878—1935），波兰裔俄罗斯画家。这里指的是马列维奇创作的绘画《白底上的白色方块》，画面中白色背景上叠着另一个颜色略有区别的白色方块，该画被视作马列维奇至上主义系列的代表作。——译者注

这正是菲利普·瓦塞在法国的热讷维耶（Gennevilliers）小镇的一块空地上幻想过的场景：

  我那时身处这些空白地带，就好像处于文本诞生之前，在这个巨大的空白之中，没有任何东西是固定的，最具矛盾的表达方式在这里一次次出现，但是它们之间并不会互相影响。我没有从中抽身出来，而是沉浸在这种慵懒的、充实的次语言（infra-langagier）环境中。我想尽可能地推迟一个概念或者一种直觉占领语言的时刻的到来。[①]

  但是瓦塞不是唯一一个有这种直觉的人。刘易斯·卡罗尔在构想比例尺为1∶1的地图时也曾有过类似的感受。在他的打油诗《猎鲨记》中，敲钟人向他的九名船员展示过一张空白的海洋图，这张图能够指引他们前往蛇鲨岛，岛上有他们要捕捉的神秘生物：

  他买了一张巨幅航海地图，
  上面是一望无际的大海，
  未有斑点陆地的痕迹：
  船员们开心异常，

[①] 菲利普·瓦塞：《白皮书》，巴黎：法亚出版社，2007年，第101页。

因为终于有张地图

能让他们所有人都看懂了。

每当贝尔曼大声提问:

墨卡托北极点、赤道、热带地区、寒带和子午线的用处是什么?

全体船员就会回答说:

"它们仅仅是一些通用符号!"

通常的地图

分布着岛屿、峡谷

形状鲜明,

但是要感谢我们英勇的船长。

(船员们带着抗议嘲讽道)

"他给我们买了最好的地图——

一张完美的、绝对空白的地图。"①

这张空白的航海图最终失败了:它没有给水手们自主选择的权利②。在《地理学传奇》(*La Légende de la géographie*, 2009)

---

① 中文译文参考刘易斯·卡罗尔:《猎鲨记》,李珊珊译,北京:人民文学出版社,2018年,第11—12页。
② 此处为作者的一语双关。法语中"donner carte blanche"(直译为"给他人白色地图")意味着"让他人全权负责、让他人自主选择"。——译者注

一书中,吉尔·拉普日(Gilles Lapouge)[1]曾经引用过卡罗尔的这段诗句并对这个有趣的想法进行过点评。拉普日曾经游历过很多地方,在他看来,这个想法是值得商榷的,因为一张"空白的航海图仅仅能够重现水手从早到晚在舷窗里看到的景象,也就是囚禁着他们的、没有任何出路的圆形空场"[2]。这段话对了一半。他所说的"圆形空场"指的是舷窗,而实际上舷窗并非没有出路,它向海平线敞开了怀抱。在没有地图、没有公约惯例的帮助下,我们是否还想跨越海平线呢?这一切再次取决于语言的等级以及表征的等级。我们喜欢隐喻,文学家尤甚,因为隐喻能够解放我们的思想,让我们徜徉在奇特的精神景观中。当然,有时候除去隐喻的功能,地图还是非常有用的。因为毕竟现实是真实存在的,它是我们面前的一堵墙,但是语言能够将现实变成砖瓦堆砌之外的其他东西。

---

[1] 吉尔·拉普日(Gilles Lapouge, 1923—2020),法国作家、记者。——译者注
[2] 吉尔·拉普日:《地理学传奇》,巴黎:阿尔宾·米歇尔出版社,2009年,第188页。原文信息如下:Gilles Lapouge, *La Légende de la géographie*, Paris, Albin Michel, 2009, p. 188.

迷失地图集：地理批评研究
Atlas des égarements. Études géocritiques

地理批评视阈下的巴西空间

拉丁美洲是一个需要对其进行深度定义的地理文化空间，一如非洲、欧洲以及诸如此类的集合体，这些集合体彰显的身份事实上是传统与筛选性叙事共同作用的结果。拉丁美洲构成了一个思考空间与文化生产的理想的实验室。它深刻地影响了全球文化经典，并吸引着全世界关注的目光。我从来没有尝试去探寻拉丁美洲文化的奥秘，至少没有系统地研究过。正是在阅读过一系列作品、结识一群拉丁美洲艺术家和评论家之后，我才对此产生了浓厚的兴趣。这些艺术家和评论家令我着迷。我对拉丁美洲也是一知半解，因此我将以碎片化的方式、从地理批评的视角阅读拉丁美洲的诸多空间。我主要关注的是南美洲，特别是巴西，只不过可惜的是我不懂葡萄牙语。我沿用最纯粹的乌力波[1]传统，在论述的时候强加给自己一个限制：用文本、图像以及地理批评的原则探讨巴西。下文我将从十个结构相仿的部分进行论述，每一部分围绕一个关键词展开。

---

[1] "乌力波"（Oulipo）为"潜在文学工场"（Ouvroir de littérature potentielle）的缩写，是20世纪60年代一批法国作家为探索写作的潜在可能性而创立的文学团体。乌力波成员在创作作品时往往主动追求某种形式上的"限制"（contrainte），比如代表作家乔治·佩雷克写过一本小说《消失》（*La Disparition*），全书不出现一个字母e。——译者注

*

关键词1：后现代。我们拥有世界，并想把这个世界据为己有。这是地图所表达的观点，而且地图从来不会仅仅局限于纯粹的地理学维度。我最近阅读了恩里克·比拉·马塔斯（Enrique Vila-Matas）①的作品《最慢的旅行家》(Le Voyageur le plus lent, 1992)。在这部作品中，这位伟大的西班牙作家重新塑造了14世纪龙巴蒂地区的僧侣奥皮奇努斯（Opicinus de Canistris）。后者绘制了多幅拟人地图：

> 他把时间都倾注在了绘制地中海地图上，一遍又一遍地勾勒地中海的海岸，有时甚至把同一张地图的复制品叠放在一起，让每一张地图上的地中海朝向不同的方位。他在地理轮廓上勾勒出了人形、动物形、现实生活中以及神话寓言故事中的人物形象、男女交媾图以及其他虚构的故事。所有的拟人地图上方都配有用彩笔写成的、关于人物不幸遭遇的点评，以及对未来世界的预言。②

---

① 恩里克·比拉·马塔斯（Enrique Vila-Matas, 1948— ），西班牙当代著名作家，诺贝尔文学奖的有力角逐者之一。——译者注
② 恩里克·比拉·马塔斯：《最慢的旅行家》，由安德烈·嘉巴斯图和戴尼斯·拉鲁蒂译自西班牙语，南特：摆渡者出版社，2001年，第66—67页。原文信息如下：Enrique Vila-Matas, *Le Voyageur le plus lent*, traduit de l'espagnol par André Gabastou et Denise Laroutis, Nantes, Le Passeur, 2001, pp. 66-67.

在《十日谈》中，薄伽丘用戏剧化的方式展现了身体对叛逆的渴望。而奥皮奇努斯则用地图表达了人类的欲望。尽管他的地图往往都披着宗教的外衣，但是对于他那个时代来说，也许太过于人性化。在我们当今时代，地图是否展现了世界的现状呢？地图是无穷无尽的，因为就像过去的米其林指南一样，现在的谷歌已经把地图变成了最普通不过的工具。除此之外，无数艺术家以地图为主题创作，创作了丰富各异的地图形式。如果要我选择一幅的话，那么我会选择安吉拉·德塔尼科（Angela Detanico）和拉法莱尔·拉茵（Rafael Lain）创作的《合理的世界、左对齐的世界、居中对齐的世界与右对齐的世界》（*The World Justified, Left-aligned, Centered, Right-aligned*，2004）。两位艺术家试图在文本与图像、地图工具与文字印刷工具、世界表面与电脑屏幕之间建立联系。后现代世界通过文本传递的表征在进行不断的变化。这个构想并不新颖。这个构想的新颖之处，或者说被推向极致的是表征的偶然性。德塔尼科和拉茵向我们展示了地图符号的任意性，以及后现代空间的表征在多大程度上取决于偶然性或偶然性的排列。这个世界是不稳定的，它诞生于文本和图像之间。两位巴西艺术家作品中呈现出来的排版的严谨性与后现代空间的浮动性成反比。我们可以向左对齐、向右对齐、居中对齐，可以让一幅地图变得合情合理。但这只是一种表面上的合乎情理。即使有逻辑，两位艺术家也没有将其明确地表达出来。

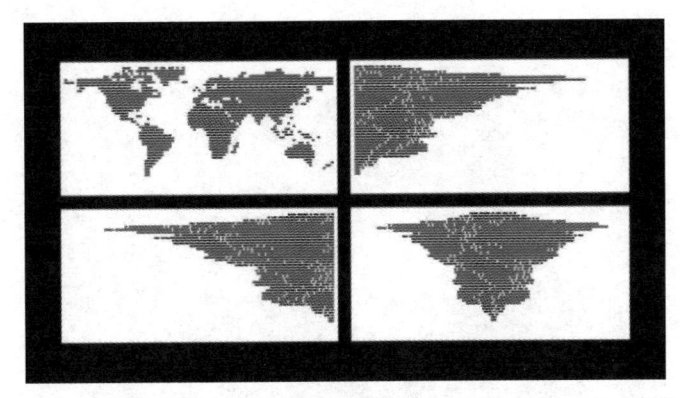

1. 安吉拉·德塔尼科和拉法莱尔·拉茵:《合理的世界、左对齐的世界、居中对齐的世界与右对齐的世界》,2004

"Times New Roman"是《新罗马时代》(*New Roman Times*)展览的商标。2011年底,两位艺术家在瑞典斯德哥尔摩一家美术馆的墙壁上刻下了"新罗马时代"(New Roman Times)这几个英文单词,与此同时,美术馆正在举办的是一个关于巴西艺术和可译性的展览。"新罗马时代"这几个字采用的是一种新的字体,表现出很强的实用价值:为纸质印刷和文本提供空间。空间正是在这样的情境中延展,并且呈现出一种绝对的可读性。如果深入研究的话,我们会发现,虚构作品对指涉物的言说并不比严肃的地理学研究少。

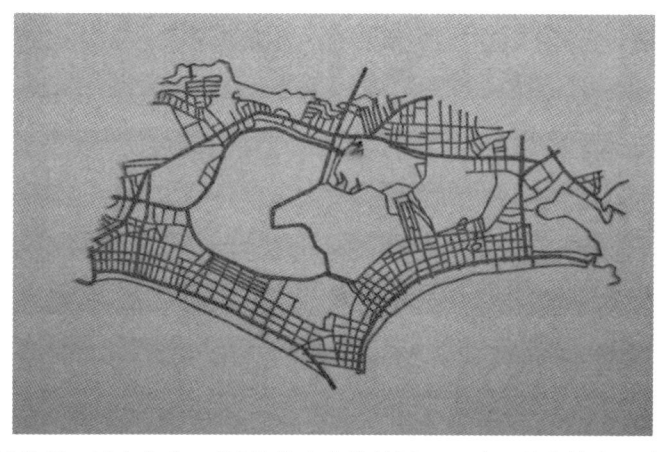

2. 罗莎娜·里卡尔德：《里约热内卢的地图》，《看不见的城市》片段，2011

关键词2：指涉性（référentialité）。2007年到2008年，罗莎娜·里卡尔德（Rosana Ricalde）设计了系列艺术地图《看不见的城市》（*As Cidades Invisíveis*），这些地图是按照卡尔维诺小说《看不见的城市》中的原型打造的。她选择了雅典、纽约、巴塞罗那、巴黎以及南美洲的里约热内卢。

罗莎娜·里卡尔德塑造的"看不见的城市"与它们的原型有着千丝万缕的联系。一旦我们走近这些艺术地图，便会发现，如果说它们与其指涉物之间存在模仿关系的话，这种模仿关系实际上是通过拼贴实现的。大街小巷是用卡尔维诺小说的西班牙语和葡萄牙语译本的片段拼贴而成的。这座城市是用纸做的，而这些纸取材自书页。卡尔维诺的文本注入到了里卡尔德的空白纸张之中。除他之外别无他者。正如纪尧姆·蒙塞日翁在一个在法国土伦举办的《世界地图》展览——这个展览上展出了多个"看不见的城市"——的导览手册上所言：

通过这个无比脆弱的作品，罗莎娜·里卡尔德将自己置身于传统制图法的对立面。这些大都市突然变得沉默和忧郁，它们提出的问题比它们给出的答案要多。即使已经变得难以辨认，《看不见的城市》中的黑色文字仿佛使用着神秘的力量来颠覆我们的确定性。①

在卡尔维诺的《看不见的城市》一书中，忽必烈汗拥有一本包含了所有城市，乃至城中大街小巷的各种细节的地图集，地图集展示了整个世界。它收录了即将成型的城市（比如墨西哥城、纽约）以及已经死去的城市（比如美索不达米亚古城乌尔和北非的迦太基）。这些城市都有自己的外形，且每一种外形都对应一座城市。然而，地图集的最后几页却让马可·波罗，也就是与忽必烈汗交谈的人担心不已。这几页地图册预兆了一些尚未建成的城市的到来，比如洛杉矶、京都和大阪。这些地

---

① 纪尧姆·蒙塞日翁：《世界地图：艺术与地图》，马赛：括号出版社，2013年，第160页。

方是否已经穷尽了所有几何学的组合形式了？是否存在一个原始的城市形态？如果不存在，那么这将是地狱。那么只剩下两种选择，马可·波罗用自己的方法总结道：接受灾难，或者"在地狱里寻找非地狱的人和物，学会辨别他们，使他们存在下去，赋予他们空间"[1]。

创造间距是摆脱宿命、摆脱极度屈从的最好方法。所谓的极度屈从指的是接受一个地方可以被穷尽，因为它拒绝了一切接近想象的机会。卡尔维诺的地狱具有"超指涉性"（hyper-référentialité）。文学和艺术应该竭尽所能地打消所有穷尽一个地方的尝试。乔治·佩雷克（Georges Perec）已经展示了他想穷尽一个巴黎地方的尝试[2]，这个地方完全可能是里约热内卢的一个地方、圣保罗的一个地方，或者艾未未创作的北京的一个地方。罗莎娜·里卡尔德想告诉我们的是，一个地点也可以由纸张和文本组成，并最终流向文本。如果没有艺术和文学的话，如此脆弱的地点和城市将会失去灵魂。虚构作品给指涉物带来的正是灵魂的补充。

---

[1] 中文译文参考伊塔洛·卡尔维诺《看不见的城市》，张密译，南京：译林出版社，2012年，第166页。
[2] 指的是乔治·佩雷克于1975年发表的小说《穷尽一个巴黎地方的尝试》，见本书第20页注释1。——译者注

*

关键词3：多重聚焦。1950年，在他最著名的电影《罗生门》中，导演黑泽明已经展示了多重聚焦这一原则。四个主人公从各自的视角讲述了一个武士的谋杀案。这四个人中有一个是受害者的幽灵。《罗生门》的继承者有很多。1963年，纳尔逊·佩雷拉·多斯·桑托斯（Nelson Pereira dos Santos）[①]受此电影启发，拍摄了巴西电影的经典之作《金嘴》（*Boca de Ouro*）[②]。在里约的北部，一个绰号叫"金嘴"的赌厅老板被谋杀了——他之所以被叫作"金嘴"，是因为他镶着一口金牙。两个记者前去采访他的情妇——由奥黛特·拉拉（Odete Lara）扮演的吉吉（Guigui），想从她口中了解到一些真相。桑托斯的电影主要围绕两条主线展开：一条主线是案件调查；另一条主线是吉吉的回忆。到目前为止，这部电影没什么新颖之处，除了越来越多的闪回。桑托斯电影的新颖之处就在于，吉吉讲述的不是一个死亡故事，而是三个，每一个故事都有不同的嫌疑人。因此，客观性已经不再适用。让我们感兴趣的是吉吉在讲述不同的故事时的情绪。对一个事件的客观解释与描述成为了迷失的借口。

[①] 纳尔逊·佩雷拉·多斯·桑托斯（Nelson Pereira dos Santos，1928— ），巴西导演，新浪潮电影的代表人物。——译者注
[②] 这部电影改编自1958年纳尔逊·罗德里格斯（Nelson Rodrigues）的同名戏剧作品《金嘴》，纳尔逊·罗德里格斯同时也是这部电影的编剧之一。也许罗德里格斯是第一个受《罗生门》启发的人。

与黑泽明的《罗生门》不同的是，在这部电影里并不是四个人站在各自的角度讲述同一个事件，而是同一个人给出了三个相互矛盾的事件版本。视角的意义是什么？地方的物质性又是什么？

归根结底，可怕的"金嘴"所在的马杜雷拉（Madureira）街区是什么？换一个角度去看，正如歌手达里奥·莫雷诺（Dario Moreno）[①]在1958年的一首歌中所唱的，马杜雷拉是一个"藏在野花丛中的小村庄，它坐落在山坡上"，"如果你去里约的话，你会看到里约人从房屋中走出来奔向节日，奔向桑巴狂欢节"。我看过佩雷拉·多斯·桑托斯的电影，但是我却没看过马杜雷拉街区盛开的野花。达里奥·莫雷诺这首歌的歌词作者和我一样，也没有看到过这些野花，但是他一定听过卡瓦利尼奥·蒙特罗（Carvalhinho Monteiro）和朱丽奥·蒙特罗（Júlio Monteiro）为1958年狂欢节创作的传奇桑巴曲《马杜雷拉哭了》（Madureira chorou）。地方在视线的交汇处建立起来。马杜雷拉街区就是各种故事用虚构口吻呈现出来的样子。多重聚焦是一种能够让我们谈论这种复数视角的方法。

在地理批评中，有一种视角值得我们格外关注，这便是少数族裔的方法。这就是为什么我要在我的研究对象中加入巴西摄影师阿德里安娜·瓦莱乔（Adriana Varejão）的摄影作品《偶

---

① 达里奥·莫雷诺（Dario Moreno，1921—1968），土耳其裔歌手，在法语世界享有盛誉。——译者注

然的亚诺玛米人》(*Contingente Yanomami*, 2003)。照片中，一个宛如亚马逊森林的绿色墙壁上有一个伸展开的胳膊。这只手的手掌向我们的视线张开，手掌下面是一个红色的轮廓，象征着位于委内瑞拉边境的亚诺玛米人的领土。我对"contingent"这个词很感兴趣，作为名词，它指向的是亚诺马米人不断减少的人口[①]。同时，"contingent"也是"contingence"的形容词，指的既不稳定性，也是边缘性。这是少数族裔家园的命运，是异托邦话语的命运，是一个本该在中心找到位置的话语的命运。

*

关键词4：跨学科性与跨媒介性。视线的游戏将故事置于道路的十字路口，并且找到了另外的表达形式。我们可以设想一些文本内部或者符号内部的转换，也就是说有一些转换是发生在同一个学科之中，或者采用的是同一种媒介。还有一些转换是在学科和媒介之中进行的，也就是我们要探讨的跨学科性和跨媒介性。对空间表征的研究不能忽略这些有益的跨越类型边界的尝试。这些尝试让我们看到了多种多样的指涉关系。

佩雷拉·多斯·桑托斯的第二部电影《吃掉自己的法国小丈夫是什么味道》(*Como era gostoso o meu francês*, 1971)就是很

---

① "contingent"作为名词，指的是"份额、限额"。——译者注

好的例证。该电影讲述了16世纪中叶一个法国无名之辈被图皮南巴（Tupinambas）的印第安人囚禁的故事。图皮南巴也就是后来的里约热内卢。这个电影的名字很有趣，也充满了讽刺的意味。尽管电影的主人公自己并不情愿，但是他时刻都可能成为盛宴上的一道饕餮大餐。与此同时，他还处于另一种形式的食人仪式的中央：葡萄牙人和法国人之间爆发了一场残酷的战争，想要瓜分这块殖民地蛋糕。对于葡萄牙人来说，这里是"巴西"（Brasil），而对于法国人来说，这里是"南极的法国"（France Antarctique）。但是他们都忘了，这块蛋糕本不属于他们中的任何一方。

佩雷拉·多斯·桑托斯的这部电影是受德国探险家汉斯·史达顿（Hans Staden）[①]的小说启发拍摄而成的。史达顿曾经被图皮南巴的印第安人囚禁了九个月，而后被释放。他同样还在安德烈·特维（André Thevet）[②]那里找到了灵感。这里有很多的跨媒介元素：电影与文学之间有着千丝万缕的联系，这一点已经无须赘言，尽管有时候人们是用非常新颖的方式将书籍搬

[①] 汉斯·史达顿：《赤裸、残暴与食人族》，由亨利·泰尔诺·孔帕斯译自德语，巴黎：梅塔利耶出版社，2005年。原文信息如下：Hans Staden, *Nus, féroces et anthropophages*, traduit de l'allemand par Henri Ternaux Compans, Paris, Métailié, 2005. 汉斯·史达顿是德国探险家，曾经被南美洲印第安人囚禁，在返回欧洲后，撰写了广为传阅的《赤裸、残暴与食人族》。——译者注
[②] 安德烈·特维（André Thevet，1502—1590），法国圣方济各会的探险家、作家，曾游历南美洲并写下了《新发现的世界，或者南极洲》（*The New Found World, or Antarctike*），该书收录了在今天的里约热内卢附近的法国殖民地的许多一手资料。——译者注

上电影荧幕的。除此之外，这部电影还体现了跨学科性。导演用人类学的工具描述了巴西在殖民地时代之初的样貌。他表征的空间是16世纪的空间，但是这种表征模式所依托的知识却在人文社科领域早已普及，在这部电影上映的几年后，后殖民研究开始用同样的方法来阅读空间。

在结束这个关键词之前，我想再说一件逸事。1971年，电影《吃掉自己的法国小丈夫是什么味道》曾经引起了审查部门的不满：这是否是一部色情电影呢？因为在80多分钟的时间里所有人几乎都是一丝不挂地走来走去。最后，是一些人类学家拯救了佩雷拉·多斯·桑托斯和电影的出品方，因为这些人类学家证明，在16世纪图皮南巴的村落里，着装潮流与欧洲古典主义大相径庭。

*

关键词5：地层学（stratigraphie）、多时性（polychronie）和异步性（asynchronie）。我们在上文中简要地探讨过，空间的表征从来不是均质的。我们生活在现时（présent），甚至是"即刻现时"（immédiate actualité）中。诚然，空间是我们眼前的、可以感知的空间，但也是漫长激荡的历史中曾经存在过的空间。空间是一个千层酥，是一个个为其赋予历时厚度的地层组成的网。我们应该让叙事来重新切分地层，赋予每一个地方其特殊性。

在小说《左侧的男人》(*L'Homme du côté gauche*，2011）中，阿尔贝托·穆萨（Alberto Mussa）构想了一个发生在1913年里约热内卢圣克里斯托旺城区的一次调查。一个警员被人勒死在一个奢靡的妓院中。因为这是一部侦探小说，所以需要有一个负责调查的人。这个角色交付给了探长塞巴斯蒂奥·巴塔（Sebastião Baeta）。他和卡波耶拉①的格斗者阿尼塞托（Aniceto）爆发了严重的冲突，在他看来后者有两个主要的缺点。阿尼塞托一方面不满意自己成为警方怀疑的主要对象，另一方面作为妓院的红人，他有着很好的异性缘，连巴塔的太太都被他吸引了。随着情节的发展，巴塔与阿尼塞托之间的敌对态势愈演愈烈，激烈的冲突接踵而至，其中夹杂着性与暴力。然而，阿尔贝托·穆萨是个有野心的小说家，他不仅仅局限于叙述一桩调查案件，还回溯了里约建城初期的历史，并且揭示了这座城市历史的一个侧面：长期困扰该城的犯罪问题。在故事的一开头，穆萨便开宗明义地指出：

> 定义一座城市的并不是它的地理，不是它的建筑，不是它的英雄或者一场场战役，亦不是它的风俗演化或者诗人凭借想象力创造出来的城市形象。定义一座城市的，其实是它的犯罪史［……］我说的是一些"奠基性"的犯罪，一些必不可少的

---

① 卡波耶拉是一种介于武术和舞蹈之间的艺术，由巴西的非洲裔移民创造发明而来。——译者注

犯罪，一些难以理解的犯罪，一些在它所属城市之外无法实施的犯罪。①

《左侧的男人》是一本伟大的书。它将里约热内卢的历史根植于地层铺就的高原中，古老的犯罪点缀着每一个地层。这座巴西大都市的表征取材自各种各样的资源，其中还包括16、17世纪的资源。当然，阿尔贝托·穆萨的上述表述有夸大之嫌。地理学、建筑以及诗歌都参与了地方的建构。正因如此，地方才介于我们所说的真实（réel）和我们可以更放心地称之为"想象"（imaginaire）的事物之间。里约热内卢如此，其他地方亦然②。关于地层学和时间异质性的问题，可以有很多探讨的话题。在这里，我们只需要记住一点，那便是地方具有多时性和异步性的特点。现时（présent）对所有人并不是一致的。

*

关键词6：多重感官性。约翰·布兰布利特（John Bramblitt）是一位住在美国得克萨斯州登顿的造型艺术家。他以极具

---

① 阿尔贝托·穆萨：《左侧的男人》，由于贝尔·泰泽纳译自葡萄牙语，巴黎：菲布斯出版社，2015年，第7页。原文信息如下：Alberto Mussa, *L'Homme du côté gauche*, traduit du brésilien par Hubert Tézenas, Paris, Phébus, 2015, p. 7.
② 在詹姆斯·弗雷（James Frey）的《阳光灿烂的早晨》（*Bright Shiny Morning*，2008）一书中，洛杉矶的形象同样在虚构小说与编年史书写的交融中浮现出来。

震撼力的创作闻名于世,同时闻名于世的还有他特殊的创作条件。布兰布利特生于1971年,患有莱姆病和癫痫病,在30岁的时候双目失明。他的创作才能曾经无人知晓,或许他自己也不知道自己的创作之路能够走多远。然而,正是在双目失明之后,他成为了享有盛誉的画家。2017年,借"里约摇滚音乐节"之际,一个航空公司邀请他为一架波音737飞机装饰座舱,装饰的主题为"音乐色彩"(Musicolors)。为了兑现这一邀约,艺术家准备了印有受邀乐队头像的巨型贴纸,以通感的方式表达摇滚乐给他的感官启发[1]。

  约翰·布兰布利特记得周遭世界的一些形象,一些人的面庞以及一些东西的样貌。过去的痕迹会指导他的艺术创作吗?事实上并不会。回忆只能让他徒增愁绪,甚至会让他绝望——尽管艺术家已经用画笔克服了自己的绝望。他必须要创作,要开辟道路,要打开新的空间,要把自己投向未来。为了做到这一点,他放弃了视觉维度,创造出了新的方法来感知周围的空间。就色彩来说,他使用了不同质地的油漆,每一种质地都有其特定的含义。就形状而言,他制作的是具有凹凸感的草图,特别注重材料的选择。感官的等级秩序被彻底推翻。触觉取代

---

[1] 《艺术家约翰·布兰布利特来到巴西展现他最新的艺术作品:一架带有里约摇滚音乐节艺术家音乐印记的飞机》(O artista John Bramblitt veio ao Brasil para apresentar sua última obra : um avião pintado com uma estampa feita a partir de músicas de artistas que estarão no Rock in Rio),参见网址:https://oglobo.globo.com/cultura/artista-que-pintou-aviao-partir-de-musicas-do-rock-in-rio-vem-aobrasil-21745569#ixzz56AKChc6nstest,2018年2月7日查阅。

了视觉，在画布上打乱了精神景观的空间。除此之外还有声音。布兰布利特有时会让自己在音乐的驱使下恣意徜徉，穿梭于自己的作品之中。对他来说，"视觉艺术"这个表达是过时的：艺术是可以触碰的，也是可以听到的，如果说艺术是视觉的，那么这种视觉性是它本质的一部分。约翰·布兰布利特激活了对世界的多感官感知，可见性遭到了质疑，现实和地方通过所有的感官表现出来：我们的社会建立在图像之上，因此视觉元素得以凸显，但除此之外还有触觉、听觉、嗅觉和味觉。视觉与颜色有关，在这方面还有很多值得探讨的地方。这正是弗雷德里克·图杜瓦尔·叙尔拉皮埃尔（Frédérique Toudoire-Surlapierre）在他的专著《科罗拉多》（*Colorado*，2015）中所探讨的问题。在这本书中，作者探讨了色彩与某些地方的表征之间的关系。因此，欧洲一直处于"蓝色政权的幻想"[1]之中。声音也同样如此。毫无疑问，现在存在一种对感官的刻板印象。

*

关键词7：解辖域化和流动的时间性。无论是通过各种塑造并改变空间样貌的主体，还是通过无数为空间赋予历时厚度的

---

[1] 弗雷德里克·图杜瓦尔·叙尔拉皮埃尔：《科罗拉多》，巴黎：子夜出版社，2015年，第14页。原文信息如下：Frédérique Toudoire-Surlapierre, *Colorado*, Paris, Minuit, 2015, p. 14. 作者在书中写道："欧洲的集体无意识可能是通过蓝色政权的幻想塑造的。这个颜色让知识性欧洲（Europe intellectuelle）变得切实可见，因为蓝色是'思想的颜色'。"

地层，抑或是通过无法预测其内容的褶皱，或者通过对空间的各种感官认知，只要我们愿意挖掘空间可见的表面，我们就会发现空间永远呈现出多样性、异质性和混杂性的特点。

2008年，乔奥·玛查多（João Machado）为我们展示了何为"解辖域化的空间"，也就是说，一个空间如何拒绝囿于地图的限制，摆脱地缘政治和边界划定者圈定的疆域。拉丁美洲艺术家经常借助以地图作为创作主题向观众展示他们的世界观。我们已经分析了安吉拉·德塔尼科、拉法莱尔·拉茵和罗莎娜·里卡尔德的作品。这些艺术家大多使用地图来代替主流的世界表征方法。玛查多走得更远。对他来说，是整个地球以及地球上的居民变成了地图，而地图变成了一个梦。作品《奔跑》（*Running*，2007）呈现的是一群正在训练的女赛跑运动员。运动员的身体由地图构成，处于运动中的身体为地图赋予了它所不具备的生命力。而在2008年发表的作品《游泳》（*Swimming*）中，我们可以看到一个用地图拼成的游泳者，他周遭的环境中标识的是一些失去了稳定性的地方名称。地图册成为了大西洋，地球变成了液态，世界具有了流动性。我们无法判断，这个游泳者到底是在游泳，还是像一个在空气中四处飘荡的漂泊者一样，漂浮于一系列元素之上。地球对他的引力减小了。然而游泳者的身体并不向外释放水流，他身上带着明显的地球印记，甚至还保留着赭色土壤和亚马逊森林绿色植被的痕迹。他穿着黑色泳裤，尽管这种体面的着装看起来有些多余，因为他已经远离了各种陈规惯例。亦或许，这条黑色泳裤是他所告别的社会的最后的符号。

3. 乔奥·玛查多：《游泳》，拼贴画，2008

玛查多阐释了拉丁美洲当代艺术中一个恒定的特色①，那就是需要将地方（lieu）置于德勒兹所说的逃逸线中。也就是说，将空间从禁锢它的地图中解放出来，并将传统的表征形式进行解辖域化。他们之所以这样做，是因为他们确信，随着时间的推移，这些表征已经不再能够释放地方的潜力，因此需要努力地走得更远，甚至走向乌托邦。这就是乔奥·玛查多想要表达的。同样，在里约热内卢，阿贝尔托·穆萨的小说《左侧的男

---

① 格拉西拉·斯皮兰扎：《拉丁美洲便携式地图册》，巴塞罗那：阿纳格拉玛出版社，2012年。原文信息如下：Graciela Speranza, *Atlas portátil de América Latina*, Barcelone, Anagrama, 2012.

人》也用晦暗的笔触表达了相同的想法。

*

关键词8：其他的空间研究方法。让我们继续留在里约热内卢，这个城市占据了我论述的很大篇幅。这是一个对巴西文化一知半解的人的偏爱，还是对"如果你去里约"这个问题的一个条件反射式的思考呢？里约热内卢神话是一个很好的比较文学形象学研究的主题，形象学是第一个系统地研究地方且突出地方重要性的研究方法。在过去几个月里，我看了几十部巴西电影，大部分我都很喜欢。比如格劳贝·罗沙（Glauber Rocha）、内尔森·帕雷拉·德桑托斯（Nelson Pereira Dos Santos）、沃尔特·雨果·克霍里（Walter Hugo Khouri）、罗杰里奥·斯甘泽尔（Rogério Sganzerla）、卡米拉·皮唐卡（Camila Piatanga）等导演拍摄的电影，以及克雷伯·曼东沙·费侯（Kleber Mendonca Filho）的《水瓶女人心》（*Aquarius*，2016）。很快我便意识到，在巴西诸多城市中，圣保罗和里约热内卢一样，是巴西本土导演青睐的城市。然而，国外的电影则恰恰相反。在我的影片库中，除了朗·霍华德（Ron Howard）的《极速风流》（*Rush*，2013），很少有国外的电影关注圣保罗，更不要说别的巴西城市了……《极速风流》这部电影讲述的是詹姆斯·亨特（James Hunt）和尼基·劳达（Niki Lauda）两个一级方程式赛车冠军彼此之间竞争的故事，其中圣保罗的故事片段发生在著名的英特拉格斯赛道上。

让我们留在里约热内卢。在位于里约郊区的卡希亚斯公爵城，有一个就连可爱的达里奥·莫雷诺可能也会避之唯恐不及的地方：大型露天垃圾场——格拉玛舒（Gramacho）。垃圾场所在地的生态环境非常脆弱，这个垃圾场于1970年建成，之后一直使用到2012年。这种类型的空间在电影中是缺席的，其实不仅仅是这种类型的空间。时代在变，研究兴趣也在变。地理批评与这些研究是相吻合的。关注垃圾场的不仅有地理批评，还有生态批评（écocritique）。在这里我不想展开论述生态批评的理论，而是想简单地点评一下维克·莫尼兹（Vik Muniz）的一个令人惊讶的创意。2007年至2009年，莫尼兹搬离了纽约的公寓，来到格拉玛舒垃圾场旁边定居。他的目的是为这个空间赋予价值，既包含审美的价值，也包含社会意义的价值，他希望能将"垃圾"（lixo）变得"与众不同"（extraordinário）[1]。在经过了漫长的选角之后，他最终选择了7个废品回收者作为表演的主角。这7个人起初有点怀疑，但是很快他们便接受了这个挑战。莫尼兹拍摄下了这些废品回收者的表演，把他们的形象放大并且投放在一个巨大厂房的空地上。然后，废品回收者尽情地开展他们的即兴表演，把他们回收到的东西摆在拍摄的影像

---

[1] 莫尼兹艺术实验的名字便是《与众不同的垃圾》（*Lixo Extraordinário*）。——译者注

周围。其中，最震撼的表演便是其中一个废品回收者利用垃圾场的一个废旧浴缸表演了雅克·路易·大卫（Jacques-Louis David）的名画《马拉之死》（*La Mort de Marat*）。

含混不清是当今时代的主流。在这方面还可以做更多的探讨。莫尼兹在影片配套的纪录片中对影片中的一些问题给出了清晰的解答。艺术家与这些扮演艺术家的废品回收者之间是什么关系？在这些肯定不太了解大卫绘画作品的格拉玛舒废品回收者身上，他们的模仿行为中有多少是发自本能？在伦敦的画廊表演结束之后，这些废品回收者又回到了贫穷落后的卡希亚斯公爵城，在经历过这个毕生难忘的经历之后，他们会有怎样的感受，又会怎样思考他们的生活呢？

*

关键词9：从后现代到后人类。我们应该去关注曾经被文学和空间艺术视为边缘的、难以触及的空间。垃圾场不是一个传统意义上受到艺术家关注的场所。或许电影艺术更早地展现了它大胆的一面。许多20世纪60年代或70年代初的巴西电影给我留下了深刻的印象，因为它们和意大利新现实主义电影一样，为边缘空间保留了一席之地。比如导演格劳贝·罗沙拍摄的巴西东北部，以及罗杰里奥·斯甘泽在电影中揭露的里约热内卢科帕卡巴纳城区的阴暗面[①]。后者被视作巴西"边缘电影"(cinema marginal)的代表人物。

让我们回到当代艺术。维克·莫尼兹的艺术试验《与众不同的垃圾》似乎标志着一种转向，即从后现代转向后人类。当然，其中还保留了后现代的痕迹，比如对现实的指涉、模仿以及娱乐性。但是还有其他元素，比如与环境建立关联的迫切需要，特别是在这种极端的环境中，这个要求与传统的艺术经典相违背。"垃圾"也可以"与众不同"。人类已经不再能够扮演美好的角色了。另外，这种诉求是否开启了一种新的理论依据呢？扮演这一角色意味着千方百计谋得占据中心的地位，哪怕这种诉求会损害世界的、周遭人的利益以及环境的利益。就在莫尼兹围绕格拉玛舒垃圾场进行创作的时候，尼尔森·莱尔纳（Nelson Leirner）在2009年圣保罗双年展上展出了一个新的作品——《飞行的野猪》（Javali Voa）。这是一只笨拙地驾驶着一个怪异飞行器的野猪。一时间涌现了关于这个作品的各种解读，

[①] 这里指的是电影《科帕卡巴纳，我的爱人》(Copacabana mon amour, 1970)。在这部电影里，罗杰里奥·斯甘泽解构了欧洲和美国电影塑造的科帕卡巴纳阳光明媚的海滩神话。在这些欧美电影中，全然不见贫民窟和破灭的幻想。而在电影《科帕卡巴纳，我的爱人》中，镜头跟随着海伦娜·伊格内兹（Helena Ignez）饰演的女主人公索尼娅·希尔克（Sônia Silk）行动前进，她大步行走在海滩旁边的大西洋大道上，身后跟着一个幽灵。伴着吉尔伯托·吉尔（Gilberto Gil）的配乐，旁白声响起："在这种情况下，面对国家的巨大苦难无动于衷的人，怎么能不被阳光、卡莎萨酒和魔力所麻痹。这种状况也许会持续到我们不再需要桑巴舞、恋尸癖和乡愁的那一天！只需要几秒钟的时间，科帕卡巴纳的阳光就让大批巴西人失去了理智。它让我们变得迷迷糊糊、目瞪口呆、疯疯癫癫。超自然的力量麻痹了我们，我们是这个星球上饥饿的幽灵。"

因为这个作品是多重含义的。一方面，它象征着不可能性，就像母鸡没有牙齿一样，野猪也不可能飞行。另一方面，这也象征着，即使是最笨拙的动物也能够在一个人类中心主义失去未来的世界里扮演天降奇兵。为了能够继续存在下去，在这个世界中我们应该辩证地看待人类的空间。我们逐渐走向了后人类性，或者至少走向了后人类主义，一种主角不再是达芬奇笔下的维特鲁威人的人类主义。

莫尼兹和莱尔纳推崇的方法让我们对巴西以及别处的空间和地方有了新的认知。在我自己的地理批评研究中，关于人文研究视角的去中心化思考占据了越来越重要的地位。

*

关键词10：在全球化与世界文学（world literature）之间。我们在两种状态中纠结不定：一个是变得"死气沉沉"（deadish）[1]的后现代性，另一个是漂浮不定的后人类性。在这一背景下，框架和尺度的问题就变得格外紧迫。地方从微观中解放出来，开始以全球的尺度丈量。当今时代是一个地区对峙加剧的时代，也是一个全球化不断扩张的时代。文化、文学和当代艺

---

[1] 克里斯蒂安·莫拉鲁，"十三种途经后现代主义的方法"，《美国图书评论》，第34卷，第四期，2013年5月/6月刊，第3页。原文信息如下：Christian Moraru, «Thirteen Ways of Passing Postmodernism», in *American Book Review*, vol. 34, n4, mai/juin 2013, p. 3.

术也无法摆脱这一趋势。谈论亚马逊流域的一个村庄、谈论巴西，其实也是在谈论世界。借代可能是全球语境中盛行的修辞方法。

这正是尼尔森·莱尔纳在系列艺术地图作品《就是这样（如果你觉得）》(*Assim é... selhe parece*) 中所展示的。这部作品嘲讽的是各种各样的限制。作品的标题将文学与艺术结合在一起。与此同时，标题还巧妙地影射了路伊吉·皮兰德罗（Luigi Pirandello）的戏剧作品《是这样，如果你们以为如此》[*Così è (se vi pare)*, 1917]。在这部戏剧中，剧作家对存在唯一真理的可能性提出了质疑。在莱尔纳的作品中，西西里岛、皮兰德罗戏剧中隐含的地图与以南半球为中心的世界地图联系在一起，莱尔纳作品中的世界地图不再以欧洲为中心，而是以美洲为中心，以巴西为中心。这一组世界地图将布满迪士尼人物的西方与充斥着骷髅头骨的南半球对立起来。在他的创作中，流露着一种怪诞无法掩盖的不安感。地图呈现出的场景让人瞠目结舌。世界被卷入全球化的浪潮，而差异却在逐渐加深。这正是拉丁美洲艺术家和作家自21世纪之初开始就一直在控诉的问题。同时也是格拉西拉·斯皮兰扎（Graciela Speranza）在《拉丁美洲便携式地图册》(*Atlas portátil de América Latina*, 2012) 一书中探讨的内容。北半球是一个游乐场，而南半球却是一个每天都在庆祝亡灵节、被骷髅头统治的地方。发生的一切就好像全球化已经彻底实现。通过划分半球、区分南北，全球化进程将殖民时期幻想过的计划付诸实践。骷髅头标记的是一段时间以来被后殖民研究、去殖民研究和属下研究（études subalternes）[①]关注的一个半球。

从地理批评的视角来看，我最初的观点是指涉物（référent）必须在文学研究领域找到自己的位置。在法国，这并不是一个不言而喻的事实。后来，和很多人一样，我认为文学研究面对的是一个宏观范围的指涉物，即全球。文学研究必须将全球作为参照物才能为理解世界、"阅读"世界做出自己的贡献。这就是"世界文学"（world literature）的意义所在。当然，必须以相对审慎的态度进行这方面的努力，而世界文学的推动者往往不具备这种态度。我们迫切需要将"世界文学"变成"真正意义上世界范围内"（really worldwide）的文学，并且让它去中心化，就像我们用英语、葡萄牙语或者世界上任何一种语言言说这个话题一样。

[①] "属下"是后殖民理论研究中的一个主要研究对象，指的是没有权利，在政治和文化上依附于其他群体的人群和阶级。——译者注

津邦贝尔—伊洪伽

将话语的尺度与自己在世界所处的位置相匹配并不是一件简单的事。当然，在欧洲，我们通常把事情进行了简化处理，甚至过于简化。一旦我们想要独一无二的绝对真理，那么尺度、变化、调停，以及一切复数形式便都不复存在了。在过去数世纪中，欧洲人习惯将"我的"世界与唯一的世界画等号，因此殖民活动也得以被合法化。地图、世界地图及地球仪便忠实、准确地传递了这一观点。我曾经讨论过这个问题，今后还会继续讨论。这种充满了确定性的思想坚不可破。殖民主义已经被正式宣告死亡，但是西方普世主义依然存在，并且在不断地重申和扩大它的益处。

幸运的是，我们很容易妥协，并且试图向世界敞开怀抱。1989年5月，蓬皮杜艺术中心和拉维莱特公园的大厅举办了一个名为《地球魔法师》（*Magiciens de la terre*）的展览，这个展览产生了深远影响。策展人是让·于贝尔·马丁（Jean-Hubert Martin）。展览的目标很明确：将地球上最具代表性的一百余位艺术家会聚一堂，以期首次为当代艺术作一个总结。他们邀请了一些著名的西方艺术家，比如玛莉娜·阿布拉莫维奇（Mari-

061

na Abramović)[①]、克里斯提安·波坦斯基（Christian Boltanski）[②]、阿尔弗雷多·贾尔（Alfredo Jaar）[③]、路易丝·布儒瓦（Louise Bourgeois）[④]、汉斯·哈克（Hans Haacke）[⑤]、白南准（Nam June Paik）[⑥]，以及阿里吉耶罗·波提（Alighiero Boetti）[⑦]。之所以选择上述艺术家，是因为他们的作品中都呈现了跨文化的维度[⑧]。我认为，这是个充满雄心壮志的展览。除了这些知名艺术家，策展方还想邀请一些常规艺术市场之外的艺术家，一些长期被误解或者默默无闻的艺术家。他们探访了一些世界经济发展轨道之外的地方，并增加了很多限制性条件[⑨]。策展人四处搜集、考察，并把助手派往世界各地挑选合适的艺术家。在这些被选中的幸运儿中，有尼泊尔艺术家努什·卡基·

[①] 玛莉娜·阿布拉莫维奇（Marina Abramović, 1946— ），南斯拉夫人，行为艺术家。——译者注
[②] 克里斯提安·波坦斯基（Christian Boltanski, 1944—2021），法国当代著名雕塑家、摄影师和画家。——译者注
[③] 阿尔弗雷多·贾尔（Alfredo Jaar, 1956— ），智利艺术家、建筑师。——译者注
[④] 路易丝·布儒瓦（Louise Bourgeois, 1910—2010），法国雕刻家。——译者注
[⑤] 汉斯·哈克（Hans Haacke, 1936— ），概念艺术家，出生于德国科隆，现于美国纽约工作。——译者注
[⑥] 白南准（Nam June Paik, 1932—2006），韩裔美国艺术家。——译者注
[⑦] 阿里吉耶罗·波提（Alighiero Boetti, 1940—1994），意大利观念艺术家。——译者注
[⑧] 《前言》，参见地球魔术师官网：http://magiciensdelaterre.fr/contexte.php?id=6，2018年9月查阅。"所选的西方艺术家主要是基于他们与其他文化的关系：原生文化、旅行、兴趣、社交活动、借鉴的作品以及政治因素等。"
[⑨] 让·于贝尔·马丁，转引自让·路易·普拉戴尔《"地球魔术师"的环球之旅》，《周四事件》，1989年6月8日至14日。"我们去见的是个体，而不是模糊的、短暂的艺术'潮流'。在这些旅行中，我们想把那些在我们看来最有创意、最有创造力的人分离出来，而不是先入为主地将他们视作根植于和谐社群中、不受任何影响干扰的原生态艺术。"原文信息如下：Jean-Hubert Martin, in Jean-Louis Pradel, «Le tour du monde des "magiciens de la terre"», *L'Événement du Jeudi*, 8-14 juin 1989.

巴雅尔查雅（Nuche Kaji Bajracharya），他不但自己创作一些宗教性质的绘画，还会制作曼荼罗①。还有来自巴布亚新几内亚阿彭盖村（Apengaï）的尼拉·加布鲁克（Nera Jambruk），他在展览中展出了用彩色树皮做的门楣。除此之外，受邀的还有吉维亚·索玛·玛施（Jivya Soma Mashe），早在20世纪70年代中期，他就将瓦尔里艺术（Warli）在印度普及开来。尽管他出现在巴黎展览的邀请名单之列，但是他最终还是缺席了这场盛会。此外，还有澳大利亚土著部落延杜穆（Yuendumu）的艺术家代表。

*

展览引起了巨大的轰动，但同时，它也引发不小的争议。展览提出的一些尖锐的新问题引发了策展人与其诋毁者之间的激烈辩论。有人认为在这个展览中"嗅到了殖民展览的遗臭"，有人将展览评价为"既有异域色彩，又具备普世价值的秀丽画卷"，有人批评让·于贝尔·马丁将艺术简化为一个精神活动，甚至一个魔法表演。但是马丁本人指出，"我从来没有认为玄秘

---

① 曼荼罗是梵文 "Mandala" 的音译，意为"坛场"，是一种圆形的、分层级的结构，是密教传统的修持能量的中心。——译者注

或者超自然的实践形式是所有艺术家共同的特点"①。那么何谓"艺术家"？有人质疑马丁将西方的艺术定义强加给世界各地，并将那些不属于欧洲意义上"艺术"的创作者引入自己的搜索范围。关于这一点，马丁指出，恰恰是为了避免艺术家这个词，他才大胆使用了"魔法师"这个说法：

  这些作品或者物品创作于一个并不存在"艺术"这个概念的语境中。谈论艺术就相当于给它们贴上西方标签［……］。"魔法师"影射的是这种心理活动。我们不应该从字面意义上去理解这个词，而是像我们通常所说的"艺术的魔力"那样去理解这个词。②

  在与克里斯蒂娜·鲁格梅尔（Christine Rugemer）的访谈中，他更加明确了自己的表述，欣喜地表示为自己"能够在各种创作态度间建立对话"③感到欣慰。但是这并没有起到多少作用，正如克里斯蒂娜指出的，对话引发了更多的问题：

---

① 让·于贝尔·马丁，转引自热内维耶夫·布里莱特《敢于观察，愿意惊讶》，《世界报》"艺术与演出"副刊，1989年5月18日。原文信息如下：Jean-Hubert Martin, in Geneviève Breerette, «Oser regarder, vouloir s'étonner», Le Monde, supplément Arts Spectacles, 18 mai 1989.
② 让·于贝尔·马丁，转引自热内维耶夫·布里莱特：《敢于观察，愿意惊讶》，《世界报》"艺术与演出"副刊，1989年5月18日。
③ 让·于贝尔·马丁，转引自克里斯蒂娜·鲁格梅尔：《上下颠倒的意义》，《中介》，1989年7月10日。原文信息如下：Jean-Hubert Martin, in Christine Rugemer, «Sens dessus dessous», Intermédiaire, 10 juillet 1989.

我们必须明白的是，当我们对这些作品进行统计并搬到西方陈列展出时，我们是否已经带着民族中心主义的简化视角来审视这一切？这些作品已经丢失了部分意义，呈现的只是表象。[1]

这段点评一针见血。但是对我来说，让我感到惊讶的不是选择的标准，而是这些标准的表述方式。这种表述方式充分说明了全球区域划分的不确定性以及隐含的等级制度。西方是什么呢？西方是精神能够企及之物吗？或者反过来说，那些不能企及或者很难接近的东西是所有非西方之物的标志吗？在地理范围之外，西方是否是一种熟悉的主流文化空间呢？在某些方面，它在世界其他地方的变体是否呈现出均质状态呢？在其最崇高的部分（也就是艺术家部分），西方是否在跨文化（他们与其他文化之间的关系）的潮流中肆意涌动，而在其他文化中，个体是否常常在根植本土文化的同时被要求具有"创造性"或者"发明性"呢？我们可以对马丁的展览进行长篇大论，甚至对其大加批判。但是这将是一场错误的控诉。马丁的贡献在于他以巨大的勇气推动了一个在认识论方面具有不可预见的影响

---

[1] 克里斯蒂娜·鲁格梅尔：《上下颠倒的意义》，《中介》，1989年7月10日。

力的事件[1]。这个尝试是合理的，但是有待商榷的一点在于策展人不应该将地球变成单一的家园，特别是在政治和经济存在大量不对等的情况下，一个用统一定义来衡量的家园。也许更加明智的做法是开诚布公地探讨艺术在全球范围内的地位，而不是使其成为一个悬而未决的问题。现如今，在飞速发展的全球化的利刃下，尽管普世主义的思维已经被察觉，但它依然保持旺盛的生命力。1989年夏天也是如此，七国集团会议正在如火如荼地举行，而与此同时，巴黎正在隆重庆祝法国大革命200周年。

事实上，尽管《地球魔法师》展览在入选艺术家的范围上进行了创新，但是它关注的议题并不新鲜。有些评论家曾经后悔将延杜穆部落的瓦尔皮里艺术家的作品和所谓的"西方"杰出艺术家的作品放在一个系列里[2]。但是在1989年，土著艺术创作的本质和商品化的过程还不为人知。很显然，有些专家的态度表明他们自己信息量的匮乏。在此次展览举办两年前，布鲁斯·查特文（Bruce Chatwin）曾出版过一本后来成为经典的游记[3]，这本游记记录了澳大利亚北部地区土著人的"小路歌谣"

---

[1] 2014年，安妮·科恩·索拉尔（Annie Cohen-Solal）在蓬皮杜艺术中心组织了一次庆祝1989年展览25周年纪念的活动，活动名为"地球魔法师：回归一个传奇的展览"。这个纪念活动使让·于贝尔·马丁得以重新审视这些争议。
[2] 受邀的澳大利亚土著艺术家包括杰克·乌努温（Jack Wunuwun）、吉米·乌鲁鲁（Jimmy Wululu）和约翰·玛旺迪具（John Mawandjul）等人。
[3] 指的是查特文1987年出版的小说《歌之版图》（*The Songlines*）。——译者注

（songlines），这些小路歌谣有点像"心理地图"（carte mentale），能够帮助澳大利亚人在干旱的内陆定位方向。地图意味着缩小化，因此，有人要求土著人把他们的心理地图画在画布上，这些心理地图受梦境和祖先应和着土地所唱的歌谣启发。艺术商竞相买卖这些色彩鲜艳的绘画作品，好像它们是一幅幅抽象的点彩画作品。这是一个彻底且持久的误会。随后，这些作品帮助澳洲土著人更好地表达了长期以来被澳大利亚当局压制的政治信息。在《地球魔法师》举办之前，已经举办了多场"土著艺术"的展览。

展览的举办方没有明确标注哪些艺术家是西方艺术家，哪些艺术家不是西方艺术家，尽管西方和非西方的艺术家被认为各占了一半。我们不知道构成肯·尤斯沃斯（Ken Unsworth）的《兰桑慢慢走》（*Lansam, lentement*，1988）中的"自行车、砖头和三个仿制的砖头框架"被归到哪个类别，也不知道吉米·乌鲁鲁的《中空的原木》（*Djalumbu, Hollow logs, Poteaux creux*，1988）中的12根镂空的彩绘葬礼原木被归到哪个类别。我并不想在这里反复赘述，但是这里却有一个值得怀疑的概念，即"西方"这个概念，或者说要把异质性的世界大刀阔斧地削减为几个和谐的整体的诉求。围绕《地球魔法师》展览发生的一切让我们不禁想起了伴随着"世界文学"的出现而产生的争论。1989年，在远离巴黎和法国的美国，各高校文学系关于文学经典开放性的探讨正在如火如荼地进行。事实上，《地球魔法师》

反映的是一个在博物馆陈列方面激荡已久的思考，即传统的展品与被定义为"西方"的艺术之间的关系。我在这里不做过多论述。在《子午线的牢笼》一书中，我曾讨论了詹姆斯·克利福德（James Clifford）在温哥华附近的不列颠哥伦比亚省参观的两个展览[①]。克利福德关于这个问题的思考可以追溯至1988年。

*

《地球魔法师》展览给来自非洲大陆的艺术家预留了很重要的位置。现在，轮到安德烈·马格宁（André Magnin）[②]来选拔新秀了（是的，你会发现"选拔新秀"已经变成一个足球术语）。事实上，有些艺术家，比如切里·桑巴（Chéri Samba）[③]在当时已经颇有名气，而另外一些艺术家在自己的国家却默默无闻，比如波蒂斯·伊塞克·金杰雷斯（Bodys Isek Kingelez）在扎伊尔（即后来的刚果民主共和国）就是如此。让我们想象一下这两类作品的相遇：一类是安德烈·马格宁风格的作品；另一类是波蒂斯·伊塞克·金杰雷斯风格的作品。

[①] 詹姆斯·克利福德：《路径：二十世纪末的旅行与翻译》，剑桥，伦敦：哈佛大学出版社，1997年。原文信息如下：James Clifford, *Routes. Travel and Translation in the Late Twentieth Century*, Cambridge, MA, Harvard University Press, 1997.
[②] 安德烈·马格宁（André Magnin, 1957— ），法国当代著名策展人、艺术画廊经营者。——译者注
[③] 切里·桑巴（Chéri Samba, 1956— ），刚果民主共和国画家。——译者注

资料显示，金杰雷斯出生于扎伊尔班顿杜省（Bandundu）的一个名叫津邦贝尔—伊洪伽（Kimbembele Ihunga）的小村庄。1970年，金杰雷斯一路坐船沿刚果河来到金沙萨，准备当一个普普通通的教员。1978年，在一个邻居的帮助下，他将自己制作的一个彩色的国家博物馆的模型带到了扎伊尔国家博物馆研究院。研究院质疑这个作品的原创性。他是这个模型的作者吗？他被要求再创作一个类似的作品，于是金杰雷斯立马创作了《原子派出所》（*Commissariat atomique*）。研究院的管理层不得不承认他的才能，并委托他修复博物馆里的展品，其中大部分是模型。1984年，金杰雷斯很好地完成了艺术修复的工作，随后，他全身心地投入到模型的制作工作中[1]，并且"希望展现一种典范的、现代化的住所，与此同时思考另一种生活方式"[2]。从定居金沙萨开始，他便没有离开过这个城市。他失去了观察世界的视窗，因此也没有了参照点。但是这并不重要："我不能进行

---

[1] 关于波蒂斯·伊塞克·金杰雷斯详细的生平介绍，参见萨拉·苏祖吉《波蒂斯·伊塞克·金杰雷斯》，展览手册，纽约：现代艺术博物馆；布鲁塞尔，墨卡托基金会，2018年，第9—30页。原文信息如下：Sarah Suzuki, *Bodys Isek Kingelez*, catalogue d'exposition, New York, The Museum of Modern Art ; Bruxelles, Fonds Mercator, 2018, pp. 9-30.

[2] 波蒂斯·伊塞克·金杰雷斯：《波蒂斯·伊塞克·金杰雷斯访谈》，安德烈·马格宁于2000年在巴黎和金沙萨采访并整理（访谈稿最先发表于《波蒂斯·伊塞克·金杰雷斯》展览的导览手册，梅地亚迪内出版社，布鲁塞尔，2003年），选自《美丽刚果：1926—2015》，巴黎：卡地亚当代艺术基金，2015年，第254页。原文信息如下：Bodys Isek Kingelez, in «Entretien avec Bodys Isek Kingelez», propos recueillis par André Magnin, à Paris et Kinshasa, en 2000 (*d'abordpubliés* dans le catalogue de l'exposition *Bodys Isek Kingelez*, La Médiatine, Bruxelles, 2003), *Beauté Congo – 1926-2015 – Congo Kitogo*, Paris, Fondation Cartier pour l'art contemporain, 2015, p. 254.

对比。无论如何，我不喜欢比较。"①

马格宁是法国人，他童年有一部分时间在马达加斯加度过。1987年，他和让·于贝尔·马丁取得了联系，并且成为了后者的助手。马格宁跑遍了非洲大地的每一个角落，媒体有时甚至称他为冒险家。他来到了扎伊尔的首都，这里是非洲艺术的圣地，这里不仅生活着切里·桑巴，还生活着皮埃尔·博多（Pierre Bodo）、莫克（Moke）、里格贝尔·尼米（Rigobert Nimi）和其他艺术家。马格宁不认识金杰雷斯，除了年轻的建筑师克里斯蒂安·吉拉尔（Christian Girard），好像没有人认识他。吉拉尔和雅克·苏里鲁（Jacques Soulillou）一起发表了一篇文章②，在文中提到了金杰雷斯，并且认为他的模型与麦可·葛瑞夫（Michael Graves）③的设计和后现代主义风格非常接近。马格宁阅读了文章。当时苏里鲁正在喀麦隆的杜阿拉工作，在他的

---

① 波蒂斯·伊塞克·金杰雷斯：《波蒂斯·伊塞克·金杰雷斯访谈》，安德烈·马格宁于2000年在巴黎和金沙萨采访并整理（访谈稿最先发表于《波蒂斯·伊塞克·金杰雷斯》展览的导览手册，梅地亚迪内出版社，布鲁塞尔，2003年），选自《美丽刚果：1926—2015》，巴黎：卡地亚当代艺术基金，2015年，第254页。

② 雅克·苏里鲁、克里斯蒂安·吉拉尔：《城市艺术的国际主义》，选自《另辟蹊径：色彩的首都》，"世界"系列，第9期特刊，布鲁诺·提耶特（编），1984年10月，第275—282页。原文信息如下：Jacques Soulillou, Christian Girard, «Une internationale de l'art urbain», in Autrement, «Les capitales de la couleur», série Monde, hors-série n°9, Bruno Tilliette (éd.), octobre 1984, pp. 275-282. 这些首都是达喀尔、阿比让、杜阿拉、拉各斯和金沙萨。应该指出的是，苏里鲁与波尔多艺术团体"潘楚奈特存在感"（Présence Panchounette）在1969年至1990年间一直非常活跃，并于1986年在法国上加龙省拉贝热的南比利牛斯山地区当代艺术中心（CRAC Midi-Pyrénées）举办了名为《南部郊区——非洲表达》（Banlieues Sud-Expressions d'Afrique）的展览。

③ 麦可·葛瑞夫（Michael Graves，1934—2015），美国建筑师。——译者注

帮助下，马格宁与金杰雷斯取得了联系。

两个人的相遇取得了预期的效果。马格宁邀请金杰雷斯在巴黎拉维莱特公园的展览大厅展出自己的作品。借此机会，他创作了《法国的地中海》(*La Mitterranéenne française*)、《金杰雷斯的墓地》(*Mausolée de Kingelez*)、《天空十字架》(*La Croix du ciel*)等作品。其中，后两部作品将被布朗利博物馆收购。金杰雷斯的跨国旅行刚刚开始。"一切都从那里开始。"[1]金杰雷斯后来说道。他很快成为了最受瞩目的非洲艺术家。他的第一个个人展览于1992年10月在柏林的世界文化之家（Haus der Kulturen der Welt）举行。10年之后，他参加了奥奎·恩威佐（Okwui Enwezor）[2]策划的第十一届卡塞尔文献展（*documenta*）[3]。此外，他于1995年在卡地亚当代艺术基金会展出了自己的作品，参加了哈瓦那、约翰内斯堡（1997年举办，由恩威佐策划）、圣保罗、达喀尔等地举办的双年展。至于马格宁，他在全世界的画廊、博物馆和各类展览中加强了他作为非洲艺术专家的地位。特别是他对意大利商人让·皮高齐（Jean Pigozzi）的私人展览《当代非洲艺术收藏》(*Contemporary African Art Collection*)做出

---

[1] 波蒂斯·伊塞克·金杰雷斯：《波蒂斯·伊塞克·金杰雷斯访谈》，安德烈·马格宁于2000年在巴黎和金沙萨采访并整理（访谈稿最先发表于《波蒂斯·伊塞克·金杰雷斯》展览的导览手册，梅地亚迪内出版社，布鲁塞尔，2003年），选自《美丽刚果：1926—2015》，巴黎：卡地亚当代艺术基金，2015年，第225页。
[2] 奥奎·恩威佐（Okwui Enwezor，1963—2019），尼日利亚策展人、艺术评论家。——译者注
[3] 卡塞尔文献展是一个在德国城市卡塞尔举行的当代艺术展，该展览每五年举行一次，第一届文献展于1955年举办。——译者注

了重要贡献。很自然地，金杰雷斯和马格宁成为了朋友。2015年，金杰雷斯病逝于金沙萨。2018年5月，在萨拉·苏祖吉（Sarah Suzuki）的策划下，纽约现代艺术博物馆举办了金杰雷斯作品回顾展，这个展览一直持续到2019年1月1日。

*

尽管金杰雷斯的这段介绍很简洁，但是我们可以用两种方式对其进行解读。第一种方式是波蒂斯·伊塞克·金杰雷斯在《地球魔法师》展览后开启了他辉煌的国际事业。而第二种解读方式是在1989年夏天，他的作品被西方艺术市场抢先购买，并被西方艺术市场包装。在巴黎展览结束12年之后，他接受了《自由比利时报》（La Libre Belgique）的采访。他在采访中感叹道："但是在刚果，我感觉像一个外国人，我从来没有在那里得到过承认。相反，我收到了来自外国以及世界各地的订单。"[①]他将自己置身于全球范围内，并且评价了自己的艺术范式。他补充道：

西方人正在逐渐接受这个新鲜的信息。西方人欣赏我们，

[①] 波蒂斯·伊塞克·金杰雷斯，选自居伊·杜普拉《模型大师》，《自由比利时报》，2001年10月23日。原文信息如下：Bodys Isek Kingelez, in Guy Duplat, «Le Maître des maquettes», *La Libre Belgique*, 23 octobre 2001.

特别是那些能够用作品吸引他们眼球、思想和时尚的艺术家。我们随处都能听到全球化必须使每个人受益的说法，听到人们说这是一个国际化的进程。如果西方把它的模式强加于人，那么就是强制性的"指令"。每个人都必须参与到将彻底改变整个世界的全球化进程中。[①]

金杰雷斯的话可以好好地解读一下。如何摆脱"西方人"的强制性"指令"，同时不被那些"吸引他们眼球、思想和时尚"的特点所引导？这两者事实上非常相近。无论如何，将关于非洲（或其他）艺术的论述简化为全球棋盘上的一个定位，一种建立在抽象的、高高在上的（"西方的"）艺术模式而不考虑个人特质，这种做法尽管不能说是厚颜无耻的，至少也是草率欠妥的。每一个作者的声音都应该被听到。

顺便说一下，谈论单数的"非洲艺术"是不合适的。那么"欧洲艺术"是什么呢？按照同样的思路，匆忙地将"非洲性"（africainité）与捍卫"本真性"（authenticité）联系在一起是危险的，就像奎迈·安东尼·阿皮亚（Kwame AnthonyAppiah）的文

[①] 波蒂斯·伊塞克·金杰雷斯：《波蒂斯·伊塞克·金杰雷斯访谈》，安德烈·马格宁于2000年在巴黎和金沙萨采访并整理（访谈稿最先发表于《波蒂斯·伊塞克·金杰雷斯》展览的导览手册，梅地亚迪内出版社，布鲁塞尔，2003年，选自《美丽刚果：1926—2015》，巴黎：卡地亚当代艺术基金，2015年，第255页。

学研究所指出的[1]。我们需要回到那个显而易见的事实,即非洲艺术艰苦的创作环境。尽管情况马马虎虎有所好转,但是非洲艺术家缺乏展示的空间和媒介平台,这是一个决定性的因素。非洲作家在出版市场上同样面临这个问题[2]。金杰雷斯参观过2012年在金沙萨落成的当代艺术与多媒体博物馆吗?可惜的是,他因病逝世,没有能够看到2017年在开普敦落成的蔡茨非洲当代艺术博物馆(Zeitz-MoCAA),这也是迄今为止世界上最大的非洲当代艺术博物馆。金杰雷斯于1997年参加的约翰内斯堡双年展是该城市举行的第二次也是最后一次双年展。开罗曾经举办过多次非洲艺术展览,达喀尔自1990年以来举办过十三届达喀尔艺术展(Dak'art),而直到2017年拉各斯才举办首次双年展。刚果民主共和国在21世纪推出了两个双年展,一个在卢本巴希举办,一个在金沙萨举办。在金沙萨举办的双年展被命名为"岩戈"(Yango),林加拉语为"向前进"的意思。这些双年展,包括1997年在约翰内斯堡举办的双年展,曾经引发了不小的争议。至于坐落于开普敦的蔡茨非洲当代艺术博物馆,它的主要赞助人是彪马公司的前首席执行官约亨·蔡茨(Jochen

---

[1] 参见奎迈·安东尼·阿皮亚《世界主义:陌生人世界里的道德规范》(*Cosmopolitanism: Ethics in a World of Strangers*, 2006)和《身份的道德》(*The Ethics of Identity*, 2007)。

[2] 拉法埃尔·提耶里《非洲图书的市场及其文学机制:以喀麦隆为例》,佩萨克:波尔多大学出版社,"非洲文学"丛书,2015年。原文信息如下:Raphaël Thierry, *Le Marché du livre africain et ses dynamiques littéraires. Le cas du Cameroun*, Pessac, Presses Universitaires de Bordeaux, coll. «Littérature des Afriques», 2015.

Zeitz），而蔡茨也以自己的名字命名了该博物馆。

*

"岩戈"这个单词可以刻在金杰雷斯所有"超级模型"的拱顶上，作为他的人生标语。他将自己定义为"设计师、建筑师、模型制作者、工程师和艺术家"。他创作出了数不胜数的模型，但是有些已经丢失了，或者没有被很好地保存下来，因为他所用的材料都是一些非常脆弱的回收材料，比如纸张、纸板以及塑料。统计金杰雷斯的作品就相当于展开一条盘绕在世界地图上的写满地名的缎带。在20世纪80年代，他喜欢用纸做的模型表现色彩鲜艳的建筑物。一开始，他致力于创作体现扎伊尔现实元素的作品，比如创作于1981年的《走近利美泰塔》（*Approche de l'Échangeur de Limete Kin*）模型，还原的就是金沙萨市尚未完工的利美泰塔，这个时期正是一个"追求真实性"的时期。该塔高达200多米，是20世纪70年代初蒙博托·塞塞·塞科（Mobutu Sese Seko）总统在任时修建的，纪念的是刚果首任总理帕特里斯·卢蒙巴（Patrice Lumumba）。这个塔楼是俯瞰金沙萨全景的标志性建筑。

渐渐地，金杰雷斯参考的原型变得多样化了，他的想象力也日趋丰富。1988年，他创作了《2000年的德国》（*Allemagne An 2000*）和《1988年的巴西利亚》（*Brasilia 1988*）；1989年，他创作了《努维尔的巴黎》（*Paris Nouvel*）和《美丽的地图册》（*Bel Atlas*），分别向让·努维尔（Jean Nouvel）[1]和非洲建筑致敬，还有《苏联的蒙古》（*Mongolique Soviétique*）。当金杰雷斯动身出发去发现世界的时候，他的雕塑开始呈现出全球化的维度。他开始对更为广阔的空间感兴趣，并随后创作出了一系列体现这些空间的作品，比如《巴勒斯坦电厂》（*Centrale Palestinienne*，1993）、《日本塔》（*Nippon Tower*，2005），或者《澳大利亚开发银行》（*Development Australian Bank*，2007）。20世纪90年代，金杰雷斯创作出了一些宏大的作品，比如一些完全用胶水和废弃材料粘合的城市模型。它们的长度一般都超过两米或者三米，视觉效果非常震撼。这些"超级模型"体现的可能是金杰雷斯土生土长的村庄，比如《津邦贝尔—伊洪伽》（*Kimbembele Ihunga*，1992）和《津邦贝尔—那个伊洪伽》（*Kimbembe le Ihunga*，1994），也可能是对一些知名城市的未来想象，比如《第三个千禧年的金沙萨规划》（*Projet pour le Kinshasadu troisième millénaire*，1997）、《3009年的塞特市》（*La Ville de Sète en 3009*，2000）以及为了缅怀2001年"9·11"恐怖袭击逝者而创作的《3021年的曼哈顿城》（*Manhattan City 3021*，2002）。当然，他还创作了一些抽象的城市，比如《幽灵城市》（*Ville fantôme*，1996）、《未来的城市》（*La Ville du futur*，2000）以及《药品城》

---

[1] 让·努维尔（Jean Nouvel，1945— ），法国当代著名建筑师。——译者注

(*Medicament City*，2003）。

2000年，金杰雷斯受邀前往法国的塞特进行创作。正当他思考如何呈现第四个千禧年的朗格多克的帆船比赛时，他被确诊患上了癌症。他不得不放慢了创作的速度。《药品城》这个作品的名字就说明了很多问题，它是金杰雷斯创作的最后一个大型纸板城市模型。

*

波蒂斯·伊塞克·金杰雷斯是艺术家的艺名，他用这个名字向父亲（金杰雷斯）、母亲（伊塞克）和祖父（波蒂斯）致敬。他出生在一个名叫"津邦贝尔—伊洪伽"的小村庄，一个除了他自己几乎无人所知的村庄。我们在检查后发现，这个村庄已经从各种地图上消失了。它所隶属的班顿杜省于2015年修改了行政区划，这个村庄已不再出现在该省所辖城镇的列表中，它同样也不隶属于伊迪奥法区（Idiofa）和贝罗区（Belo）——两个位于基维鲁省（Kwilu）东南部的地区。基维鲁省是班顿杜省解体之后诞生的新的省区。津邦贝尔—伊洪伽也被谷歌地图遗忘了。总而言之，津邦贝尔—伊洪伽这个风景秀丽的小村庄消失在了刚果民主共和国的地图上，也消失在了电子档案中。我们推想（当然，这样想也可能是不对的），电子档案记录的是人类的文化遗产。事实上，搜索引擎并不能保持沉默，而且它从来没有保持沉默。它的缄默可能意味着一次重大的失败，将会阻碍被谷歌覆盖的、岩浆般的全球信息流。搜索引擎一直在言说着地球空间，从未停止。在金杰雷斯手中，津邦贝尔—伊洪伽从此成了光彩熠熠的城市，他先后于1992年和1994年创作了两个该城市的模型。

4. 波蒂斯·伊塞克·金杰雷斯：《津邦贝尔—伊洪伽》，1994年，莫里斯·阿什曼（Maurice Aeschimann）拍摄

第一个津邦贝尔—伊洪伽的模型收藏于伦敦的万物博物馆（Museum of Everything），尺寸相对较小（0.51×1.08×0.865米），第二个模型被让·皮高齐购买，收藏于位于日内瓦的私人展览《当代非洲艺术收藏》，非常壮观（1.30×1.85×3.2米）。这两个模型展现了艺术家一贯的选择。它们为我们呈现了一个色彩鲜

艳的巨大的城市综合体。它们用鲜艳的色彩装扮了复杂的城市组合。这些线条体现的是蒙博托总统执政时期，也就是"扎伊尔化"最盛行时期的金沙萨建筑风格[①]。仔细观察这两个模型，我们会变得犹豫不决。诚然，这绚丽的色彩让我们眼花缭乱，但是这种彩虹式的配色给我们什么样的感受呢？这让我们想起了扎伊尔国旗的颜色吗[②]？如果我们愿意的话，我们可以把模型中的建筑物称为现代主义或者后现代主义风格，但是另一方面，它们为我们展现了向充满非洲特色甚至金沙萨特色的创意张开怀抱的城市空间，我们可以从这些建筑物中得出什么结论呢？一旦走近这两个版本的《津邦贝尔—伊洪伽》，我们便会发现，金杰雷斯的模型都是没有人物形象的。笔直的林荫大道上没有行人，柏油马路纤尘不染，黄色的线条好像前夜刚刚画上的一样。灯光闪烁的圆形广场是空的，一如金杰雷斯体育场（Stade Kingelez）和梅里蒂翁火车站（Gare Méridion）。在这个火车站里隐约可见一辆高速列车的身影，但是因为没有轨道，所以它永远无法驶出车站。

需要补充的是，金杰雷斯的作品在当代艺术图景中并非孤

[①] 两位非洲建筑专家参与了金沙萨的城市设计，一位是费尔南·塔拉·盖伊（Fernand Tala–Ngai，1938—2006），另一位是奥利维埃·克雷芒·卡库（Olivier-Clément Cacoub，1920—2008）。
[②] 参见萨拉·苏祖吉《波蒂斯·伊塞克·金杰雷斯》，展览手册，纽约：现代艺术博物馆；布鲁塞尔，墨卡托基金会，2018年，第12页：浅绿色代表了希望，黄色代表了团结，红色代表了为争取独立所做的牺牲。

例[1]。如果时间充裕的话,我很想点评一下中国艺术家曹斐的《人民城寨：第二人生城市规划》(*RMB City: A Second Life City Planning*, 2007),一个非常吸引人眼球的视频短片。该短片时长6分钟,展现了她所构想的未来的中国城市[2]。曹斐使一座孤岛变身成了一个游乐场,并且在游乐场中汇聚了当代中国的几个标志性建筑,比如北京的国家大剧院、毛主席像、人民英雄纪念碑、法国建筑师雷姆·库哈斯(Rem Koolhaas)设计的中央电视台新楼,还有三峡大坝等。城市之岛上方悬挂着一个被工厂的黑烟裹挟的熊猫,各种各样的机器在运转,但是丝毫不见人的踪影。曹斐和金杰雷斯一样隐晦,但是我们通过作品能够推测到这幅城市全景展现出来的悲观主义情绪。

---

[1] 我们可以仅举一例,即2015年由纪尧姆·蒙塞日翁(Guillaume Monsaingeon)策划的、在瓦尔省的土伦艺术中心举办的展览《超级城市！》(*Villissima!*)。该展览上展出了多个城市模型作品,比如金杰雷斯的《药品城》(*Medicament City*, 2003)、朱莉娅·蒙提拉(Julia Montilla)的《巴塞罗那模型》(*Le Modèle Barcelone*, 2015)——一个用精神药物的吸塑包装制作的城市模型、《梦想愿望——愿望之梦》(*Dream a Wish-Wish Dream*, 2006)以及《沉默的迁徙》(*Mute Migration*, 2008),后者由致力于创作贫民窟主题作品的印度女艺术家赫玛·乌帕德海(Hema Upadhyay)创作。参见纪尧姆·蒙塞日翁《超级城市！艺术家与城市》,马赛：括号出版社,2015年。原文信息如下：Guillaume Monsaingeon, *Villissima! Des artistes et des villes*, Marseille, Parenthèses, 2015.
[2] 该视频可以在YouTube和Vimeo网站上观看。

5. 曹斐：《人民城寨：第二人生城市规划》，2007

让我们离开中国和刚果民主共和国，前往西班牙。和金杰雷斯一样，米盖尔·纳瓦罗（Miquel Navarro）用铝和陶土创作了许多建筑模型。这位来自西班牙巴伦西亚的艺术家试图在人体和建筑之间建立联系，但是不管他再怎么追求二者之间的有机结合，我们在他的城市中都看不到人的身影[①]。而在安东尼奥·佩雷兹基金会（Fondation Antonio Pérez），我们可以做更多这样的尝试。基金会位于英吉利海峡旁边的小城昆卡（Cuen-

---

① 在2018年于西班牙巴伦西亚文化中心举办的展览《流体》（*Fluidos*）中，米盖尔·纳瓦罗展出了《城堡》（*La Ciutat*，1984—1985）和《战斗空间》（*Espacio de Batalla*，2000—2001）两个作品。这两个巨大的模型占据了一整个展厅。在这两个作品中，城市荒无人烟。而在相邻的展厅中，我们才可以找到人的踪影。这些展厅展出了一些裸体男女的照片和绘画，并且展示了一些具有攻击性性行为的标志（比如象征着带刺的阴茎的仙人掌）。这些是"城堡"中的居民吗？

ca）。坦白地说，这里除工作人员和一些少量参观者之外几乎无人问津。除了一些颇受好评的艺术家的作品，比如安东尼奥·索拉（Antonio Saura）和马诺洛·米利亚雷斯（Manolo Millares）的作品，佩雷兹在这里主要展出的还是自己的一些随手之作。其中有一个是用葡萄酒盒搭建的房屋。房屋上空是一个金属的小塔楼（也许是用保险杠的一部分做的？），在这个临时搭建的作品旁边摆着一把被称为"电椅"的椅子，椅子上放着一块上面覆盖着瓷砖碎片的煤块。很显然，佩雷兹在向纳瓦罗致敬，他用这些用"捡拾的物品"搭建的设计向纳瓦罗致敬。这些物品有个名字，叫作《没有死亡的荒废的城市街区》（*La ciudad desierta en eltramo sin muerte*）。很显然，将电椅子放在城市旁边，或者把它置于一个死亡被禁止的地方，构成了当代艺术对城市全景的终极妥协。这些模型并没有传递出快乐的氛围。

*

我们也可以沿着同样的路径来理解金杰雷斯作品中的隐含意义。在他的这些作品中，地点呈现出的斑驳色彩与其空旷和荒芜形成了鲜明的对比。艺术家通过一种滑稽戏谑的方式与蒙博托总统提倡的庞大的建筑风格唱起了反调。我们也许会追问，他的这种表征方式隐藏着怎样的意义呢？20世纪70年代，金杰雷斯从刚果河对岸的布拉柴维尔远望金沙萨，对它进行了脱离现实又极具夸张效果的构想,这同样值得我们思考。关于这个问题,大卫·阿德贾耶(David Adjaye)认为,金杰雷斯呈现的不完美的精神图景及其做出的调试是有缺点的[1]。他认为,金杰雷斯绘制的金沙萨地图是模糊不清的。提出这一观点是有必要的,但是他的分析却不太扎实。也许我们只能做到部分正确。金杰雷斯作品的调性和内容也许会证实这一点。和金沙萨的主人蒙博托总统一样,他充满激情地投入到一场自我陶醉的狂欢中。金杰雷斯是认真的吗?抑或是他在讽刺什么,或者在自嘲?很难回答这个问题。但是无论如何,他另有目的。与其说他想否认已有的现实状况,不如说他想提供一种可能性,哪怕是在一个平行世界里提供这种可能性,而在这个平行世界里,长期受到独裁统治的空间中的悲惨现状都被驱逐在外。在接受安德烈·马格宁的访谈时,他提到:"西方现存的艺术仅仅是一些战利品。在非洲,非洲艺术真正的起源和当代艺术都是一些尚未挖掘的力量。"[2]他构想了一个宏大的仓库,能够为未来提供无限的能量,这不是一个化学原料的仓库,而是一个想法的宝库。他重新发明了一种语言,使他能够在未来塑造这种信仰,并以

---

[1] 大卫·阿德贾耶:《重新阐释非洲抽象艺术:金杰雷斯的建筑形象》,选自《波蒂斯·伊塞克·金杰雷斯》,展览手册,纽约:现代艺术博物馆;布鲁塞尔,墨卡托基金会,2018年,第39页。原文信息如下:David Adjaye, «Réinterpréter l'abstraction africaine: les images d'architecture de Kingelez», in Bodys Isek Kingelez, op. cit., p. 39.
[2] 波蒂斯·伊塞克·金杰雷斯,选自《美丽刚果:1926—2015》,巴黎:卡地亚当代艺术基金,2015年,第255页。

造物主的姿态进行创作。正如萨拉·苏祖吉所言:"除了追求感官享受,除了让他的想象力自由驰骋,他似乎没有其他的意图。"[1]

关于《津邦贝尔—伊洪伽》这个作品,金杰雷斯自己写过一篇评论。在这篇评论里,"津邦贝尔"(Kimbembele)被简写为"津贝维尔"(Kimbeville)[2],听上去非常像殖民地的一个地名,因为与津贝维尔类似的地名还有"利奥波德维尔"(Léopoldville)[3]、"伊利萨白维尔"(Elisabethville)[4]。需要指出的是,这个换称把津邦贝尔抬高到了"城市"的地位。艺术家描绘了一个对他来说可居住的地方,尽管这个可居之所只存在于他的想象之中。在他眼中,也仅仅只在他眼中,这个模型唤起了一个不复存在的地方——他土生土长的村庄津邦贝尔。在这个几乎什么都没有的地方,还存在着一些东西。诚然,这不是什么了不起的东西,但确实是一些难以忘记的东西,比如与津邦贝尔村有关的一连串的记忆。金杰雷斯坦城地说:"即使仅仅讲述它一半的历史,我也需要漫长的时间。"从记忆中这个坚不可摧的核心出发,艺术家变成了未来城市的造物主。"这座建筑风格

---

[1] 萨拉·苏祖吉:《波蒂斯·伊塞克·金杰雷斯》,展览手册,纽约:现代艺术博物馆;布鲁塞尔,墨卡托基金会,2018年,第34页。
[2] "Kimbeville"中的"ville"即"城市"之意。下文中的"Léopoldville"也被译为"利奥波德城"。——译者注
[3] "利奥波德维尔"为扎伊尔首都,现刚果民主共和国首都金沙萨的旧称。——译者注
[4] "伊利萨白维尔"为刚果民主共和国东南部城市卢本巴希的旧称。——译者注

独特的城市将跻身世界大都市之列,它的构成元素极具特色且充满了前瞻性。"他这样写道。和他的造型艺术一样,他的写作风格也饱含热情。"这个模型为我们许诺了一种现实。"[1]最重要的是波蒂斯·伊塞克·金杰雷斯能够表达自己的观点,没有人能够剥夺他发表观点的权利,没有人有理由谴责那些在艺术创作上帮助过他的人。金杰雷斯在乌托邦中勾勒出了一条通向现实的路径,也希望他的文字同样具有预见性。正如金沙萨双年展的名字"岩戈"一样,一切都要向前看。

---

[1] 波蒂斯·伊塞克·金杰雷斯:《金杰雷斯随笔》,选自《波蒂斯·伊塞克·金杰雷斯》,展览手册,纽约:现代艺术博物馆;布鲁塞尔,墨卡托基金会,2018年,第51页。

南上北下的地图

一位母亲带着女儿走在乌拉圭首都蒙得维的亚的大街上。母亲伊莱娜（Hélène）是一位大学教师，她来到乌拉圭首都做研究，并且发表了几场由朋友罗拉（Lola）组织的演讲。随着时间的推移，这三位女性逐渐被卷入了一场旋涡，而罗拉怪异的态度让事态愈演愈烈。她们不停地行走、参观，并且前去参观了洛特雷阿蒙（Lautréamont）①居住过的巴卡卡伊街（calle Bacacay）。三人漫无目的地闲逛，走到了萨兰迪步行街，这里坐落着托雷斯·加西亚博物馆（Musée Torres García）②。伊莱娜这样写道：

在宏伟的托雷斯·加西亚博物馆里，我对一幅水墨绘制的颠倒的美洲地图着了迷，在这幅地图上，美洲的南端出现在了北方。我一下子就理解了罗拉长期被人诟病的"双相情感障碍"。她总是从两个方面看待问题，从上到下，俯视和仰视，而一般人总是从正面看待事物。而我，侧面总是让我头疼，这几

---

① 洛特雷阿蒙（Comte de Lautréamont，1846—1870），法国诗人，出生于乌拉圭首都蒙得维的亚。——译者注
② 华金·托雷斯·加西亚（Joaquín Torres García，1874—1949），乌拉圭西班牙裔艺术家。——译者注

天以来我总是搞错东边和西边。①

这段文字选自伊莱娜·罗琳（Hélène Rolin）的第一部小说《迷失》（*Perdre le nord*，2016）。伊莱娜·罗琳是娜塔莉·罗伦斯（Nathalie Roelens）的笔名，她是卢森堡大学文学理论专业的教授。小说的封面上画着托雷斯·加西亚（Torres García）的那幅著名的《南上北下的地图》（*El mapa invertido*，1943）：地图颠倒了传统的视角，把南美洲颠倒过来，南端出现在顶部，而赤道出现在画面的下方，另一条人为绘制的线穿过蒙得维的亚所在的纬度。这幅作品让我们方位错乱，而这正是画家的意图。面对这种对世界的非典型的解读，伊莱娜迷失了方向，并且沉浸在视角的相对性中。正面视角是令人安心的，但它同样是平庸的，甚至是不牢靠的。而被诊断患有双相情感障碍的罗拉自己也在不同的状态之间切换，游走于各种医学观察所之间。从根本上说，她是个古怪的人，经常出没于一些被社会默许的边缘地带，但是她丰富了我们看待美洲人和看待世界的视角。

一些地方喜欢释放出与生俱来的嘲讽态度，而那些希望能够丈量这些地方的人往往为此付出了代价。在布宜诺斯艾利斯的弗洛莱斯塔街区（Floresta）同样有一个名叫巴卡卡伊的街道。

---

① 伊莱娜·罗琳，《迷失》，巴黎：珀西出版社，2016年，第128页。原文信息如下：Hélène Rolin, *Perdre le nord*, Paris, Persée, 2016, p. 128.

维托尔德·贡布罗维奇（Witold Gombrowicz）[①]曾经居住在那里，并且于1957年为它创作了一部小说集。蒙得维的亚的巴卡卡伊街和贡布罗维奇的巴卡卡伊街到底哪个在南方，哪个在北方呢？这取决于我们所采纳的视角。对于普通人来说，答案是不言而喻的。但是，伊莱娜·罗琳笔下的罗拉为什么没有权利反方向思考或者说迷失方向呢？

*

从前，我们给地图"确定方位"（orienter）。也就是说，我们曾让地图朝向东方（Orient），地图的顶端在亚洲[②]。直到很久之后，人们才把北方置于地图的上方。但是把南方置于顶端的地图也不少。比如阿拉伯地图，以及15世纪威尼斯人弗拉·毛罗（Fra Mauro）于1459年绘制的世界地图，后者启发了哥伦布。1500年，德国测绘员艾哈德·艾兹劳布（Erhard Etzlaub）为犹太教朝圣者绘制的地图将罗马放在朝圣之旅的终点，置于宗教等级和地图的最高峰。人们"北上"罗马正如我们今天"北上"巴黎。同一个时期，在如今的玻利维亚的波多西附近，人们用细绳打结来解释世界的秩序。有时候，这些结绳被用作

[①] 维托尔德·贡布罗维奇（Witold Gombrowicz, 1904—1969），波兰小说家、剧作家和散文家。——译者注
[②] 在法语中，动词"orienter"（确定方位）的词根为"orient"（东方）。——译者注

织物的图样。在这些结绳编织的地图上，南方在上，被视作地理学和宇宙学标志的的的喀喀湖（Lake Titicaca）位于中间，而北方在下。和阿兹特克人一样，印加人的空间也是一个"时间—空间"（espace-temps）。印加人通过一种传统的叙事方式，追忆了一个原始的路径。正如玻利维亚去殖民化理论家西尔维亚·里维拉·库西坎基（Silvia Rivera Cusicanqui）写到的：

和任何旅行一样，这种地理学表达了时间的结构：时间的循环，以及不同状态之间的切换。他们构建了一种日历，这种日历既记录了所经过的空间的顺序，也记录了连续的或者叠加的仪式的循环。[1]

在地图上，澳大利亚和南美洲一样远离中心。1979年，斯图亚特·麦克阿瑟（Stuart McArthur）出版了《通用校正世界地图》（*Universal Corrective Map of the World*）一书，书中将澳大利亚放在了北半球，且置于中心地位。这种对世界中心的重新厘定很有意思，但是也引发了很多争议。在此前五年，德国历史学家阿诺·彼得斯（Arno Peters）修改了墨卡托投影，提出了自

---

[1] 西尔维亚·里维拉·库西坎基：《反观波托西元素：另一种整体性观点》，选自《图像社会学：安第斯历史中本土与西方结合的视角》，布宜诺斯艾利斯：坦塔·利蒙出版社，2015年，第230页。原文信息如下：Silvia Rivera Cusicanqui, «Principio Potosí Reverso. Otra mirada ala totalidad», in *Sociología de la imagen. Miradas ch'ixi desde la historiaandina*, Buenos Aires, Tinta Limón, 2015, p. 230.

己的"彼得斯投影"①。2002年,一个新的世界地图出现了,那便是霍伯—戴尔投影(Hobo-Dyer Projection)②。霍伯—戴尔投影与彼得斯投影(圆柱形等面积投影)非常接近,只不过这是一种颠倒半球的投影。这种投影也启发了蒙塞日翁。他在《世界地图》(*Mappamundi*)中评价道:

> 如果明天北极和南极颠倒的话——这早晚都是不可避免的,我们是否需要重新思考这些地图?还有谁会相信,颠倒的地图只是南北的对调,也就是说,是一个没有意义、没有后果的镜像游戏?③

---

① 2017年,智利城市艺术家因提·卡斯特罗(Inti Castro)在阿德莱德一栋楼房的外墙上绘制出了澳大利亚地图和拉丁美洲地图。这幅壁画的名字叫作《我们的北方是南方》,这幅作品融合了巴洛克传统(静物)以及玻利维亚狂欢节的库西洛(Kusillo)面具。这幅壁画的背景是一个紫色的球体。澳大利亚占据了球体的上半部分,参见因提·卡斯特罗:《因提》,巴黎:阿尔宾·米歇尔出版社,2017年,第212—213页(原文信息如下:Inti Castro, *INTI*, Paris, Albin Michel, 2017, pp. 212-213)。北半球因此成为了南半球。非洲同样参与了这场重新审视南北问题的讨论。2011年,刚果艺术家切里·桑巴在创作自画像时,受麦克阿瑟启发,创作了一幅名为《真正的世界地图》(*La Vraie Carte du monde*)的画。在这幅画的边角处,桑巴抄写下了利利安·图拉姆(Lilian Thuram)在《我的黑色群星》(*Mes étoiles noires*,2010)中写下的一段话:"地球上三分之二的面积留给了'北方',三分之一给'南方'。然而在空间中既不存在南方,也不存在北方。把北方置于南方是一种抽象的准则。我们完全可以选择相反的准则[……]。"而在小说《非洲式的美国》(*Aux États-Unis d'Afrique*,2008)以及电影《非洲人的天堂》(*Africa paradis*,2006)中,阿卜杜拉赫曼·瓦贝里(Abdourahman A.Waberi)和西尔维斯特·阿穆苏(Sylvestre Amoussou)构想了反方向移民浪潮带来的后果。
② 霍伯—戴尔投影(Hobo-Dyer Projection)是一种等面积地图,以南北纬37.5度展开,相比于等角的墨卡托投影,霍伯—戴尔投影与现实更为接近。霍伯—戴尔投影由ODT公司的鲍勃·阿布拉姆斯(Bob Abramms)和霍华德·布洛斯坦(Howard Bronstein)委托制作,由制图师麦克·戴尔(Mick Dyer)绘制,该地图的名字取自三个人名字的缩写。——译者注
③ 纪尧姆·蒙塞日翁:《世界地图:艺术与地图》,马赛:括号出版社,2013年,第70页。

在法国，我们有时会错误地使用"价值"（valeur）这个词，因为按照一种纯粹的民族中心主义逻辑，这个本应该是复数的词指向了一个被简化为单数的参照体系。在蒙塞日翁看来，大量的地图表征恰恰体现了价值的无限多样性。

*

托雷斯·加西亚绘制南上北下的地图的初衷与斯图亚特·麦克阿瑟不同。相反，霍伯—戴尔地图也许会令他着迷。1934年，在结束了欧洲的长期旅居生活之后，托雷斯·加西亚回到了乌拉圭首都蒙得维的亚。他希望能够走出地理学和地图强制建立的等级制度，因为一般来说地理学和地图只能用一些错误的事实巩固已有的世界秩序。为什么要把关注的目光投向以欧洲和美国为代表的地图的上方，为什么要"北上"？为什么要沉迷于正在不断扩张的但是拒绝接受南半球影响的强势文化的诱惑呢？之所以拒绝接受南半球文化，是因为在强势文化眼中，南半球文化是如此令人措手不及。

当托雷斯·加西亚准备重新定居乌拉圭的时候，大陆另一端的画家迭戈·里维拉（Diego Rivera）[①]正在接受审查。在纽

[①] 迭戈·里维拉（Diego Rivera，1886—1957），墨西哥犹太裔画家，促进了墨西哥壁画复兴运动。——译者注

约，媒体开展了一场批判他的论战。引发争论的是一幅壁画：《十字路口的人带着希望和高瞻远瞩选择一个更美好的新未来》（*Man at the Crossroads Looking with Hope and High Vision to the Choosingof a New and Better Future*）。这幅壁画画在第五大道洛克菲勒中心（Rockefeller Center）的入口处，于1933年绘成，次年年初被拆毁。引发争议的并不是对未来的美好想象：美国梦有着坚实的外壳。人们本来期待的是迭戈·里维拉为纳尔逊·洛克菲勒（Nelson Rockefeller）①创作点什么，但是壁画家却在洛克菲勒的画像旁边画了列宁的画像。尽管美国一部分民众的反应令里维拉大为震惊，但是他并没有表现出自己的惊讶。他随后又在墨西哥的艺术宫（Palacio de Bellas Artes）原样复制了这个作品，把它命名为《掌控宇宙的男人》（*El hombre controlador del universo*），并且增加了几个新人物：马克思、恩格斯和托洛茨基。在绘制这幅壁画的时候，里维拉颠倒了艺术市场的两极，将南半球作为创作的重心，但是需要承认的是这只是一个权宜之计。

无论是对于托雷斯·加西亚，还是对于众多拉丁美洲的艺术家和作家来说，美国不再凌驾于任何人和事物之上。因此要摆脱固定的符码，背离已有的地图惯例，将南方变成北方置于

---

① 纳尔逊·洛克菲勒（Nelson Rockefeller，1908—1979），美国商人、慈善家、政治家，曾任纽约州州长和美国副总统，同时也是创办了美孚石油公司的商界大亨约翰·洛克菲勒的孙子。——译者注

顶端，北方不再被寒冷笼罩。如今的北方将是巴塔哥尼亚[①]和火地列岛[②]。因此，托雷斯·加西亚在返回蒙得维的亚之后，便在他的工作室推动建立了"南方学派"。一个严重的危机也在等待着他：对抗北美的操控，与此同时推动一种形式的民族主义。视角的颠覆并不一定意味着我们照搬照抄一些备受争议的元素。这可能是一种简易的解决方法，但是可能会带来思想的溃败。托雷斯并不想封闭在本质主义之中。恰恰相反，南方学派希望追寻一种超越分隔的普世语言。在托雷斯·加西亚的作品《南上北下的地图》中，我们可以找到象形文字的踪影，而这也成为他作品中一种随处可见的书写形式。这位乌拉圭艺术家是一个先行者，他想跨越语言的障碍去构想一些适应"全—世界"（tout-monde）的新的视觉语法，而继他之后，爱德华·格里桑（Édouard Glissant）成为"全—世界"[③]的最积极的推动者[④]。

[①] 巴塔哥尼亚地处南美洲南端，主要位于阿根廷境内，一小部分属于智利。——译者注
[②] 火地列岛是位于南美洲南端的岛屿群。——译者注
[③] 爱德华·格里桑（Édouard Glissant，1928—2011），生于法属马提尼克岛，当代法国著名的诗人、思想家、哲学家。他受"黑人性"、德勒兹的"块茎"观等观念的影响，提出了"全—世界"（tout-monde）、"关系诗学"（poétique de la relation）等论说。其中，"全—世界"是一种对平等、交互、杂糅的世界文学和文化空间的构想。可参见高方、黄可以：《群岛思想与关系诗学——论格里桑的"全—世界"文学空间观》，《广州外语外贸大学学报》，2022年第4期，第43—51页。
[④] 在中国，作家徐冰出版了《地书：从点到点》（广西师范大学出版社，2012年），其法语版《没有文字的故事》（Une histoire sans mots）于2013年由格拉塞（Grasset）出版社出版。这是一本用各种符号写成的书，而且这个尝试证明了视觉语法是无须翻译的。

＊

制图视角颠倒的例子并不局限于视觉艺术。1996年，中美洲地区颇负盛名的危地马拉歌手里卡多·阿尔侯纳（Ricardo Arjona）发表了专辑《如果北方是南方》（*Si el norte fuera el sur*），而这个专辑的名字就是他提出的一个预言性的问题。阿尔侯纳用一种讽刺的口吻将特朗普变为了20世纪末美国的象征："华尔街万岁，特朗普万岁。"他那时想不到，这位房地产经销商会在20年之后成为美国总统。没人能够预料到。在特朗普成为总统后，阿尔侯纳修改了歌词。2015年，特朗普宣布竞选总统三个月之后，阿尔侯纳在一次演唱会上发表了修改版的《如果北方是南方》。他把歌词改成了"华尔街万岁，特朗普去死"。但是让我们回到1996年的版本。这个版本融合了幽默、苦涩和醒悟：

"结束吧，地理、边界，一切都结束了，
如果北方是南方，
那么苏人①就是边缘人
黝黑壮实，外表时尚"
辛迪·克劳馥②将会成为我的同胞

---

① 苏人是北美印第安人的一个部族。——译者注
② 辛迪·克劳馥（Cindy Crawford，1966— ），美国名模。——译者注

南上北下的地图

里根将变成索摩查①，

如果北方变成南方，

也许还会如此，也许一切变得更糟，

福克兰群岛将取代格陵兰岛，

危地马拉将会建一座迪斯尼乐园，

博利瓦②将揭示它的秘密，

更不要说还有187号提案③，让我们用法令赶走美国佬。

整体情况有所改善吗？我们并不确定：

结束吧，地理、边界，一切都结束了，

如果北方是南方，

那将是可悲的，

我会创作饶舌音乐，

这首歌将不复存在。④

---

① 指的是尼加拉瓜前总统路易斯·安纳斯塔西奥·索摩查·德瓦伊莱（Luis Anastasio Somoza Debayle，1922—1967）。——译者注
② 博利瓦（bolivar）是委内瑞拉的货币。——译者注
③ 加州187号法案拒绝向加州的非法移民提供医疗服务，并且禁止他们入学接受教育。该提案得到了州长皮特·威尔逊（Pete Wilson）和共和党阵营的支持，并在1994年通过了公投。联邦政府认为这个提案具有歧视性，并且违反宪法。经过激烈的法律斗争，它于1999年被废除。
④ 里卡多·阿尔侯纳，《如果北方是南方》，专辑《如果北方是南方》片段，墨西哥索尼音乐，1996年。原文信息如下：Ricardo Arjona, *Si el norte fuera el sur*, extrait de l'album *Si el norte fuera el sur*, Sony Music Mexico, 1996.

迷失地图集：地理批评研究
Atlas des égarements. Études géocritiques

  1996年，另一位艺术家在《新世界的边界：世纪末的预言，诗歌以及囚笼》(*The New World Border. Prophecies, Poems & Loqueras for the End of the Century*) 中提出了他对"颠倒两极"的解读。这个人便是作家兼行为艺术家吉耶尔莫·戈麦斯·佩纳，他1955年出生于墨西哥，1978年起定居加利福尼亚。他自称是"奇卡纳（Chicanization）进程中的流浪的墨西哥艺术家／作家"，或者是"边界的西西弗斯"[①]。1990年，他在旧金山的城市之光出版社（City Lights Books）出版了《新的世界边界》(*The New World Border*)，这部作品因其"边缘性"而显得至关重要且恰逢其时[②]。因为就在当年的9月11日，乔治·布什发表了演说，热切期盼建立"新的世界秩序"（New World Order）。演说发表正值第一次海湾战争如火如荼之时，柏林墙刚刚倒塌。戈麦斯·佩纳不是唯一一个发现"秩序"（order）与"边界"（border）押韵的人。如果当时在考虑建设一种世界联盟的话，那么这个联盟肯定是建立在一个精心勾勒的"边界"以内，将所有边界另一端的人排除在外。

[①] 吉列尔莫·戈麦斯·佩纳：《新世界的边界：世纪末的预言，诗歌以及囚笼》，旧金山：城市之光出版社，1996年，第1页。原文信息如下：Guillermo Gómez-Peña, *The New World Border. Prophecies, Poems & Loqueras for the End of the Century*, San Francisco, City Lights Books, 1996, p. 1.

[②] 1986年，路易·马勒（Louis Malle）在拍摄《追逐快乐》(*And the Pursuit of Happiness*) 时遇到了戈麦斯·佩纳。这是一部关于美国梦及其废墟的纪录片。导演在旧金山的扎沙文化中心（Centro Cultural de la Raza）对戈麦斯·佩纳进行了拍摄。

这本书是在墨西哥写成的。书的前言和第一章《自由贸易艺术协定》①的一些片段非常大胆。这里的"大胆"有两层含义：一是指艺术技巧的大胆；二是指政治的勇气。通过彰显自己的混杂身份以及"全—世界"（tout-monde）的种种变体，戈麦斯·佩纳的文字以及艺术创作让我们想到了爱德华·格里桑，尽管后者并没有在他的作品里被提及。另外，他还让我们想到了格洛丽亚·安札杜尔（Gloria Anzaldúa）的《疆界》（*Borderlands*）一书，她在书中探讨了美国得克萨斯州与墨西哥的边界、性别之间的边界以及不同时代的边界。正如戈麦斯·佩纳在谈论自己时所说，他"正在走向其他的自我，以及其他的地理疆域。站在自己政治欲望的地图上，我向没有边界的未来致敬"②。他随后描述了心目中理想的地图，在这张地图上传统的地标、极点，以及南北秩序都消失了踪影：

我穿越了一个不一样的亚美利加。我的亚美利加是一个大洲而不是一个国家，它的边界不是由任何一个标准地图勾勒的。在我的亚美利加里，西部和北部只是充满乡愁的抽象符号，而南方和东方则是充满了神话色彩的空间。比如，魁北克更接近拉丁美洲，而不是它的英语区邻居。我的美洲包含了各种族群、

---

① 这个章节标题模仿的是《北美自由贸易协定》（*North American Free Trade Agreement*），该协定于1994年生效。
② 吉列尔莫·戈麦斯·佩纳：《新世界的边界：世纪末的预言，诗歌以及囚笼》，旧金山：城市之光出版社，1996年，第2页。

城市、边界和不同的国家。美国和加拿大的印第安族，以及大城市的多种族街区更像是第三世界的诸多共和国，而不是隶属于"西方民主"的社区。现如今，"西方民主"这一表述看上去空洞且过时。①

"我的亚美利加是一个大洲而不是一个国家。"戈麦斯·佩纳斩钉截铁地说道。我特别想在这里加上不止一个注解来展开探讨这个问题。在这个语境中，关键问题已经不再是进行简单的解释，关键的问题是生命的问题，是无数人生活的问题。就在戈麦斯·佩纳的著作出版之前不久，另一位艺术家也使用了同样的策略对人们进行警示。1987年4月，阿尔弗雷多·贾尔在曼哈顿中心的时代广场安置了一个大屏幕，屏幕上的灯光闪烁着一系列信息。其中的一组灯光为我们展示了一幅白色的美国地图，然后图像发生了变化，同样一幅地图上出现了这样一行字：这不是美国。随后出现了美国国旗，接着国旗旁边闪现了一行字：这不是美国国旗。图像消失了，只留下了用大写字母写成的"亚美利加"（AMERICA），但是其中的字母"R"被一幅我们所说的完整的"美洲"地图所取代。这张地图围绕着它自己旋转，美国时而出现在它本应出现的位置，时而出现在南方。位置颠倒与复原交替出现。贾尔的这个设计叫作《对抗

---

① 吉列尔莫·戈麦斯·佩纳：《新世界的边界：世纪末的预言，诗歌以及囚笼》，旧金山：城市之光出版社，1996年，第5页。

亚美利加的图标》(*Un logo para América*)。这个设计也在提醒路过时代广场的行人：美国并不能垄断美洲。贾尔或许应该补充一点，那便是五个世纪之前，"亚美利加"(America)这个词的第一次出现是在一张巴西地图上，也就是马丁·瓦尔德泽米勒(Martin Waldseemüller)于1507年绘制的地图。

时代广场上，一些影像片段记录了当时行人的反应。他们脸上的表情表明了这个装置是多么吸引人眼球。贾尔的设计传递了不止一个信息，而不止一个行人对其中的信息感到震撼。这位智利艺术家的霓虹灯如今成了曼哈顿街头的一景。除了少数路人，大部分人是微笑的。去问一问，为什么特朗普的名字会出现在上面……我想起了佩德罗·拉施(Pedro Lasch)，他是一位毕业于杜克大学的视觉艺术家，师从瓦尔特·米尼奥罗(Walter Mignolo)[①]，我还想起了拉施创作的八幅地图。这组地图是他受去殖民化视角启发创作而成的，被命名为《拉丁／美洲（2003—2012）》[*Latino/a America (2003-2012)*]。2003年秋天，拉施将这些地图寄给了好几个希望跨越美国和墨西哥边境的人，这些人中有流动人口，也有外来移民和游客。在跨越边境后，他们重新把地图寄还给拉施。这八幅地图磨损后褪去了颜色，变得破旧不堪。它们将地图使用者的个人经历嵌入了一种双重维度，没有任何一个人能够随意地将其归为"拉丁美

[①] 瓦尔特·米尼奥罗（Walter Mignolo, 1941— ），阿根廷符号学家和文学理论家。——译者注

洲"或者"美洲"。因为没有时间,我只能简要地介绍佩德罗·拉施的创作。还有一点需要补充的是,对于拉施而言,这些地图如今更倾向于指称"那些在自己的疆域上流浪的群众"。"亚美利加"这个词传递的是一种排斥异己的理念,这个理念在美国尤为如此。因此,佩德罗·拉施在2014年出版的论文集《地理美学》(*Géo-esthétique*)中指出:"五百年的印第安斗争史为'拉丁'和'美洲'两个词都赋予了压迫的含义。这两个词都是表征失败的悲剧词汇。"[1]

6. 佩德罗·拉施:《拉丁／美洲(2003—2012)》(壁画与路线指南版本)

---

[1] 佩德罗·拉施:《阅读地图的八种方法:关于〈拉丁／美洲〉的部分声明》,选自《地理美学》,昆图塔·奇罗斯、阿廖沙·伊姆霍夫编,第戎:B42出版社,2014年,第84页。原文信息如下:Pedro Lasch, «Huit manières de lire une carte. Déclarations modulaires tirées de la série Latino/a America», in *Géoesthétique*, Kantuta Quirós, Aliocha Imhoff (éd.), Éditions B42, Dijon, 2014, p. 84.

但是，让我们回到戈麦斯·佩纳和他关于美洲的观点。和阿尔弗雷多·贾尔以及佩德罗·拉施一样，戈麦斯·佩纳认为美洲并不需要为了摆脱周遭环境而宣扬它的独特性。美洲是一个复数的大陆，它拥有自己的地图。相比于悬挂在行政部门墙壁上的关于地方与边界的官方地图，美洲大陆本身能够更好地反映不同的民众、空间和文化。戈麦斯·佩纳指出：

我们试图构想一些更加合理的地图：一张没有边界的地图，一张颠倒的地图，一张由地理、文化和移民勾勒边界的地图，而不是由虚张声势的政治经济统治地位勾勒边界的地图。[1]

这位表演艺术家用话语绘制的地图是一张没有中心的地图。没有一种语言是占据统治地位的。事实上，对于美国来说尤为如此。与组成美国的各州不同的是，美国是没有自己的官方语言的。在加利福尼亚州，尽管讲英语者的比例是最低的，但是最新修订法案（1989年法案）依然将英语确立为该州的官方语言。在得克萨斯州，尽管讲西班牙语者所占的比例是最高的，但是西班牙语却并非官方语言。戈麦斯·佩纳的地图嘲讽的便是这种语言民族中心主义。在他的地图上，我们可以看到这位艺术家以及之前的艺术家所说的"混合语"（linguas francas），

---

[1] 吉列尔莫·戈麦斯·佩纳：《新世界的边界：世纪末的预言，诗歌以及囚笼》，旧金山：城市之光出版社，1996年，第6页。

比如"西班牙式英语"(Spanglish)、"法式英语"(Franglé)以及"非母语者说的西班牙语"(Gringoñol),"第四世界"以及"土著居民与离散社群相遇的概念地点"。"居住在第四世界的艺术家与作家应该建立新的神话、隐喻和象征,来帮助我们在流动的地图中找到自己的位置。"①

在这些地图中就有南上北下的地图。对于戈麦斯·佩纳来说,他有两种选择。一种方法是模仿南半球和北半球的关系,用暴力颠倒两者的位置。当我们要求读者和观众"在某一瞬间设想一个颠倒的大陆"时,会发生什么呢?"你打开电视,会看到一个墨西哥裔美国播报员,他身上满是土著图腾,正一个劲儿打量着你。"他会说什么呢?比如,他可能会说"35名墨西哥人被一群英国黑帮处决",或者"奇瓦瓦、索诺拉或者下加利福尼亚州的首脑控诉那些非法入境者,他们带来了肮脏的环境、疾病、毒品、卖淫活动以及自动武器"。②我们分辨着这些信息和说话的口吻,从中发现了好莱坞与脱口秀的印记。为了让那些还没有理解的人明白,戈麦斯·佩纳在纸的反面加上了一幅照片。照片上是一群骑在巡逻车上的墨西哥裔边境巡逻警察。巡逻车的发动机上挂着一张从亡灵节仪式上拿来的骷髅头。他们正在追赶一群被吓坏的"白种盎格鲁—撒克逊新教徒"(wasp-

---

① 吉列尔莫·戈麦斯·佩纳:《新世界的边界:世纪末的预言,诗歌以及囚笼》,旧金山:城市之光出版社,1996年,第7页。
② 同上,第73页。

back)[1]。这并不是一个好玩的玩笑，它传递的观点甚至非常令人痛苦：在现实生活中，格兰德河[2]以北每天都在上演噩梦般的追捕。非法入境已经造成了成千上万人丧生，但是我们却不能仅仅把责任推给边境人贩[3]。

还有另外一种选择：

> 对我来说，唯一一种解决方式就是改变范式：我们需要意识到，我们所有人都是一个新的文化地形学与新的社会秩序的主要参与者，我们都是他者，我们都需要其他的"他者"来存在。混杂性（hybridité）已经不是一个讨论的主题。它已经变成了一个人口的、种族的、社会的以及文化事实。[4]

这个观点是戈麦斯·佩纳所有行为艺术的基础，而南上北

---

[1] 吉列尔莫·戈麦斯·佩纳：《新世界的边界：世纪末的预言，诗歌以及囚笼》，旧金山：城市之光出版社，1996年，第72页。戈麦斯·佩纳在这里玩的是文字游戏："白种盎格鲁—撒克逊新教徒"（waspback）与"湿背人"（Wetback）是近音词。"湿背人"是一个充满种族歧视意味的词语，用来指责那些美国西南部的西班牙语社群。

[2] 格兰德河为美国与墨西哥的边界，格兰德河以北为美国，以南为墨西哥。——译者注

[3] 阿尔图罗·卡诺、塔尼亚·莫纳：《墨西哥：十年的边境死亡。未来还有多少死亡？》，2004年11月18日发表。原文信息如下：Arturo Cano, Tania Molina, «Mexique : dix années de mort à lafrontière. Combien encore ?», article publié le 18 novembre 2004。作者在这篇文章中列出了1995年1月至2004年9月在边境上死亡的移民者名单（http://risal.collectifs.net/spip.php?article1182）。根据《法国文献报告》（Documentation française）的统计，2001年至2010年共有3759名遇难者（http://www.ladocumentation francaise.fr/cartes/migrations/c001390-nombre-de-migrants-morts-a-la-frontiere-mexique-etats-unisentre-2001-et-2010，2017年6月3日查阅）。

[4] 吉列尔莫·戈麦斯·佩纳：《新世界的边界：世纪末的预言，诗歌以及囚笼》，旧金山：城市之光出版社，1996年，第70页。

下的地图则是它的具体体现。南上北下的地图在外观上与传统地图别无二致，上下颠倒的地图是对传统地图的补充和平衡。这种地图观与戈麦斯·佩纳这位"边界巫师"或者"后殖民主义战士／永恒的穿越者"[1]的另一个直觉也是契合的：

> 我的艺术、诸多梦想、我的家庭以及朋友、我的心理都被边界割裂了。但是边界并不是一条笔直的线。它更像是一条莫比乌斯带。不管我身在何方，我总是在"另一边"，总是感到自己是被撕裂的、不完整的，总是向往另外的我，我的另外的家园和部族。[2]

边界就像一条莫比乌斯带。我们永远不会完全在这边或者在另一边，而是一会儿在这边，一会儿在另一边。长久来看，边界最终会像一个门槛。地理学更多地会依赖于各种文化的发展而非政治的偶然因素，特别是在政治变得狭隘之时。

*

我经常谈到弗朗西斯·阿里斯（参见《子午线的牢笼》），

---

[1] 吉列尔莫·戈麦斯·佩纳：《新世界的边界：世纪末的预言，诗歌以及囚笼》，旧金山：城市之光出版社，1996年，第202页。
[2] 同上，第63页。

因为他的作品处于我所涉领域的交叉口。在这里我无意对他的作品进行过多阐述，只想谈一谈《回路》(*The Loop*)这个作品。《回路》创作于1997年，与阿尔侯纳的歌曲《如果北方是南方》、戈麦斯·佩纳的《新世界的边界》以及T.C.博伊尔(T.C.Boyle)的著名小说《墨西哥卷饼窗帘》(*Tortilla Curtain*, 1995)①是同时代的作品。更毋庸赘言，就是在那段时间，美国的行政管理，特别是边境管理变得格外僵化：美国南部与拉丁美洲北部之间出现了一道鸿沟，甚至出现了边境栅栏。为了去加利福尼亚参加一个节日庆典上的展览，阿里斯需要跨越横亘在墨西哥提华纳与美国圣迭戈之间27千米的边境线。这位艺术家于是做了一个惊人的决定：他用支付给他的预付款购买了多张机票，从智利最南部的圣地亚哥"渐进式地"飞往美国，只不过是从阿拉斯加飞过去的。在那里，他过了海关。美国的圣迭戈不再位于北方，而是在南方，他颠倒了地图。阿里斯抵达了入境口岸，并拿出了一张巨幅明信片。明信片的正面是一张海洋的照片，明信片的背面是一张白色背景的地图，图上用灰色的线条勾勒出阿里斯从提华纳到圣迭戈整个行程的闭环路线，也就是"回路"。整个行程全长大约44000千米，是提华纳到圣迭戈直线距离的1600倍。按照这张图的比例尺，一米对应一英里。相比于追寻美国梦的移民与其目标之间的精神距离，这样的距离显得

---

① 这部小说法译本的标题为《亚美利加》(*América*)，1997年由格拉塞出版社出版，并获得了美第奇外国文学奖。

微不足道。

*

在结束美洲空间的地图概述之前,让我们先转向阿根廷,这个充满悖论的北方。阿根廷远离拉丁美洲与美国之间的栅栏,因此在那里,边界问题并没有特别凸显。阿根廷的焦虑来源于既需要承担来自北方的压力,也需要承担来自南方的压力。2003年,曾经与戈麦斯·佩纳一起工作的墨西哥艺术家恩里克·查戈亚[①](Enrique Chagoya)创作了《路之地图》(*Road Map*)。在美国夸张的版图和军事强权的重压之下,拉丁美洲的面积严重萎缩。查戈亚创作的地图旁边还写着一行字:一个东西不在它所思考的地方;一个人在他不在的地方思考。地理再一次被瓦解。我们梦想着重新洗牌。地图是一个游戏吗?

豪尔赫·马基正是这样做的。我在《子午线的牢笼》中也谈到了他。在这里我们必须提到他。我们简单地看一下他的两幅作品:《蓝色星球》(*Blue Planet*,2002)和《海景画》(*Seascape*,2006)。在这两幅作品中,液体元素都占据了大量篇幅。在《蓝色星球》中,我们看到了一个液态的且不可能实现的地

---

① 恩里克·查戈亚、戈麦斯·佩纳:《友好的食人族》,旧金山,纽约,布宜诺斯艾利斯:艺术空间出版社,1997年。这是一个图像文学故事(récit littéraire pictural),被两位作者称为"拉丁美洲的赛博朋克"。原文信息如下:Enrique Chagoya, Guillermo Gómez-Peña, *Friendly Cannibals*, San Francisco, New York, Buenos Aires, Artspace Books, 1997.

理环境，一些非连续的地方相互交叠在一起，投入到整体漂流的浪潮中。而在《海景画》中，北半球空无一物，所有的大陆都集中到了南半球。是北半球倾倒进了南半球吗？抑或是北半球消失了，或者隐藏在大浮冰下面，而南半球则被水覆盖？格拉西拉·斯皮兰扎是这样看待问题的：

  被全球化的文化与艺术回应着多元的、动态的潮流，这样的潮流消解（或者抹去）了疆域之间鲜明的对立，比如南北对立、区域与全球的对立、世界与民族的对立、拒绝（或者排斥）将全球化视作已达成和解的文化之间和平对话的舞台，或者仅仅通过并置建立起来的新的世界主义。①

  豪尔赫·马基"抹去"（dé-dessine）了世界的统治性表征，正如爱德华·格里桑呼吁要对统治性语言采取"去尊重化"（dérespect）态度一样。但是马基的地图比斯皮兰扎的提议更令人担忧。面对可能存在的生态灾难，仅仅考虑南北平衡是不够的，尽管这是一件刻不容缓的事情。我们不应该仅仅保护南半球，使其免遭北半球的侵害，更应该保护地球，使其免受那些威胁其未来的人的影响。

  这也是另外一位阿根廷艺术家伊内斯·芳特拉传递出来的

---

① 格拉西拉·斯皮兰扎：《拉丁美洲便携式地图册》，巴塞罗那：阿纳格拉玛出版社，2012年，第54—55页。

信息。芳特拉生活在意大利已经有20多年了。毋庸置疑,《大地安魂曲》(*Requiem Terrae*,2011)是她创作的最有名的作品。她与豪尔赫·马基的思路一脉相承,在她的这幅作品里,美洲大陆像其他大陆一样,最终一泻而下,溢出了地图,留下一道道蓝色的痕迹,整个地球仿佛一片汪洋,没有任何地球的痕迹。地球的颠倒是彻底的。世界地图与虚无的地理学异曲同工。岁月在流逝,而我们需要时刻保持警惕。

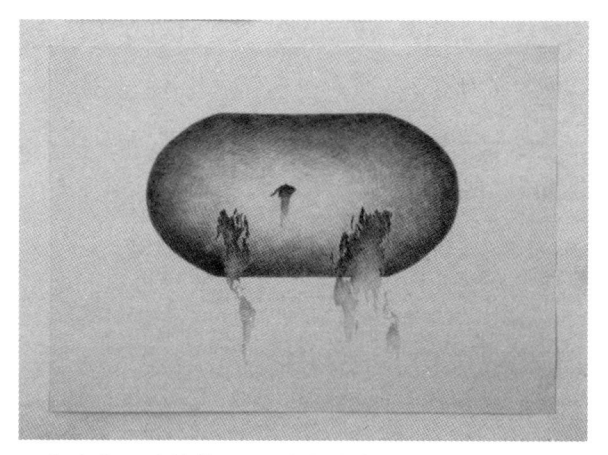

7.伊内斯·芳特拉:《地球安魂曲》,绘画作品,2011

*

在我开始思考这些问题的时候,我面前有许多本关于拉丁美洲空间的书。然而,在这些书中只有两位作者的作品与文学

南上北下的地图

有关，一位是伊莱娜·罗琳，一位是戈麦斯·佩纳。在这里我想引用卡洛斯·富恩特斯（Carlos Fuentes）的一句话，这句话陪伴我撰写了《南上北下的地图》这一章。这句话节选自文集《小说地理学》(*Géographie du roman*, 1993)，也提到了该文集的题目：

小说地理学告诉我们，人类不再生活在冷冰冰的抽象的、分离的状态，而是生活在由可怕的多样性带来的热烈的冲动之中。这种冲动告诉我们，我们还未存在，我们正在生成。[1]

文学的使命是丰富真实的空间。它需要定义可能性（le possible）。但什么是可能性呢？可能性不是已经存在或者已经僵化的东西，而是"正在生成之物"，是那些在所有墨守成规的、倒退的甚至是致命的行动边缘涌现的事物，是上述艺术家通过地图想展示的事物。这些地图反映了激荡沸腾的疆域。按照富恩特斯的说法[2]，在"印第安—非洲—伊比利亚—美洲元素"的启发下，新生事物与模糊地带不断涌现。

---

[1] 卡洛斯·富恩特斯：《小说地理学》，由席琳·金斯译自西班牙语，巴黎：伽利玛出版社，"拱廊"丛书，1997年，第231页。原文信息如下：Carlos Fuentes, *Géographie du roman*, traduit de l'espagnol par Céline Zins, Paris, Gallimard, coll. «Arcades», 1997, p. 231.

[2] 富恩特斯谈到了"印第安—非洲—伊比利亚—美洲元素文明"，参见卡洛斯·富恩特斯，《小说地理学》，由席琳·金斯译自西班牙语，巴黎：伽利玛出版社，"拱廊"丛书，1997年，第229页。

城市之线，生命之线

当我们决定要写作或者要发言的时候，我们通常会像在城市里问路一样，会问自己要抵达哪里，要经过哪里，以及怎么做。这是奥古斯托·蒙特罗索（Augusto Monterroso）经常提出的问题。蒙特罗索出生于洪都拉斯，而后加入危地马拉国籍。他有时能够找到这些问题的答案。在这里我要引用他的微型小说《高产》（*Fecundidad*）。你会看到，这个作品很难概括，以下是全文引用："今天，我感觉良好，觉得自己就像巴尔扎克；我正在结束这行文字（ligne）。"[1]有时候，在线（ligne）[2]的尽头旅行是一种表演艺术。世界上有各种各样的线，但是无论如何，每个人都可以按照自己的方式诠释巴尔扎克。我们可以像蒙特罗索一样，做一个短篇小说的巨匠。至于我，我无意于在故事的简洁性上与蒙特罗索媲美，因为他是难以企及的。相反，为了回归到城市的现实问题，我要从一个更遥远的时代——古希腊时代开始。

当古希腊人决定要将一个空间据为己有，或者探索一个空

---

[1] 奥古斯托·蒙特罗索：《永恒的运动》，巴塞罗那：阿纳格拉玛出版社，1991年，第61页。原文信息如下：Augusto Monterroso, *Movimiento perpetuo*, Barcelone, Anagrama, 1991, p. 61.
[2] "ligne"既有"行""一行文字"之意，也有"线"的含义。这里是作者的一语双关。——译者注

间的奥秘时，他们很少去求助地理学家或者土地测绘员，而是去找各种各样的牛来帮忙。他们对牛类的痴迷让我们大为震惊。我不知道希腊人是否格外关注牛，但是牛无处不在，在任何季节都能找到。我们先乘船游览地中海，然后再回到城市。你想通过神话形象找到促使希腊人从东向西、朝着落日的方向不断迁徙的动力吗？我们只需要想想宙斯（Zeus）就可以了。他化身为白色公牛，在腓尼基海岸上劫走了美人欧罗巴（Europe），一路乘风破浪，从东向西抵达了克里特岛，由此开启了西方化的进程。你想谴责族内婚的后果吗？或者想凸显保守主义的危险？抑或是你想解释克里特岛的衰败与希腊大陆的崛起？你只需要把一头极具诱惑力的公牛牵到弥诺斯（Minos）的宫殿，就会发现帕西淮（Pasiphaé）爱上了这头公牛，并且生下了人身牛头怪物弥诺陶洛斯（Minotaure）[1]。你想重新解读历史和地理，把埃及这个毋庸置疑的祖先变成希腊的萌芽吗？你现在能做的是激起赫拉（Héra）的嫉妒心，让她把宙斯追求的美人伊娥（Io）变成小牛。伊娥被牛虻一路驱赶，不得不逃到世界的尽头，把那里命名为爱奥尼亚海（Mer Ionienne），并游泳穿越了博斯普鲁斯海峡（Bosphore），海峡变为了"牛之门"（Βοῦς πόρος）。她在尼罗河岸停下了奔跑的脚步，并且成为了伊西斯（Isis）。伊西斯是古老且富有魅力的女神，同时也是小牛的变体。游戏

---

[1] 相传，克里特国王弥诺斯的妻子帕西淮与克里特岛的公牛发生了不伦关系，生下了怪物弥诺陶洛斯。——译者注。

结束，形成了一个完美的闭环：一切起始于希腊，而非埃及。在希腊，人们曾经喜欢把犁放在牛的前面①，也喜欢"神话模型"（matrice spirituelle）。"模型"（matrice）是个阴性名词，这个词性恰到好处，因为在这个过程中有大量女神不情愿地卷入这个过程中。

让我们从神话过渡到原始历史时期，回到殖民进程的初始阶段，回到地中海西部的第一个城市——迦太基的建城初期。父亲阿格诺尔（Agénor）派菲尼克斯（Phoenix）去人迹罕至的西部寻找他的妹妹欧罗巴（Europe）。菲尼克斯没有找到妹妹，但是在返回之前发现了新的土地，并将其名字命名为腓尼基（Phénicie）。另一个腓尼基人艾丽莎（Élyssa）女王为了躲避她的兄弟、住在提尔的皮格马利翁（Pygmalion）的威胁，最终来到了迦太基。当地人只许诺给她了一块牛皮大的土地。这应该是个玩笑。但是艾丽莎没有灰心，而是想到一个很巧妙的方法。她将一块牛皮切成了一条条细带，将其首尾相连来增加土地的

---

① 法语原文为mettre la charrue avant les bœufs，此为法国谚语，直译为把犁放在牛前面，意译为本末倒置。——译者注

面积①。女王在那里建立了一座城堡，迦太基就此诞生。在古罗马诗人维吉尔（Virgil）笔下，艾丽莎变成了迪多（Dido）。在这个故事里却有一些矛盾之处。细长的带子确实增加了面积，但是从象征意义上讲，却限制了地方的扩张。面积比预想的要更大，但是却被一条线包围了起来。从某种程度上讲，野心勃勃的迦太基在诞生时就已经太过庞大了。也许，正是这种矛盾的状况最终导致它轰然垮台，如同它在建城之初就带着狂妄自大的烙印一般。确实，地中海周围的城市名声都不太好。《圣经》中第一个城市的建立者以诺（Hénoch），只是出逃的该隐（Caïn）。

从词源角度来看，"迦太基"（Carthage）意为"新的城市"。也许这是第一座现代城市。迦太基建城不久，罗马就诞生了。罗马城同样被一条线环绕。罗马人的世界里并不缺少牛，但是牛被牛轭束缚着，并且勒令犁地。它们不能再像以前一样，在空旷的空间中肆意奔跑。在《可能性的世界》（*Le Monde plausi-*

---

① 《查士丁世界史》，由儒勒·皮埃罗和 E.布瓦塔译自拉丁语，第二卷，巴黎：盘库克出版社，1883年，第17页。原文信息如下：*Histoire universelle de Justin extraite de Trogue Pompée*, XVIII, 5, traduit du latin par Jules Pierrot et E. Boitard, tome 2, Paris, Panckoucke, 1883, p. 17. 作者在这一页写道："在抵达了非洲海岸之后，艾丽莎买下了一张牛皮能够覆盖的所有的土地。随后，她让人把牛皮剪成狭窄的带子，她因此占下了比原来想要的还要多的土地。拜尔萨这个地名由此而来。"这个故事还有很多变体，其中就包括维吉尔在《埃涅阿斯纪》第一卷诗句中的版本。意大利小说家马塞洛·布瓦（Marcello Fois）的侦探小说《我们一直知道的事》也对这个故事进行了改编。参见《我们一直知道的事》，由娜塔丽·博尔译自意大利语，巴黎：瑟伊出版社，2003年。原文信息如下：*Ce que nous savions depuis toujours*, traduit de l'italien par Nathalie Bauer, Paris, Seuil, 2003.

ble，2011）一书中，我指出加泰罗尼亚城市规划设计师伊尔德方斯·塞尔达（Ildefonso Cerdá）[1]曾将罗马人的犁与当代城市规划学（urbanisme）联系在一起。"urbum"指的是"犁"（aratrum）的短柄。它用来"urbare"，也就是开犁沟。对塞尔达来说，城市起源于犁出来的这道线，而非"civitas"（公民社会的团体）[2]。每当一个新的城市诞生，就会出现同样一道线。这可能是一条象征性的线，也可能是一条实际存在的边缘线，比如一座城墙。但是无论如何，线都在那里。需要立刻指出的是，我们并不是站在任何艺术创作的对立面。另外，如果追溯艺术创作的源头的话，依然会有"线"的出现。在《自然历史》（*Histoire naturelle*）一书的第35章，老普林尼（Pline l'Ancien）思考了绘画的起源。首先，他承认绘画的开端问题是模糊不清的，但是他接着补充道：

埃及人认为绘画起源于埃及，六千年之后才传到希腊。然而这是一种虚妄的设想。一部分希腊人认为绘画诞生于希腊的西锡安（Sicyone），另一部分人认为它诞生于科林斯（Corinthe），但是所有人认为最早的绘画就是用一个线条勾勒出

---

[1] 伊尔德方斯·塞尔达（Ildefonso Cerdá，1815—1876），西班牙城市规划师和工程师，第一个提出了"城市化"一词。——译者注
[2] 贝尔唐·韦斯特法尔：《可能性的世界：空间、地方、地图》，巴黎：子夜出版社，2011年，第82—83页。原文信息如下：Bertrand Westphal, *Le Monde plausible. Espace, lieu, carte*, Paris, Minuit, 2011, pp. 82-83.

的人影。①

*

城市从勾勒出的轮廓中诞生,逐渐成型并拥有了实体,而人亦如此。当人被一条用来表征它的线条所圈定时,人就走出了模糊不清的阴影。这是最初的情形。我们需要从一滩混沌的浆糊中提取事物,提炼它的形状:这便是宇宙起源叙事的目的。那么现在是否依然如此呢?在这一问题上,观点是有分歧的。线条既有它的敌人,也有它的拥趸。雷蒙·盖亚(Ramón Gaya)②在点评迪亚哥·维拉斯奎兹(Diego Vélasquez)③的作品时表示,后者一直在逃避线条,因为他害怕"占有现实",害怕捕捉现实,因为线条"是被思想发明出来的,并且应用于现实之外,应用于一种抽象的表面上,一个外表光鲜却无止境、无尽头的表面,带着这个事物本身彻底而致命的冷漠"。④线条将现

---

① 老普林尼:《自然历史》,第五卷,第35章,由埃米尔·李特利译自拉丁语,第2卷,巴黎:杜博歇出版社,1850年,第464页。原文信息如下:Pline l'Ancien, *Histoire naturelle*, XXXV, traduit du latin par Émile Littré, tome 2, Paris, Dubochet, 1850, p. 464.
② 雷蒙·盖亚(Ramón Gaya, 1910—2005),西班牙画家。——译者注
③ 迪亚哥·维拉斯奎兹(Diego Vélasquez, 1599—1660),文艺复兴后期、西班牙黄金时代的画家。——译者注
④ 雷蒙·盖亚:《维拉斯奎兹,一只孤独的鸟儿》,由凯特琳娜·瓦瑟尔译自西班牙语,巴黎:伏尔泰站台出版社/圆桌出版社,2009年,第43页。原文信息如下:Ramón Gaya, *Vélasquez, oiseau solitaire*, traduit de l'espagnol par Catherine Vasseur, Paris, Quai Voltaire/La Table Ronde, 2009, p. 43.

实变成了精神的图示。它将世界变得抽象且易于理解，催发了懒惰的精神，掩盖了现实表征的缺陷，正如盖亚所认为的，它是现实表征的标志。

而对于动画片《线条先生》（*La Linea*）①的创作者奥斯瓦尔多·卡维多利（Osvaldo Cavandoli）而言，答案却截然相反。1971年，卡维多利为意大利的一个平底锅品牌设计了一个两到三分钟的广告，这个广告里充满了优雅的线条。当时，意大利广播电视公司推出了一档名为《游乐场》（*Carosello*）的节目来接档晚间新闻。这是一档广告大荟萃节目，其中一些广告曾吸引了几代人的目光。在这些最受欢迎的广告中就有卡维多利的《线条》。《线条》是毋庸置疑的广告之星，并且最终成为了一个传奇。我们至少可以说，这位来自伦巴第的意大利设计师想要做的是极尽节俭之能事。他读过老普林尼的文章吗？他也想"用一个线条勾勒出一个人影"？在他的动画片中，我们可以看到一个在蓝色或绿色的背景上摆动的线条。线条扭动成人形，不时发出模糊不清的抱怨声，让我们想到达里奥·福（Dario Fo）②戏剧作品中的胡言乱语。正是通过这种难听的咕哝之声，意大利平底锅名声大噪。

在卡维多利笔下，当线条不再是一条直线时，它就拥有了

---

① 《线条先生》是一个完全用线条勾勒的作品，创作者通过线条描绘人物、动作及生活场景，画面非常简单干净。——译者注
② 达里奥·福（Dario Fo, 1926—2016)，意大利剧作家、戏剧导演，1997年诺贝尔文学奖得主。——译者注

生命。存在意味着我们让线条失去平衡并开始起舞。这句话很有道理，但我们要说的是，线条拥有着光明的未来，因为它处处受到欢迎。我们想到了城市的形状，想到了巴黎奥斯曼式①的城市规划，一如卡维多利的米兰。其实，我们没有必要猛烈抨击奥斯曼男爵，因为几乎没有拒绝使用直线的城市规划流派。从勒·柯布西耶（Le Corbusier）②到密斯·凡德罗（Mies van der Rohe）③，再到当代的建筑流派，都提倡笔直和对齐，也就是说，都提倡线性。

柏油马路上，人们按照约定俗成的规则画出了一道道线。这些线确保着行人、骑车人和驾车人的安全，其中有连续的线，有非连续的线，还有人行横道线。其中一些人行横道线是非常有名的，比如伦敦不容错过的艾比路（Abbey Road）上的白色线条。自从1969年8月8日披头士乐队走过这条人行横道后④，我们还能够跨越它吗？在现实生活中，以及在诸多可能的世界中，艾比路上的人行横道线依然是人们想要征服的对象。漫画

---

① 19世纪，巴黎行政长官欧仁·奥斯曼（Eugène Haussemann）着手对巴黎进行改造，使笔直的大道贯穿巴黎各个街区，将这座城市打造为最具现代化气息的欧洲城市，但是历史上对于奥斯曼的改造成果却褒贬不一。——译者注
② 勒·柯布西耶（Le Corbusier，1887—1965），瑞士／法国著名建筑师、雕塑师、画家。——译者注
③ 密斯·凡德罗（Mies van der Rohe，1886—1969），德国著名现代主义建筑大师。——译者注
④ 1969年8月8日，英国著名的披头士乐队在艾比路的十字路口拍摄了专辑封面，并将专辑命名为《艾比路》。——译者注

人物查理·布朗（Charlie Brown）[1]步了披头士乐队的后尘，辛普森一家以及《丁丁历险记》中的丁丁亦是如此。自从摄影师伊恩·麦克米兰（Iain MacMillan）为约翰·列侬和他的乐队拍摄了专辑封面之后，除了人行横道线，艾比路上变得空空荡荡。多年以来，人们来到这条街只是为了跨越人行横道线。为了在人行横道上没人的时候通过十字路口，一些生锈的福特车已经在街边等待了半个世纪。在参观伦敦的时候要避开艾比路，因为行人已经在那里生了根。

还有一些地下线条，那是一些地铁车厢行驶过的路径。2010年，美籍华人亚历山大·陈（Alexander Chen）自己设计了一幅纽约地铁图。他受官方地铁线路图的启发，再现了24小时运营的地铁轨迹。我们看到的是一些色彩炫目的地铁线路网。陈认为这些线条可以作为乐器上漂亮的琴弦，让它们肆意跳动，就好像在弹拨一个电子竖琴。这个作品既是一个听觉作品，也是一个视觉作品。艺术家凭借直觉创作的这个作品被命名为"Conductor"[2]，在英语里既有驾驶员之意也有指挥家之意。我们可以想象驾驶员的形象，但是却很难想象指挥家的形象。整个地铁图保留着它的神秘性。有一件事是确定的：和卡维多利一样，艺术和创造力源自一条直线的"解辖域化"。当线条体现

---

[1] 查理·布朗（Charlie Brown）是美国漫画家查尔斯·舒尔茨（Charles Schulz）的作品《花生漫画》的主人公。
[2] 可参见http://www.chenalexander.com/Mta-me 或者 https://vimeo.com/19372180，2018年5月查阅。

的是列车行进的过程时，它们是简明扼要的，它们属于一个规范化的世界。当这些线条变成一个巨型乐器的琴弦时，它们一下子松弛下来，跳动起来，仿佛在为亚历山大·陈的观众和听众表演一支和谐的乐曲。

*

线条无处不在。有水平线，有垂直线，有表面上的线，有地下的线。有些线条是有害的，还有些线条则是生命之线。席琳·博耶在作品《掌纹》中就巧妙地在城市线条、地图线条和掌纹之间建立了联系。她在《掌纹》中拍摄了一组掌心，并且将体现移民路径的"地图照片"（cartophotographies）投射到掌心中。纪尧姆·蒙塞日翁对此有如下评价：

"掌心"是一个印刻着神秘线条的独一无二篇章。博耶将以第一人称书写的"起源故事"投射到街道的公共空间。因此，描述真实空间的地图集与个人故事在这里交锋。[①]

但是生命线往往源自一种乐观的解读，是一种摆脱困境的灵丹妙药。现代城市的词源研究表明，城市与界线是一组默契

[①] 纪尧姆·蒙塞日翁：《世界地图：艺术与地图》，马赛：括号出版社，2013年，第68页。

的搭档。如果说希腊语单词"polis"和拉丁语单词"civitas"[①]表示的是一种抽象维度的话("polis"指向"政治","civitas"指向"世俗"),其他单词则更加具体,甚至更加具有物质性。在我能够阅读的语言中,我发现德语中的"Stadt"和瑞典语中的"stad"的词根分别来源于"stehen"和"stå"两个词,法语中的"城市"(ville)一词来源于罗马时期有防御工事的城堡。最好的例子是英语中的"town"(城镇)一词,它与德语中的"Zaun"一词有相同的词源,后者意为"栅栏"。

正如我喜欢强调的那样,线是一个界线,要么是"limes"(不可跨越的边界),要么是"limen"(可以跨越的界线)。有时,它是"不可跨越的社会边界"(limes social)。在美国,铁路轨道画出的线通常属于后者。我们可能生活在轨道糟糕的一侧,或者更准确地说,经济条件差的一侧。一切都显示出,伊尔德方斯·塞尔达的观点是对的。"城市化"概念诞生初期就包含了"线性"的理念,其功能就是将城市限定在一个事先划好的疆域里,将其变成一个理想的封闭场所。对于这位现代城市规划学的先驱来说,推倒巴塞罗那的城墙是一个正确的选择。这座加泰罗尼亚城市很快得以扩张,并且于1888年和1929年举办了两届世界博览会。作家爱德华多·门多萨(Eduardo Mendoza)把这两届世博会写进了小说《奇迹之城》(*La Ville des prodiges*,

---

[①] 法语中的"cité"、意大利语中的"città"、西班牙语中的"ciudades"以及其他语言中的"城市"一词都来源于该词。——译者注

1986)。但是塞尔达把具有防御工事的城墙换成了另一种线条游戏——棋盘游戏，我们在巴塞罗那中心漫步时可以一睹这种城市布局的风采。这种棋盘式的规划让我们想到了古罗马时期的另一个遗产——"古罗马兵营"（castrum）。

要知道，城市的建造一方面得益于犁上的短柄（urbum），因为它勾勒出了郊区的范围，而另一方面归功于古罗马兵营（castrum），因为它赋予了城市笔直的轴线。是不是因为我总是去探访美国城市，所以才会对"线性"有如此强烈的执念？2005年，我在得克萨斯州西部的拉伯克市度过了6个月。这座城市的轴线是按数字或者字母的顺序排列的。这种逻辑是如此冷酷无情，以至于我第一次开车出门就来到了一片棉花地，而不是我原本打算去拜访的同事家。我以为，因为自己的不小心，在行驶时错过了一个数字或者一个字母，但是后来我才发现，该市的街道编号本来就缺少一个。2013年到2015年期间，我居住在北卡罗来纳州的夏洛特市。在城中部分独门独院居多的街区里，路线几乎是硬性强加于人的，也就是说，我们要么沿着事先划好的路线走，要么就走到死胡同，接受太阳的暴晒。对于一个欧洲人来说，这种形式的城市规划多少让人感到局促，因为没法再沿着小道蜿蜒曲折地前进。

迷失地图集：地理批评研究
Atlas des égarements. Études géocritiques

*

如何打破这些线条的束缚？我们有很多选择，比如"让我们把城市涂成红色"（let's paint the town red）[1]。我们不能从任何词源学的角度解释这则奇怪的英语谚语。但事实上，为什么不在大街上加入一点活力与生机呢？既然要把城市涂成红色，那么为什么不让牛重新发挥它的作用呢？毕竟，它们在古希腊已经为地方注入了活力，古希腊人再也不用担心地方会变得僵化。让我们在"圣费尔明节"（San Fermín）[2]这一天前往西班牙纳瓦拉自治区的首府潘普洛纳，去追寻那些在城中奔跑的牛的踪迹，让这些奔跑的牛去打破城市的线性。但这只是一个短暂的插曲，牛的命运依然受制于人，而且人们也不允许它们一直破坏城市的线性秩序。疯狂的奔牛竞赛在一个圆形竞技场落下了帷幕，这是一个真正意义上的终结。相比于我们，海明威小说《太阳照常升起》（*The Sun Also Rises*，1926）中的主人公可能更喜欢这种表演[3]。即使在西班牙，斗牛也不再享有那么好的名声。

几何学的过度使用让一切变得平平无奇，让个体屈从于一

---

[1] "let's paint the town red"是一句英语谚语，直译为"让我们把城市涂成红色"，谚语实际意为"让我们痛快地狂欢"。——译者注
[2] 西班牙传统节日，因其奔牛活动闻名于世。——译者注
[3] 在《太阳照常升起》这部小说中，主人公曾狂热地投入到西班牙当地的奔牛节中。——译者注

种难以分辨的规约中。然而，应该存在一种既遵守秩序，又能解放性地打破固有的线性束缚的方式，驯服线条并控诉它的微不足道。使用线条的目的是更好地嘲弄线条。这正是当代艺术家，特别是"大地艺术"（land art）①领域的艺术家所做的。在《子午线的牢笼》一书中，我曾经简要地点评了让·克里斯朵夫·诺曼（Jean-Christophe Norman）的行为艺术②：他用粉笔在纽约的人行道上重新书写了乔伊斯（James Joyce）的《尤利西斯》（*Ulysses*，1920）。最近，诺曼又把乔伊斯换成了弗朗西斯·哈雷（Francis Hallé），一位致力于研究"群落性"（coloniarité）的法国植物学家。所谓"群落性"，指的是一棵树形成植物群的能力，就好像一只珊瑚虫形成珊瑚群落一样。2013年，梅斯的蓬皮杜艺术中心分馆为诺曼组织了一场行为艺术表演，在这个表演中，他用手中的粉笔在梅斯的街道上再现了哈雷的《热带境遇》（*La Condition tropicale*）一书：

> 通过用粉笔直接在道路两旁或者人行道上书写，来捕捉城市的律动。与缓慢的书写形成鲜明对比的是城市活动的躁动不安。整个行为艺术表演需要付出巨大努力，考验的是抗疲劳能

---

① 大地艺术也称环境艺术，指的是艺术家利用自然环境，如沙漠、岩石创作的艺术。——译者注
② 法文参见 Bertrand Westphal, *La Cage des méridiens. La littérature et l'art contemporain face à la globalisation*, Paris, Minuit, 2016, pp. 160-161. 中文本参见贝尔唐·韦斯特法尔《子午线的牢笼——全球化时代的文学与当代艺术》，张蓓译，福州：福建教育出版社，2021年，第204—205页。

力和忍受力；书写变成了印记、线条和轨迹。让·克里斯朵夫·诺曼在地上复制了植物学家弗朗西斯·哈雷在《热带境遇》①一书中提到的多个地方。继乌拉圭首都蒙得维的亚、阿根廷首都布宜诺斯艾利斯和巴黎之后，艺术家选择了梅斯作为创作的地点，在蓬皮杜艺术中心分馆和洛林区域当代艺术基金会（Frac Lorraine）之间勾勒了一个线条。②

当哈雷向我们谈论树木的"群落性"时，我们也必须要谈一谈城市中出现的"线性群落性"（cololinéarité）特征。"线性群落性"指的是直线具有一种令人不快的倾向，即占有、分割并且封闭空间的倾向。为什么不去考虑另外一些有着离心倾向的线条呢？这些线条将柏油马路变成了具有多重意义的信息。一条街道被赋予了原来没有的意义，它具有了可读性，而城市空间亦是如此，如果一个城市空间保留了它的开放性，便同样具备了可读性。街道反映了一个文本的复调性以及它本身具有的矛盾性。另外，正如梅斯展览的策展人所说的，哈雷为书勾勒的路线是精心设计的。弗朗西斯·哈雷的作品并非三言两语就能概括，这是一本576页的皇皇巨著。在诺曼这里，我们感受到了与西班牙狂热的奔牛节截然相反的氛围：一切都慢了下来，

---

① 弗朗西斯·哈雷：《热带境遇：低纬度地区的自然、经济和社会史》，阿尔勒：南方文献出版社，2010年。原文信息如下：Francis Hallé, *La Condition tropicale. Une histoire naturelle, économique et sociale des basses latitudes*, Arles, Actes Sud, 2010.
② https://www.centrepompidou-metz.fr/la-condition-tropicale，2014年6月2日查阅。

他优哉游哉地行走着、闲逛着，玩弄着线条和符码。在市政官员和城市规划专家梦想的和谐的城市规划中，他勾勒出了另外一些线条、一些引入了异质性的线条。因为是用粉笔画的，所以这些线条不会永存，来回碾压的汽车轮胎会逐渐把它们抹除，甚至都来不及用雨水冲刷。这些线条为我们展示了另外一座城市的面孔，这是一个漫步者的城市、一个读者的城市、一个时时刻刻被汽车和行人匆匆的步伐所威胁的城市。粉笔的痕迹消失了，但是作为一种"贫穷艺术"（arte povera），或者一种"极度的贫穷艺术"，粉笔作画几乎不费一分一毫。一个新的线条还会在不久之后出现，或者在城市中，或者在地上，或者在墙上。通常，一首短诗会产生与一部长篇小说或者一部巨著相同的效果。

我们也许会设想一些这种艺术漫步的变体。它们颠覆了某种据说已经建立起来的秩序，一种印刻在我们语言和对话中的秩序。在德语中，我们叫作"die Stadt steht"，指的是"在场的城市，矗立着的城市"。在法语中，城市来自古罗马时期有防御工事的农庄留下来的马厩，农庄的名字和遗产得以保留。在语言以及语言牵涉的传统之外，秩序从来不会被抽象地建立。每一个漫步者都知道，秩序是人为强加给城市的。和谐是一个赌注。在《拉丁美洲便携式地图册》中，斯皮兰扎感慨道：

人们希望在城市中找到的理想田园生活正在变成一场噩梦。

拉丁美洲每三个人中就有一个生活在不稳定的环境中。地方（lieux）正在衰落。我们看到了垃圾城市、幽闭城市、有防御工事的城市、岛屿城市、"后"城市（post-ville）、石英城市（ville de quartz）①、恐慌中的城市。这就是一些用来定义城市生活的新的词汇列表。②

*

为了不使城市变成幽灵或者"后"（post）的释放场，表演艺术家试图摆脱平平无奇的创作。如果这里需要提及一个名字的话，那一定是弗朗西斯·阿里斯。阿里斯出生在比利时，接受的是工程师教育。1985年9月墨西哥城大地震时他飞往那里，想助灾民一臂之力。自此，他便留在了这座城市，并且成为了世界上最伟大的艺术家之一，一位低调、谦虚的艺术家。阿里斯不知疲倦地跨越边界，以此来凸显边界的象征意义。然而，他拒绝跨越蒂华纳和圣地亚哥之间的铁栅栏，那是美国和墨西哥的边界线，这是《回路》这个作品的由来。而在其他作品中，他也会把一些充满讽刺的线条强加于景观之上，比如他于2004年创作的行为艺术作品《绿色的线条》（*The Green Line*）。在这

---

① 《石英之城》（*City of Quartz*）是麦克·戴维斯（Mike Davis）写的一部关于洛杉矶城市规划和建筑历史及现实的著作，已经成为城市社会学的一部重要著作。——译者注
② 格拉西拉·斯皮兰扎：《拉丁美洲便携式地图册》，巴塞罗那：阿纳格拉玛出版社，2012年，第81页。

126

个作品中，他故意割破了一个装满绿色颜料的罐子，拿着这个罐子沿着耶路撒冷的边界一路行走，在身后留下了一条绿色的线条。他为作品附上了这样一句宣言："有时候，创作诗意的东西可能会具有政治意味，而有时候，创作政治的东西可能会具有诗性。"[1]2008年，他在另一个充满政治争议的地方——巴拿马——进行了另一个名为《绘画／修饰》（Painting / Retoque）的行为艺术展示。在那里，他重新勾勒了马路上已经变得模糊不清的虚线。这是一个极为简单，但却接近崇高（sublime）的举措。然而，"崇高"（sub-lime）产生自边界的交会处，这里的边界是一种可跨越的边界，即limen，朝向别处的门槛。

阿里斯最喜欢的地方是墨西哥城，一个别无二致的大都会。在一次与阿里斯的对谈中，作家卡洛斯·蒙西瓦（Carlos Monsiváis）对墨西哥有这样的几个关键性解读。无论是对他还是对阿里斯来说，墨西哥城都是一个中心与边缘相互渗透的城市。城市的中心首先是"象征符号的档案库"：

我们从来不谈地理概念，因为在墨西哥城，一切皆是中心，

---

[1] 弗朗西斯·阿里斯：《绿色的线条（有时候，创作诗意的东西可能会具有政治意味，而有时候，创作政治的东西可能会具有诗性）》，行为艺术纪录片，与朱利安·德沃、菲利普·贝来切和拉歇尔·利·琼斯合作，洛杉矶郡艺术博物馆，2004年。原文信息如下：Francis Alÿs, *The Green Line* (*Sometimes doing something poetic canbecome political and sometimes doing something political can become poetic*), documentation vidéo d'une action, en collaboration avec Julien Devaux, Philippe Bellaiche et Rachel Leah Jones, collection du Los Angeles County Museum of Art, 2004.

一切又都是边缘。我们想强调的是不同地方神秘而又充满象征意味的本质，它们的政治、文化和建筑的历史，以及这些历史的交融。①

在小说《世界末日前的信号》（Signes qui précéderont la fin du monde，2009）中，尤里·埃雷拉（Yuri Herrera）同样阐明了这一观点。小说的女主人公叫玛基纳（Makina），就像神话中的菲尼克斯动身出发去寻找妹妹欧罗巴一样，她也出去寻找自己的弟弟："她问了八次路，但是每一次都会来到一个新的荒芜之地，并随后被带向另一个荒芜之地。"②她想找寻城市的方向，人们给她指明了方向，她想找到郊区的方向，人们却说，有四个名字相同的郊区。她想找的那个郊区在一座桥旁边，她去了那里，但是到那之后有人告诉她说她想找的那个郊区有一座动物园。她最后问一个路人她梦想的地方到底在哪里，而路人"在回答她之前就已经变得不耐烦了"③。但是路人还是带她去

---

① 卡洛斯·蒙西瓦：《中心》，访谈，2005年5月12日，朱利安·德沃编：《伟大的细节：沿着弗朗西斯·阿里斯的足迹》，2006年，56分钟，录像。原文信息如下：Carlos Monsivais, «El centro», entretien, 12 mai 2005, in Julien Devaux, De larges détails. Sur les traces de Francis Alÿs, 2006, 56 minutes, DV Cam.
② 尤里·埃雷拉：《世界末日前的信号》，选自《王国、太阳与死亡——边界三部曲》，由劳拉·阿尔科巴译自西班牙语，巴黎：伽利玛出版社，2016年，第153页。原文信息如下：Yuri Herrera, «Signes qui précéderont la fin du monde», in Le Royaume, le soleil et la mort. Trilogie de la frontière, traduit de l'espagnol par Laura Alcoba, Paris, Gallimard, 2016, p. 153.
③ 尤里·埃雷拉：《世界末日前的信号》，选自《王国、太阳与死亡——边界三部曲》，由劳拉·阿尔科巴译自西班牙语，巴黎：伽利玛出版社，2016年，第153页。

了她想去的地方。玛基纳不需要再去杜撰城市的名字了，因为她刚刚发现了弟弟的踪迹。

和蒙西瓦以及埃雷拉一样，阿里斯是一位城市漫游的忠实拥趸，一位墨西哥城的支持者，一位笔直线条的反对者。因为所剩的时间不多，我应该再谈一谈空间。我将以两个属于斯皮兰扎所说的"无土地之人的大地艺术"（land art de los sin tierra/land art des sans-terres）[①]结束本章。第一个行为艺术表演是阿里斯推着一个大冰块行走在城市的街道上。冰块留下来的水的线条痕迹很快便消失了，但是艺术家依然孜孜不倦地推着冰块向前走。根据冰块大小和温度变化，整个表演可以持续六到九个小时。起初他是用手推着走，后来实在太累了，就开始用脚踢着走了。这个表演叫作《有时，做点事情相当于不做》（*Sometimes Making Something Leads to Nothing*），开始于1997年。第二个表演比第一个还要早五年，同样令人叹为观止。艺术家在城市里拖着一个带轮子的缝纫机行走，缝纫机是一个外形像小狗的磁铁。录像中，阿里斯瘦削的身影在夜色中牵着他的磁铁小狗孤独前行，穿过热闹的广场，穿过寂寂无人的街巷。城中的墙壁上满是大大小小的广告，有些广告展示的是国际化的大品牌，比如可口可乐，有的广告则是当地的品牌，比如玉米粉圆饼。有的人行道是干燥的，有的则被运水车弄得湿漉漉的。

---

① 格拉西拉·斯皮兰扎：《拉丁美洲便携式地图册》，巴塞罗那：阿纳格拉玛出版社，2012年，第100页。

然而垃圾却无处不在。磁铁小狗也在遵循某种生态原则吗？这是一个废铁收集者，它向前走着，只要它磁化的金属不阻碍它前进的步伐。它是废物再利用的产物。它的小轮子在开裂的沥青上滚过，发出吱吱的声音，而这种声音已然与城市的音响风景融为一体。

8. 弗朗西斯·阿里斯：《收集者》，墨西哥城，1990—1992

这两个行为艺术表演是对城市经验、线条，特别是遛狗者常走路线的一种安静的模仿。它们引起我们的注意，但是又不会让观众有强烈的反应。路人往往无动于衷，甚至连头都不抬一下。阿里斯的行为艺术表演只出现在目击者的目光一隅。对于过路的行人来说，阿里斯的表演还不如两个男孩临时起意用一个空塑料瓶当球踢的足球比赛有意思。这是一个偶然的事件，一个没有任何重要意义的事件。阿里斯修长的身影仿佛已经融入了墨西哥城的日常生活中。但是，阿里斯的城市漫步却引发了狗群的躁动不安，也可能阿里斯执意要拍摄狗群狂吠的镜头。狗是后现代或者后人类城市的主角。让·罗林（Jean Rolin）已经在小说《一只在他之后死去的狗》（*Un chien mort après lui*, 2009）中注意到了这一点，正如阿里·福尔曼（Ariel Folman）在动画片《与巴什尔跳华尔兹》（*Valse avec Bachir*, 2008）中注意到的一样。狗在都市空间中取代了牛的位置。它们在过度编码的城市中悄无声息地引入了混乱。2012年4月到5月，阿里斯将这一隐喻在作品《带着绘画的漫步》（*Walking a Painting*）中进行了进一步的阐释。在这个行为艺术表演中，他手里拿着一幅画，就像牵着一只小狗一样行走在洛杉矶的大街小巷。在那里，行人往往受制于机动车的统治。在那里，让·罗林再一次与阿里斯相遇了。在小说《布莱特尼·斯皮尔斯的劫持》（*Le Ravissement de Britney Spears*, 2011）中，罗林塑造了法国间谍，他惊慌失措地走在洛杉矶的大街上，想要跟踪一位女歌手。

最后，我想用朱利安·德沃（Julien Devaux）的纪录片中无名男子的话来结束本章内容。这个男子一边在墨西哥城郊区漫步，一边读到了下面的句子：

> 如何潜入一座陌生城市的生活中？要想做到这一点，应该走到市中心，应该去大街小巷走一走，应该去逛一逛菜市场，去吃一吃当地人吃的食物，喝一喝当地人喝的东西，去那里遛

狗，学习当地人的言行举止，采撷趣闻逸事、流言蜚语、历史传说，学习怎么去尊重文化。

如何把陌生城市的生活据为己有？要想做到这一点，那就需要学会放弃尊重文化，学会慢生活，学会用不同的方式做一切事物，不再去迎合风雅和教养，不再去做政治正确的事情，不再去相信虚无缥缈的神话，专注于模糊地带，把目光停在人潮汹涌的街头巷尾，捡拾他人抛弃的东西，重视那些看起来没有价值的事物。①

归根结底，在我看来，这似乎与弗朗西斯·阿里斯的计划相吻合。阿里斯绘制着去线性化的城市的地图，丈量着交还给空间的地方。

---

① 朱利安·德沃编：《伟大的细节：沿着弗朗西斯·阿里斯的足迹》，2006年，56分钟，录像。

大陆的漂移

为什么不从针对阿尔弗雷德·魏格纳（Alfred Wegener）的评价开始这一章呢？对他的评价总是充满矛盾，因为魏格纳这个名字既能让我们联想到探险，也能让我们感到警醒。地理学家非常了解魏格纳。这是一个充满激情的气象学家，也是大陆漂移学说的创始人。1930年秋天，他在格陵兰岛的一次浮冰科考中身亡。在此15年前，他提出了大陆漂移假说，认为所有浮出水面的土地大部分都来源于同一块大陆，即泛大陆（Pangaea）。泛大陆解体后，在水流的冲击下四散开来，形成了非洲、美洲、欧洲、大洋洲和一部分亚洲。这个扩张还没有结束，大陆正在一厘米一厘米地继续着它的长途跋涉。提倡"疆域性"（territorialité）、提倡"抓取"（saisie）的制图学如何将这种动态观——尽管这是一种非常缓慢的动态观——纳入自己的考察视野？魏格纳的大陆漂移说并不是一个不言自明的真理，仔细思考一下，这个观点甚至是荒谬的。制图学抓取的信息本身就是不牢靠的。它是瞬间的，就像任何一个记录一样，比如照片拍摄的画面，代表的都是一个转瞬即逝的形象。照片想要记录的是一个长时段的历史，这让照片本身显得更为脆弱。地图和照片一样，同样无法企图展现一个确定的世界形象。一如照片，地图传递的是一个瞬间的表征，是"艺术的状态"，只是其中的一个阶段。大陆漂移学说强调的是这种根本上的不稳固性。

但是，大陆漂移学说和制图学都不是"地理性思维模式"独一无二的表现。事实上，很多视觉艺术家同样使用这一主题来展现我们星球表征方式的不稳定性。都市中的艺术实践成为魏格纳漂移说的一种变体。如果说魏格纳的漂移说指的是大陆已经并且正在进行的漂移运动的话，那么行为艺术家则选择在不同空间中进行漂移。作为一个典型的"漂移者"，居伊·德波尔（Guy Debord）本可以将他的心理地理学方法应用于漂移板的构造，但是他最害怕的便是失去控制——在漂移中出现漂移简直是毁灭性的灾难。他认为：

如果超过四个或者五个参加者，漂移的特点就会立刻减退。无论如何，都不能超过十个人，否则，漂移会碎裂成几个同步进行的漂移。后一种情况是非常有意思的，但是也让表演变得困难重重，到目前为止不能在现有的条件下组织这一大规模的漂移。①

---

① 居伊·德波尔：《漂移理论》，选自《国际情境主义》，第2期，1958年12月，第21页，转载于《国际情境主义》1958—1969年合刊，巴黎：自由田野出版社，1975年。原文信息如下：Guy Debord, «Théorie de la dérive», in *Internationale situationniste*, No 2, décembre 1958, p. 21, repris dans *Internationale situationniste 1958-69*, Paris, éditions Champ Libre, 1975.

*

一群艺术家致力于解构传统的地图来展现世界的可变性。其中有些人从泛大陆中得到灵感，构想了大陆漂移的另外一些可能。其中有两位艺术家引起了我的关注：罗贝尔托·柯吉（Roberto Cuoghi）和里瓦内·纽恩施旺德（Rivane Neuenschwander）[1]。

罗贝尔托·柯吉是个令人不安的设计师。他逃避多媒体展览，也逃避世界的单义性（univocité）。在他眼里，没有什么是稳定的。从最初约定俗成的形状开始，他逐渐偏离了常规的创作框架，开始逐渐尝试全新的地图构型。20世纪90年代，当柯吉还是意大利布雷拉美术学院的学生时，他就决定像德勒兹一样，任凭指甲肆意生长，并用指尖写字。他一周有五天时间都反戴眼镜，从镜片的反面观察世界地图。在24岁的时候，他完善了"间距的艺术"。在一份总结报告中，埃马纽埃尔·格兰让（Emmanuel Grandjean）回顾了日内瓦当代艺术中心主任安德莉亚·贝利尼（Andrea Belini）对柯吉的介绍：

> 柯吉最极端、最疯狂的计划就是他身体的变动。"这不是一个简单的转换，而是彻底的消失，是一种在其他人身体里隐居

---

[1] 同样可以参见盖尔·詹姆逊（Gale Jamieson）的《泛大陆》（*Pangaea*，2003）。他在这幅作品中将世界地图切成碎片，重新缝合成一个和服的形状。

的生活方式，"安德莉亚·贝利尼补充道，"1998年，罗贝尔托·柯吉25岁时，他决定自己从此之后做一个67岁的人。随后他变胖了，从60公斤长到了140公斤。他的行动方式变了，穿衣打扮的方式也变了，他穿上了父亲的衣服，并以这种方式生活了7年。"这是一个过早变老的年轻人，就像他父辈雪茄盒上长着胡子的胖老头。①

传统的身份是一块泛大陆，一个原始的内核。意大利人比法国人更喜欢拉丁语短语，他们称之为"坚果壳中的身份"（identité in nuce）。从这个生殖细胞出发开始了一系列的扩张和漂移。正是在这个语境中，柯吉于2003年创作了作品《无题》（Senza titolo/Untitled）。适用于身体的东西同样也适用于身体所居住的星球，以及身体所构想的表征。挂在墙上的、囿于一个焦点且批量生产的世界地图并没有多大价值。对于像柯吉这样的艺术家来说，这样的世界地图仅仅能够描述一个微不足道的状态。地图总是人类中心主义的，所以地图呈现的是一种地缘政治的解读，它充其量只不过是一个进行武断筛选的人工制品。因此，我们需要解构地图，或者更准确地说，要允许它展现其潜在性（virtualité）。从原则上说，地图应该带来一股清新的空

---

① 埃马纽埃尔·格兰让：《罗贝尔托·柯吉，一个想要消失的艺术家》，《时报》，2017年5月1日，https://www.letemps.ch/culture/roberto-cuoghi-lartiste-voulait-disparaitre，2018年4月24日查阅。该文章特意注明了"阅读本文需要四分钟"。原文信息如下：Emmanuel Grandjean, «Roberto Cuoghi, l'artiste qui voulait disparaître», in Le Temps, 1er mai 2017.

气。柯吉笔下的世界地图展现的更像是被邮轮排放的油污覆盖着的海面。他花了很长时间来研究如何将邮轮排污这一化学过程应用于艺术创作。《无题》这幅作品的创作正是基于这些知识。观者面前的这幅世界地图仿佛是从一块深绿色的油层蔓延开来，又像是每一个大洲的基石都开始松动，出现了漂移。

9. 罗贝尔托·柯吉：《无题》，2003

事实上，地图不止有一个，地图亦不是唯一的：它来自叠印。于是我们产生了疑惑。我们不知道这个地球的表征是几维的。它们是否像地图那样是两维的？亦或许像我们探索陆地或者海洋表面时用到的三维地图？在《无题》这幅作品中，我们是否看到了对全球污染的一次完美的控诉？或者我们从中读到了中心的迷失？这里的中心指的既是人类生活的中心，也是视线的中心。我们也许会感叹道，这就是艺术。但是，如果我们把所有的世界地图都叠印在一起，会产生什么效果呢？我们会发现，地球表面本没有中心，但是每一个国家都喜欢赋予其中心。这只是其中一个微不足道的悖论。世界上有多少国家，就有多少个世界中心。我们以两种地图为例：一种是把法国居于中心的地图，这也是法国人最熟悉的地图，另一种则是斯图亚特·麦克阿瑟绘制的地图。除此之外，还有中国地图和美国地图。让我们把这些地图叠合在一起，会发生什么呢？地图会显得更有深度，但是我们却迷失了方向。用唯一的方式阅读世界的时代已经终结了。怎样才能在继续使用传统世界地图试图建立普世主义（universalisme）的同时，采用一种更为具体的目光呢？柯吉揭示出了一个陷阱。他将他那居无定所的身体投射到了本身就在漂移的世界中。泛大陆将这种至关重要的不确定性具体化了。

这也是里瓦内·纽恩施旺德在被摄像机记录下来的一个创作中想要传递的信息。2008年，这位巴西艺术家创作了名为《泛大陆的日记》(*Diarios de Pangaea*)的作品。他在一个形似地球的盘子里摆放了一片薄薄的牛肉片，然后把一群蚂蚁放到了盘子里。在三个月的时间里，他用胶片记录下了蚂蚁的活动情况。胶片长16毫米，影片时长1分钟。我们发现了一些有趣的蚂蚁迁移路径。有时候，盘子里的泛大陆与目前的世界地图是一致的，但是很快这个形象便瓦解了，再一次开始了偏移。地球的表征在一个动荡不安的偶然瞬间被记录下来。从字面意义上看，这个作品充满了潜在性，并且不再采用人类中心主义的视角。①

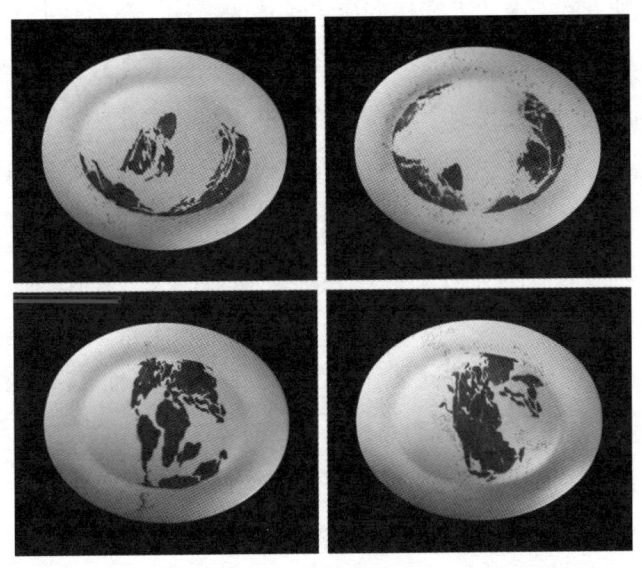

10. 里瓦内·纽恩施旺德：《泛大陆的日记》，影片截图，2008

里瓦内·纽恩施旺德并不是一个风靡一时的潮流艺术家。我是在斯皮兰扎的《拉丁美洲便携式地图册》一书中发现了他的作品。在谈论纽恩施旺德的《泛大陆的日记》之前，斯皮兰扎先跑了个题，介绍了另一位巴西艺术家若昂·吉尔伯托·诺

---

① 在徐则臣的小说《跑步穿过中关村》中，主人公回忆起了一段监狱往事。他的一个狱友饱受各种虫子尸体的困扰，于是他把这些虫子（包括虱子）一个一个收集起来，把它们拍扁并且保存起来，想用它们创作一幅世界地图。这是一个艺术家吗？他的地图实则为一幅静物素描。

尔（João Gilberto Noll）的小说《主人》（*Lorde*，2004）。小说的主人公是一位路过伦敦的作家。有一天早上，他在照镜子的时候发现，镜子中的人突然变成了乔治的模样，乔治是那个刚刚与他共度春宵的英国人。就像罗贝尔托·柯吉一样，一个人跃跃欲试地想要寻找这个世界上的新的定位，由此激发了身份的多样性，只不过这是一个发生在虚构世界的故事。对于纽恩施旺德的作品与诺尔的小说之间的关联，斯皮兰扎作了如下总结：

  这两位作者似乎在告诉我们，一张地图上轮廓清晰的全球化文化只是一种视觉效果，就像在纽恩施旺德的这张地图上，上百只蚂蚁啃噬盘子里的牛肉切片，组成了一幅世界地图。[1]

  关于泛大陆、地理和地质学之间的相似性，以及泛大陆与文学和艺术之间的相似性，我们有太多可以延伸的话题。我们很愿意去探讨泛大陆与作为原初叙事的"神话"（mythos）之间的相似性。神话是地理与文学联姻的一个精彩的隐喻。为什么不考虑这个古希腊文学的"广义文本"（archi-texte）呢？作为一个庞大的整体，神话中的每一个元素经过不断的漂移，成为了后来所谓的欧洲文学的基石。的确，关于泛大陆意象在文学和艺术上的应用值得我们专门撰文进行探讨，甚至就此话题撰

---

[1] 格拉西拉·斯皮兰扎：《拉丁美洲便携式地图册》，巴塞罗那：阿纳格拉玛出版社，2012年，第76页。

写一部专著。我们可以研究漂移以及漂移的路线。为了让漂移带来更多的成效，解辖域化进程不应该沿着笔直的、可预见的路线展开，而应该像德勒兹和加塔利所主张的那样，采用根茎的形状，或者更准确地说，采用没有固定形状的根茎的路径。为什么不绘制根茎式的地图呢？根茎式的地图意味着不同文化之间发生温柔的接触，而非生硬的碰撞。在文化的世界中，我们需要注意的是，不要让大陆漂移的浪潮最终转化成海啸，而这正是全球化带来的问题。

*

《海浪》（*Wave*）。现在轮到帕蒂·史密斯登场了。这是一个名副其实的明星，我们已经无须向大家介绍她[①]。她演唱过很多作品，至今依然在演唱。她吟诵过兰波（Rimbaud）以及威廉·布莱克（William Blake）的作品。她同样是位作家。2010年，她出版了小说《只是孩子》（*Just Kids*），讲述了她和摄影师罗伯特·梅普尔索普（Robert Mapplethorpe）之间的关系。5年之后，她又出版了小说《M号地铁》（*M Train*），讲述的是她与英年早逝的丈夫弗雷德·"声波"·史密斯（Fred "Sonic"

[①] 帕蒂·史密斯（Patti Smith, 1946— ），美国词曲作者与诗人。——译者注

Smith）①之间的故事，以及她最近几年的生活。《M号地铁》影射的是纽约的一条地铁线②，但是故事的主线发生在帕蒂·史密斯在世界各地经常光顾的大大小小的咖啡馆里。她的举动有时令人感到惊慌失措。在法属圭亚那的雷米—蒙特罗利（Remire-Montjoly），她一时找不到自己喜欢的饮料，于是"用手指描绘了一间想象的咖啡馆的草图"③。依然是在法属圭亚那，她去参观了以前的圣·罗朗·杜·玛罗尼（Saint-Laurent-du-Maroni）教养院④，而这次参观也促使她开启了一段旅行。她想通过旅行向让·热内（Jean Genet）⑤致敬。让·热内本身就是一个苦行和劳役犯的歌颂者，他自己差一点被流放去魔鬼岛或者周边的岛屿。帕蒂·史密斯的计划十分明确：

我向下挖了十几厘米，想找几块被拘留者长着老茧的脚或者看守厚重的靴子踩进去的石子。我仔细挑选的三块石头，把它们小心翼翼地放在一个大火柴盒里，石子上还带着土。弗雷

---

① 弗雷德·"声波"·史密斯（Fred "Sonic" Smith, 1948—1994），原名弗雷德瑞克·杜威·史密斯（Frederick Dewey Smith），是一位吉他手，是美国有影响力的摇滚乐队MC5的主要成员之一。——译者注
② 《M号地铁》这个书名让人联想到歌曲《神秘的列车》（*Mystery Train*），这首歌是由埃尔维斯·普雷斯利（Elvis Presley）等歌手演唱的。1989年，它启发吉姆·贾木许（Jim Jarmusch）创作了同名电影。
③ 帕蒂·史密斯，《M号地铁》，由尼古拉·理查德译自英语，伽利玛出版社，"Folio"丛书，2016年，第34页。原文信息如下：Patti Smith, *M Train*, traduit de l'anglais (États-Unis) par Nicolas Richard, Paris, Gallimard, coll. «Folio», 2016, p. 34.
④ 教养院是一种以教育改造为主、轻微劳动惩罚为辅的劳动改造机构。——译者注
⑤ 让·热内（Jean Genet, 1919—1986），法国荒诞派剧作家、评论家。——译者注

德递给我一块手绢,让我擦拭一下双手。我擦完之后,他甩了甩手绢上的土,用手绢包起了火柴盒,把它放在我手心。我的计划的第一步是把石子放在热内的手里,这样就完成了第一步。①

帕蒂·史密斯计划的第二步在几年之后才得以展开。在距离摩洛哥丹吉尔港不远的拉腊基督教墓地,帕蒂·史密斯把她在法属圭亚那收集到的石子埋葬在了热内的墓地里。我相信,我们每一个人都曾有过向自己珍视之人的墓地致敬的体验。就我而言,我曾把一束铃兰花放在一个小托盘里,摆放在位于缅因州沙漠山岛的玛格丽特·尤瑟纳尔(Marguerite Yourcenar)②及其伴侣格雷斯·弗里克(Grace Frick)的墓旁。

*

帕蒂·史密斯的计划尽管非常私密,但是却显得有些宏大。另外,在执行这个计划的时候,她总是试图抹去自己偶像和传奇的身份。她不希望博得公众的关注目光,而且成功地做到了这一点。帕蒂成为了史密斯夫人,而后受"大陆漂移俱乐部"(Continental Drift Club)的邀请前往德国柏林——我们终于回到

---

① 帕蒂·史密斯:《M号地铁》,由尼古拉·理查德译自英语,伽利玛出版社,2016年,第29页。
② 玛格丽特·尤瑟纳尔(Marguerite Yourcenar,1903—1987),法国当代著名女作家,1980年当选为法兰西科学院院士。——译者注

了"泛大陆"这个议题上。"大陆漂移俱乐部"是为了纪念阿尔弗雷德·魏格纳创办的一个学术协会。帕蒂·史密斯于2006年成为该俱乐部的成员。她不再是史密斯夫人,而变成了第23号成员。该俱乐部一共有23名成员。该协会的成员需要保持低调,并且定期参加协会每半年组织的大会。在参加柏林的活动之前,她已经出席了俱乐部在冰岛首都雷克雅未克和德国耶拿举办的活动。在柏林举办的会议中,她作了题为"阿尔弗雷德·魏格纳的逝去时光"〔Les Moments perdus (lost) d'Alfred Wegener〕的报告。报告的题目中有一个印刷错误。帕蒂·史密斯本来想写的是"最后的时光"(last moments),不料却打成了"逝去的时光"(lost moments),"这一下子就引发了关于报告内容含义的大量评论"①。最终,这位第23号成员带着一张写满了注释的纸巾开始了她的发言。她想象着1930年11月初魏格纳在冰川上留下的最后足迹,想象着他在逝世前脑海中最后的念头。她这样补充道:

我当时感觉自己已经进入到了与魏格纳交融的状态,因此没有注意到会场此起彼伏的抗议声。这时突然爆发了一个关于我的发言前言的争吵,他们认为我的发言并不中肯:"他并没有掉进冰雪里","他是在睡梦中死去的","并没有真正的证据证

---

① 帕蒂·史密斯:《M号地铁》,由尼古拉·理查德译自英语,伽利玛出版社,2016年,第63页。

明这一点［……］"。①

有人斩钉截铁地说道：

这不是科学，这是诗歌！②

大家的愤怒达到了顶点。第23号成员的可信度遭到了质疑。情绪激动的气候学家准备去吃自助餐，留下思维混乱的帕蒂·史密斯独自一人。这场报告的主席很快制止了这个跑题的演讲，史密斯重新整理了思路，巧妙地说道：

我认为我们应该在这一点上达成一致，那就是阿尔弗雷德·魏格纳的最后时光（last moments）是逝去的时光（lost moments）。很快，大家坦诚的笑声大大超出了我对这个略有些严厉的团体的期待。

由此，他们重新将科学与诗歌交融在一起。事实上，我们并不确定"大陆漂移俱乐部"是否真的存在过，在这本书的最后几章，这个俱乐部已经解散了。或许"大陆漂移俱乐部"只存在于作者的幻想之中。但是不管怎样，可以确定的是，确实

---

① 帕蒂·史密斯：《M号地铁》，由尼古拉·理查德译自英语，伽利玛出版社，2016年，第65页。
② 同上。

存在过一个阿尔弗雷德·魏格纳学院，学院坐落于不来梅哈芬，有一幢沿街的漂亮的房子。大陆漂移俱乐部可能是阿尔弗雷德·魏格纳学院的一个合作单位。另外，可以确定的是，对任何文化的理解是建立在不同学科的交叉之上的，并且以相互尊重为前提。一位歌手可以向专家谈论大陆的漂移：这是帕蒂·史密斯的故事向我们传达的信息。这里的"我们"指的是文学家、地理学家、艺术家，以及所有解读世界表征的人。跨学科性不是一句大话，也不是一句空话：它使我们勾勒出一个妥协的区域，一个迸发着新的解读方式的科学的第三空间。大陆在漂移，各种学科也走上了不受约束的漂移之路，而这种漂移为我们的思考带来了一股革新的力量。

《M号地铁》像一个已经解体的疆域。这些咖啡馆遍布在星球表面，就像一个已经消失的整体留下来的地质学遗迹一样。在纽约，也就是帕蒂·史密斯创作这部小说的地方，这种碎片化得以具体实现。位于格林威治村的伊诺咖啡馆（Café' Ino）已经歇业，而这也是此前艺术家经常光顾的地方。位于皇后村的扎克咖啡馆（Zak's）已经被一场龙卷风夷为平地，此前帕蒂·史密斯经常躲在这里创作。现在这里还剩下什么呢？要去那里看看才能知道。帕蒂·史密斯在她的开篇词中并没有否认这一点："要在一无所有的基础上写作并不容易。"[1]这是帕蒂·史密

---

[1] 帕蒂·史密斯：《M号地铁》，由尼古拉·理查德译自英语，伽利玛出版社，2016年，第11页。

斯在睡梦中一个牛仔对她说的话。

帕蒂·史密斯，也就是第23号会员，关注阿尔弗雷德·魏格纳的研究是再正常不过的事情。但是，她的方式却非常打动人心。有谁能够想到，这个明星会成为一个如此机密的组织的成员，并且同意隐姓埋名地入会呢？

*

在这场随着地图的漂移中，接下来我将继续谈论帕蒂·史密斯的意图。事实上，这位多才多艺的艺术家总是对地图情有独钟，尽管这些地图只存在于她的精神世界中。在她还是个小女孩的时候，为了找到自己在孩童世界的位置，她"自己就为一些传奇故事绘制了地图"[1]。在小说《金银岛》中，正是通过一幅地图，主人公抵达了金银岛。而在小学二年级的时候，帕蒂在图书馆的书架上找到了一本三年级的课外推荐读物《大卫·克洛科特的故事》（*L'Histoire de Davy Crockett*，1952）。在这本小说中，年轻的帕特里西亚一路前行，追随着英雄大卫·克洛科特的足迹。

帕蒂·史密斯读了很多书，并且会对她读过的书进行点评。在她阅读的诸多作品中我们发现了《自然之后：一部元素诗》

---

[1] 帕蒂·史密斯：《M号地铁》，由尼古拉·理查德译自英语，伽利玛出版社，2016年，第109页。

(*D'après nature : poème élémentaire*, 1988), 这是德国作家温弗里德·塞巴尔德（W. G. Sebald）创作的一部叙事长诗, 长诗分为三个部分, 将摄影艺术与写作融合在了一起。塞巴尔德谈到了一个球体, 用帕蒂·史密斯的话来说, "是一张用圣·戈达尔山（Saint-Gothard）山口的公羊皮做的地图"。另外, "他绘制了一幅1527年的世界地图, 他创造了一个人物——马蒂亚斯·格吕内瓦尔德（Matthias Grunewald）"[1]。写作、绘画、音乐、摄影、制图学相互交融, 时间的层级不断叠加。而后, "一切都变得模糊了", 只剩下"一种突如其来却又无比分明的色彩的缺席"[2]。无论用何种媒介呈现, 世界的表征都呈现出这种状态。1527年的世界失去了它的色彩了吗？没有关系, 2015年的世界, 也就是《M号地铁》所在的世界又重新找回了它的颜色。每一次, 地图都留下了关于世界的珍贵的记录, 这些地图向我们展示了世界既存在于瞬间之中, 又在绵延中不断变化。

在谈到塞巴尔德这本书时, 帕蒂·史密斯没有想到地图, 而是使用了两个我觉得非常精彩的表述。她指出, "阅读这本书, 就是在思考他的创作过程"[3]。合上书后, 她把这本书"放

---

[1] 帕蒂·史密斯：《M号地铁》, 由尼古拉·理查德译自英语, 伽利玛出版社, 2016年, 第83页。蒂亚斯·格吕内瓦尔德（Matthias Grunewald, 1470—1528）, 德国晚期哥特式画家。——译者注
[2] 帕蒂·史密斯：《M号地铁》, 由尼古拉·理查德译自英语, 伽利玛出版社, 2016年, 第83页。
[3] 同上。

在了书架上，和其他可以被视作'世界之门'的书放在一起"①。如果我们把这两句话放在另外一个语境中，我们就会发现，这两句话能够帮助我们更好地认识制图学现象。因为地图同样能够帮助我们思考创作的过程，同时地图也是通向世界的众多大门之一。创作地图的过程同样是制图师创造一种诗学的过程。我们一旦站在人类的视角，有时也是制图师的视角，世界就会在不断飞散和越界的表征中成型。人们经常谈论地图的"简化"（réduction）。这个表述是不准确的，因为它不能还制图师以公道。制图师创作的作品永远是可能性世界的大门，或者更确切地说，是解读众多"可能性的世界"的一种方式。每一位读者都有解读书籍的方式，同样，每一位读图者也有解读地图的方式。我们可以描述一个世界，但是我们永远不能确定它的本质。

帕蒂·史密斯一遍又一遍阅读了《大卫·克洛科特的故事》，用她的话来说，一本"别人禁止她阅读的书"。多亏了克洛科特，她走向了"一些意料之外的视阈"。这本书对于她来说就是一本指南针，"尽管已经陈旧不堪，但是却依然能够连接大地与星辰，能够告诉我自己在哪里，西方在哪里，而不是告诉我应该去哪里，或者我的价值是什么"②。有的人有时候会找不到北，但是却知道西方在哪里，而另一些已经到达西方的人却

---

① 帕蒂·史密斯：《M号地铁》，由尼古拉·理查德译自英语，伽利玛出版社，2016年，第84页。
② 同上，第99页。

不知道怎么回来。大卫·克洛科特走过无数的路。也许我们会感到遗憾，因为沿着这些道路他来到了得克萨斯州的军事要塞阿拉莫，并且走向了无数被好莱坞电影改编的重要历史事件。在某种程度上，文学和艺术的任务就是要在坐标、方位基点和规范的视角之外，释放新的可能性。

我们暂且不去探讨帕蒂·史密斯笔下的大卫·克洛科特。我想说的是，任何一个空间都是由分岔的小径组成的，它们难以预料，就像豪尔赫·路易斯·博尔赫斯的花园一样①。分岔意味着偏离道路（dé-lirer），在古罗马人那里，"lira"指的是犁勾勒出来的线条。这就意味着打开一个崭新的视野，走向"别处"，不走寻常路，远离常规领域。从最深层的意义讲，这个"别处"就是空间，就是这个世界的诗意表达，这个世界充满了尚未言明的潜在性。而作为制图对象的"地方"（lieu）则被认为是空间的简化，从定义上说，它被言说（dit）和符码（code）所限定。地方被囚禁在男男女女的思维里，他们迫切地希望掌控周遭的环境。

*

雅克·鲁博（Jacques Roubaud）②是一位我经常打交道的作

---

① 这里指的是博尔赫斯的小说集《小径分岔的花园》。——译者注
② 雅克·鲁博（Jacques Roubaud, 1932— ），法国作家、诗人。——译者注

家。自从我发现了他的小说《伦敦大火灾》(*Le Grand Incendie de Londres*，1988)之后，每当我阅读他的作品，他笨拙的形象总是浮现在我的脑海中。《伦敦大火灾》的副标题是《节奏片段与分岔路》(*avec incises et bifurcations*)。是的，鲁博自己的职业生涯就充满着分岔路径和跨学科的特点，因为他不仅是一位重要的作家，还是一位享有盛名的数学家。他的另一本书《或许，抑或是周日夜晚》(*Peut-être ou la nuit de dimanche*，2018)被视作一本"草拟的散文"。在这本书中，鲁博谈到了2017年的法国总统大选，并且借此书表达了他对候选人菲利普·普图(Philippe Poutou)[1]的支持，"因为他不组织冗长的会议／他开完会很快就去睡觉／因为第二天还要上班"[2]。鲁博是一位极左翼派的支持者吗？除了这句幽默的表述，我们找不到其他表明他政治立场的证据。事实上，他既不是极端主义，也不是中间派，正如他自己所言，"我是边缘派"(périphériste)。[3]

在泛大陆的分裂过程中，我们可以看到一种对"宗动天"(primum mobile)的回应，宗动天被视作宇宙离心运动的开端[4]。

---

[1] 菲利普·普图(Philippe Poutou，1967—)，法国左翼政治人物，曾于2012年、2017年和2022年三次参加法国总统大选。——译者注
[2] 雅克·鲁博：《或许，抑或是周日夜晚（草拟的散文）》，巴黎：瑟伊出版社，"21世纪系列"丛书，2018年，第92页。原文信息如下：Jacques Roubaud, *Peut-être ou la nuit de dimanche (Brouillon de prose)*, Paris, Seuil, coll. «La Librairie du XXIe siècle», 2018, p. 92.
[3] 雅克·鲁博：《或许，抑或是周日夜晚（草拟的散文）》，巴黎：瑟伊出版社，"21世纪系列"丛书，2018年，第91页。
[4] 宗动天(primum mobile)是西方古代天文学的术语，指的是宇宙地心说模型中最外层的天球，这个天球里没有任何天体。——译者注

宗动天的存在让世界上的"边缘派"活跃了起来。中心不再是中心，在浪潮、水流、新的思想和文化，特别是在边缘的操控下，中心一直在不停地分裂。接下来需要了解的问题就是中心会发生什么变化。在《子午线的牢笼》一书中，我研究了无数偏离中心的运动轨迹，这些运动轨迹是通过地理学的世界地图和可能性世界的地图展现的。艺术更偏爱可能性世界的地图，这其中既有文字地图，也有视觉地图，有的地图甚至两者兼备。

雅克·鲁博不是唯一一个边缘派。这里面当然还有爱德华·格里桑，他是"群岛"的拥趸。这位马提尼克诗人采撷着"统一性"（unité）留下来的碎片，长期以来，"统一性"一直与"普世性"（universalité）和"殖民性"（colonialité）相提并论。而格里桑则将上述概念置于更加宽泛的视阈下，将世界视作一个去中心化的、永远在追寻多种可能性和多样性的世界。格里桑重视边缘，但是同时也保留了传统的研究路径，即关注岛屿和岛屿周边的小岛，并赋予它们内在的一致性。其他理论家则在解构的道路上越走越远，拒绝在最极端的边缘之外重构疆域或者结域的想法。所谓的最极端的边缘，便是勾勒我们这个星球边界的地方。布里吉特·威廉姆斯就是其中之一。她的一些作品可能是我撰写《子午线的牢笼》一书的灵感来源。在三部曲之一的绘画作品《安宁》（*In Peace*，2007）中，她构想了一个地缘政治大陆的漂移。由轮廓清晰的各个国家组成的世界地图逐渐瓦解，不同国家开始了各自的漂移，并最终在世界的边缘地带找到了自己的位置，最终复归安宁。重新勾勒的世界地图本质上支持的是一种可持续的、平等的以及向平衡的对话开放的发展观。就像所有的乌托邦一样，新的乌托邦是边缘化的。

我们避开了任何全球化的视角，也控诉着维持政治和文化优越性的愿望，因为这种优越性带来的后果是史无前例的，同时还控诉着均质的文化产品名录和没有备选方案的发展计划。我们正逐步走向一个"第三空间"（tiers espace）的概念。第三空间并不旨在数学式地叠加相连空间的特征，而是致力于将新的潜在性公之于众。在人类文化的有限空间内，第三空间浮现于大陆的交会之处，诞生于文化身份基石的漂移之中，文化身份基石的存在让世界与世界的表征都变得狭小紧缩。从罗贝尔托·柯吉到里瓦内·纽恩施旺德，再到帕蒂·史密斯和雅克·鲁博，我们在他们的主张上找到了共同点，那便是使世界"去固定化"（dé-fixer），宣扬边缘的重要地位，加速偏移和观念的流动性。如果说一定要有一张地图的话，那么这张地图一定是动态的，并且是转瞬即逝的。

迷失地图集：地理批评研究
Atlas des égarements. Études géocritiques

走出子午线的牢笼，或者被解放的列支敦士登

我们不一定像布莱斯·桑德拉尔（Blaise Cendrars）[①]笔下的松鼠一样，囚禁在子午线的牢笼中。但是我们却可能被囚禁在一种被不断累加的线条、纬线和参照点定义的人造地理学之中。如何才能走出这种囚笼呢？从前，人们在山与河之间生活。对他们而言，一切的分界线都是自然划分的。绝妙的阿兹特克地图和玛雅地图就是这样反映世界的。在欧洲，制图学的历史却呈现出了另一种趋势。地理与几何学和地缘政治是同步发展的。不要忘记，17、18世纪地理学的重要争辩之一就是政治性的。争辩涉及的是经度的计算，而其中的关键核心在于在地图上标注出"被发现"的新大陆的坐标，特别是岛屿的坐标。英国钟表匠约翰·哈里森（John Harrison）解决了经度的谜题，但是在几十年的时间里，甚至一直到19世纪末，伦敦和巴黎都在争夺零度子午线，也就是世界之脐。这些线条是虚构的，但是正如地图一样，它们塑造了我们的想象。我们的日程本上、屏幕上

[①] 布莱斯·桑德拉尔（Blaise Cendrars, 1881—1967），原名弗雷德里克·路易·索泽（Frédéric Louis Sauser），布莱斯·桑德拉尔为其笔名，法国小说家、诗人。他曾在长诗《巴拿马，或者七个舅舅的历险记》中写道："我在子午线的牢笼中打转，宛如一只笼中的松鼠。""子午线的牢笼"影射的是把人类封闭起来的地球，这一表述也给予本书作者灵感，创作了《子午线的牢笼》一书。可参见《子午线的牢笼》，福州：福建教育出版社，2021年。亦可参见张蔷，《地理批评视阈下的文学与空间——读韦斯特法尔的〈子午线的牢笼〉》，《美学与艺术评论》，2019年第2期，第108—117页。——译者注

走出子午线的牢笼，或者被解放的列支敦士登

以及各种载体上随处可以看到地图，地图是我们存在于世的证明。

我们可以举出多个在纸上勾勒的抽象但却有害的线条的例子。其中一个发生在非洲。西班牙著名的画家和雕塑家米古埃尔·巴塞洛（Miquel Barceló）习惯生活在马里。1999年1月，他去了位于马里中南部的城市塞古（Segu）。他在绘画本上潦草地勾勒了几笔：

> 马里与毛里塔尼亚伊斯兰共和国的边界是一个直角，我多想在这个角落里拥有一处自己的房子。在马里与毛里塔尼亚的边界上有两座墙。我问自己，"谁勾勒了非洲的地图呢？"既然是西非，所以很明显是一个法国人。我想知道他是谁，在勾勒地图的时候他在想什么，当他像日本厨师切割生鱼片一样分割部落和家庭时，他有着怎样的心情呢？[①]

尽管西非是被法国殖民政权切割的，但是，法国不是唯一这样做的国家，被任意切割的也不是只有西非……还有美国，美国布满了方块和长方形。在美国的西南角有一个所谓的"四

[①] 米古埃尔·巴塞洛：《非洲笔记本》，巴塞罗那：加来克西亚·古腾堡出版社/读书人俱乐部，2004年，第165—166页。原文信息如下：Miquel Barceló, *Cuadernos de África*, Barcelone, Galaxia Gutenberg/Círculo de Lectores, 2004, pp. 165–166.

角州"①。一座专门献给这四个州的四角纪念碑矗立在荒无人烟的沙漠中，恰好位于四个州的交界处。尽管这是个抽象的坐标，但是这个地理位置让它声名显赫，但是在两世纪或者三世纪前，这个地理位置有一丝一毫的意义吗？就像在其他地方一样，在美国，每天都有一些人为着一些抽象的线条——即边界——而死去。另外一些人则死于他们对于坐标点的热爱，比如南极、北极。他们选择在冰川的世界中绚烂地死去！我刚刚"在线"②重新观看了一部曾经让我大为震撼的电影——杨·特洛尔（Jan Troell）拍摄的《鹰扬》（*Le Vol de l'Aigle*，1982）。这部电影为我们展现的是以工程师萨洛蒙·奥古斯特·安德烈（Salomon August Andrée）为首的三名探险家进行的极地探险之旅。他们的目标是乘坐热气球"鹰号"抵达北极。1897年，"鹰号"从斯德哥尔摩起飞。与探险家的设想不同的是，他们没有在空中解体，而是热气球在结冰之后，在冰川上搁浅了。于是，三位探险家决定向东边——也就是所谓的"文明世界"——撤退。这场奥德赛展现了个体与空间、个体与空间表征之间的关系，充满了荒诞的戏剧性。安德烈和他的两个同伴发现，他们每天航行几公里是徒劳无益的，因为他们在向相反的方向漂移。浮冰随水流漂移，他们的悲剧正在于此。最终，他们倒在了浮冰上。人

---

① 四角州（Four Corners States）指的是科罗拉多州、亚利桑那州、新墨西哥州和犹他州。——译者注
② 在法语中，"在线"（en ligne）这一短语中包含"线条"（ligne）一词，作者加引号是为了强调他的文字游戏。——译者注

们在几年后找到了他们的航行日记。这个故事是真实的。文学和电影都非常喜欢这个由线条、坐标、地缘政治象征符号、执念和疯狂交织起来的美妙的芭蕾舞。通常，这个芭蕾舞是一个由挥着镰刀的骷髅领舞的僵尸舞。

让我们再来谈谈不那么悲凉的事情。我想补充的是，有些原点坐标是可以抵达的。2016年，我在西班牙跨年。新年第一天，我踩上了装饰着太阳门广场的零公里（Kilómetro Cero）石板。在零公里石板上庆祝新年的第一天是很有意义的，人们尽情地释放着自己的情感。从本质上看，与其说在表明自己的政治立场，不如说只是在开玩笑。抑或是，地理本身就是一个玩笑？当我看到2017年10月在巴塞罗那和加泰罗尼亚发生的事件之后[1]，我开始思考这个"零公里"在西班牙的意义。地理从来都不是一个玩笑。世界的中心在哪里？你们的中心在哪里？我自己的中心在哪里？归根结底，什么是中心？从前，一位德国浪漫派作家曾经认为世界的中心就是他心上人的心脏。因为这句话已经成为老生常谈，在这里我就略去不说这位作家的名字了。众多的作家、艺术家和电影导演描述过我们生活的这个子午线的牢笼。这个名单实在太长了，先不去浏览这个名单，让我们来关注一下贝尔纳·海德西克这位艺术家。

---

[1] 西班牙巴塞罗那是加泰罗尼亚自治区的首府。这里的事件指的是2017年10月加泰罗尼亚自治区举行的"独立公投"，在参与投票的人中，有90%的人支持加泰罗尼亚独立。——译者注

迷失地图集：地理批评研究
Atlas des égarements. Études géocritiques

*

如果你在电脑上检索与"海德西克"这个名字相关的图片，你一定会找到一堆酒瓶以及一个留着胡子的男人——查尔斯·海德西克（Charles Heidsieck）。1850年，"香槟查理"（Champagne Charlie）——这是他在美国时取的绰号——创办了一家起泡酒酒厂，生产出了味道绝佳的起泡酒[1]。如果你不停地检索的话，也许会找到另一个名叫海德西克的人，这就是我们要谈论的人——贝尔纳·海德西克。他同样来自法国的香槟地区，但是却没有从事酿酒相关的行业。他在兰斯度过了自己的童年，但是在职业之路上却选择了一条近路，他远离了红火的酿酒业，而是直接进军金融领域。他曾经担任法国对外贸易银行的副行长。贝尔纳·海德西克是个工作狂，每日的日程都安排得满满当当。在闲暇时间，他有一个业余爱好，那便是写诗。1962年，也就是在发表第一批诗作几年后，他决定高声朗读这些诗作。很快，他成为了"动作诗"（action poetry）[2]的代表人物。动作诗流派会集了一大批纽约"反文化"的先锋人物，比如海德西克在曼哈顿遇到的美国诗人约翰·乔治诺（John Giorno）、艾伦·金斯伯格（Allen Ginsberg）、布里翁·吉辛（Brion Gysin）以及其他人。贝尔纳·海德西克把诗歌用磁带记录下来，把不

---

[1] 这款酒的名字也被命名为"Champagne Charlie"，现普遍将其译为哈雪香槟。——译者注
[2] 动作诗是一种通过大声朗读来表现诗歌感情的行为艺术。——译者注

同的诗歌混合在一起,用词语和声音完成他的表演。尽管他习惯了在商界打拼,同他打交道的都是一些野心勃勃的金融家,但是贝尔纳·海德西克自己却是一个腼腆害羞的人。他用了几年时间才有勇气在公众面前表演他的有声诗歌。这已然成了他规律性活动:"写作,录音/拼接,在空间中朗读/表演,朗读/传播/行动。"①

我不太了解诗歌。海德西克是了解诗歌的,但是人们常常请他在一些让他不知所措的地方创作诗歌。1980年9月,他受邀前往瑞典斯科讷省的玛尔摩市(Malmö)。人们本来期待他在当地的博物馆进行表演创作的。海德西克接受了邀请,但是就在表演前的几天,他突然觉得自己不舒服,几乎变得惊惶不安。诗人在《万能钥匙》第29期中这样说道:

我疯了!啊,关于玛尔摩,我还能说什么呢?我是绝对不会谈论维京人的!或者仅仅说,这是瑞典的第三大城市?[……]但是我要说什么呢?说什么呢?我不知道[……]我不想把"虚空"引入我的创作,但是谈论什么呢?是的,谈论什么呢?我太可怜了!真的,太可怜了!②

---

① 弗朗索瓦·科莱:《贝尔纳·海德西克:造型艺术》,里昂:瓦里亚出版社,2009年,第7页。原文信息如下:François Collet, *Bernard Heidsieck Plastique*, Lyon, Varia, 2009, p. 7.
② 贝尔纳·海德西克:《第29号万能钥匙,萨博考库姆公司》,选自《万能钥匙》,马赛:阿尔但丁出版社,2009年,第56页。原文信息如下:Bernard Heidsieck, «Passe-partout n°29. KOCKUMS AB», in *Passe-Partout*, Marseille, Al Dante, 2009, p. 56.

他写的便是诸如此类的话。但是他并不可怜。事实上，海德西克所做的正是他口中所谓不知道该怎么做的事。他在表演中引入了"虚空"（vide），使地方摆脱了刻板印象。在他看来，一个地方具备任何地图、任何线条以及任何坐标点都无法反映的本质。尽管海德西克表示自己不具备谈论玛尔摩的能力，但是在向公众言说这座城市方面，他却比很多作家、喋喋不休的散文家，以及严谨的制图学家做得多。

*

海德西克最有名的诗歌也是一首言说空间的作品。这个作品是在他前往瑞典之前几年完成的。1974年7月，他应邀前往位于瑞士和奥地利之间的列支敦士登公国，出席首都瓦杜兹市（Vaduz）——一个居民不足5000人的小城——的一家艺术基金会的开幕式。他应该在现场表演一首有声诗。是的，但是……您能猜得到后来发生了什么吗？尽管我们非常尊重这个威严的大公国，但是关于它的首都，我们能说什么呢？你能说什么呢？瓦杜兹能让你联想到什么呢？是邀请海德西克前往列支敦士登的罗伯托·阿特曼（Roberto Altmann）[①]吗？是这位艺术家的光

[①] 罗伯托·阿特曼（Roberto Altmann, 1942— ），古巴画家、雕刻家和诗人。——译者注

走出子午线的牢笼，或者被解放的列支敦士登

环吗？光环是骗人的。罗伯托·阿特曼与我们熟知的美国电影导演罗伯特·奥尔特曼（Robert Altman）没有任何共同点，除了他们的名字和略微相似的外表。罗伯托·阿特曼是一位古巴艺术家，而后加入了列支敦士登国籍。再者，其实就连海德西克也会搞错，他曾经把阿特曼错叫成奥尔特曼：阿特曼这个姓氏里有两个字母"n"，他漏掉了一个。

于我而言，列支敦士登是文策尔（Wenzel）家族的所在地。自1980年以来，文策尔家族诞生了多个获得高山滑雪奥运奖牌的选手，比如汉尼·文策尔（Hanni Wenzel）和安德利亚斯·文策尔（Andreas Wenzel）。我很早之前就开始了解体育运动，因此有着扎实的相关知识。对于海德西克而言，列支敦士登本应该让他联想到与银行相关的模糊记忆。比如LGT，也就是著名的私人银行列支敦士登全球信托（Liechtenstein Global Trust）……但事实上并不是。在他看来，瓦杜兹是"一个被视作避税天堂的秘密场所"[1]。诗人觉得自己迷失了方向。他当时的感受和6年后在瑞典玛尔摩的感受一样："我能做什么呢？除了一连几周围着'瓦杜兹'这个名字打转，寻找一个为我的举动和创作辩

---

[1] 贝尔纳·海德西克：《与G.—G勒梅尔和飞利浦·麦克里阿莫斯交谈》，选自《丹吉尔论坛》，巴黎：克里斯蒂安·布尔格瓦出版社，1976年，第353—356页，转引自让·皮埃尔·博比奥，《贝尔纳·海德西克的动作诗》，巴黎：让·米歇尔·普拉斯出版社，1996年，第222页。原文信息如下：Bernard Heidsieck, «Entretien avec G.-G. Lemaire & Philippe Mikriammos», in *Colloques de Tanger*, Paris, Christian Bourgois, 1976, pp. 353-356, cité in Jean-Pierre Bobillot, *Bernard Heidsieck Poésie Action*, Paris, Jean-Michel Place, 1996, p. 222.

护的真正动机［……］。"①他在那里就像一只困在笼中的松鼠。除了原地打转别无他法。但是最终他找到了一个入口，或者说一个出口。鉴于他不想谈论瓦杜兹，他选择另外一种方法来提出问题：如何在避免一直指向这个地方的同时谈论这个地方，即如何谈论一个"不在场"（in absentia）的地方？这就是他提出的问题。找到答案，就是找到了问题的症结。他说道："我的想法是把整个世界置于瓦杜兹周围，就好像这个小城是宇宙的中心一样。"②因此，整个生活就是在围绕瓦杜兹展开，围绕无尽的族群展开，远离了一切民族主义：

在瓦杜兹周围，有卡尔梅克人

在瓦杜兹周围的周围，瓦杜兹周围的周围的周围，有……③

如果时间允许的话，我想谈一下吉奥乔·阿甘本（Giorgio Agamben）在《诗节：西方文化中的词与魅影》(*Stanze. Parole et fantasme dans la culture occidentale*，1977）中建立的理论。这个理论谈论的核心议题是中世纪十四行诗中被视作"虚空"（vide）的内核。整首诗的核心是否是这个虚空的核心？海德西克设想

---

① 贝尔纳·海德西克：《前言》，选自《瓦杜兹》，马赛：阿尔·但丁出版社，2007年，第7页。原文信息如下：Bernard Heidsieck, «Préface», in *Vaduz*, Marseille, Al Dante, 2007, p. 7.
② 贝尔纳·海德西克：《与G.—G勒梅尔和飞利浦·麦克里阿莫斯交谈》，选自《丹吉尔论坛》，巴黎：克里斯蒂安·布尔格瓦出版社，1976年，第353—356页，转引自让·皮埃尔·博比奥《贝尔纳·海德西克的动作诗》，巴黎：让·米歇尔·普拉斯出版社，1996年，第222页。
③ 贝尔纳·海德西克：《前言》，选自《瓦杜兹》，马赛：阿尔·但丁出版社，2007年，第22—23页。

的宇宙中心是否和阿甘本的"诗节"（stanza）的核心一样虚空呢？在意大利语中，"stanza"一词既指"住宅、房间和居住之地"，也是"诗节"①的意思。海德西克在阿甘本的文集发表3年前就构思了他的表演。他这样解释他的方法：

> 瓦杜兹是一座大型村庄，是这个位于欧洲中心迷你疆域的首都，而列支敦士登毫无疑问是世界上最小的国家。我决定将瓦杜兹变成世界的中心，我们这个地球的中心。一旦决定这样做了，那么就要画一张以瓦杜兹为中心的世界地图，围绕它由内向外勾画一些等距的圆圈，逐渐覆盖整个地球表面。②

接下来的第二个步骤就是"从瓦杜兹出发，在圆圈上标出所有的民族（而非国籍）所在的地理位置"③。为了实现这个目标，海德西克多次考察人类学博物馆，通过非常细致和辛苦的收集和记录工作，采集到了617个种族的信息。要知道，这是在

---

① 对吉奥乔·阿甘本而言，"诗节"（stance poétique）是"13世纪诗人所说的'stanza'"，或者"他们诗歌的组成部分，因为它与'坎佐纳'（canzone，一种16世纪的器乐合奏形式——译者注）的各种组成部分构成爱之欢愉的源泉，并且诗人把诗节视作唯一活跃的客体"。引自《诗节：西方文化中的词与魅影》，由伊夫·埃尔桑译自意大利语，巴黎：里瓦日出版社，1998年（原文信息如下：*Stanze. La parole et le fantasme dans la culture occidentale*, traduit de l'italien par Yves Hersant, Paris, Rivages, 1998）。我在《可能性的世界》一书中也研究过阿甘本的假说，参见贝尔唐·韦斯特法尔《可能性的世界：空间、地方、地图》，巴黎：子夜出版社，2011年，第31—32页。
② 贝尔纳·海德西克：《前言》，选自《瓦杜兹》，马赛：阿尔·但丁出版社，2007年，第7页。
③ 同上，第8页。

谷歌浏览器诞生25年前完成的。第三个步骤是把地图转化成文本，或者更确切地说，是把它转化成录音带中的有声诗歌，诗人的现场朗读与场外的画外音叠加起来，两种声音相互渗透。与此同时，拥挤的人群声响了起来，也被转录进了磁带中。表演进行到这个时候，海德西克需要做的便是在十几分钟的时间里念出617个种族的名字，差不多以每秒钟念一个名字的速度进行[1]。就是从那一刻起，他成为了为自己的诗歌语言代言的苦行僧，然而你是知道的，苦行僧经常原地打转，就像笼中的松鼠一样。文本、声音和形象交织在一起[2]。

地图只存在于诗人的工作室。公众从来没有见过这幅地图。只有在2014年诗人突然离世后，也就是瓦杜兹创作完成40年之后，娜塔丽·瑟鲁西（Natalie Seroussi）艺术馆获得授权，将地图复制了617份。617正是海德西克统计的种族数量。海德西克使用的地图原稿是国家地图学会（National Geographic Society）出版的一张地图，地图的中心位于美国。他用圆规在地图上画了三个红色的大圆圈，每一个大圆圈又包含小的同心圆，差不多将种族的名字连接了起来。他将种族的名字打在标签上，用

---

[1] 贝尔纳·海德西克的表演可以在网上观赏，详情参见 https://vimeo.com/78902635，2018年5月29日查阅。

[2] 马利翁·纳卡什：《贝尔纳·海德西克公司：诗意工坊》，博士论文，里昂高等师范学校，2011年，第56页。原文信息如下：Marion Naccache, *Bernard Heidsieck & Cie : une fabrique du poétique*, thèse de doctorat, ENS Lyon, 2011, p. 56. 作者在书中写道："我们知道，写作的第一步是围绕一张地图，在这张地图上海德西克将瓦杜兹置于了好多个同心圆的中心，他在这些同心圆上标注了人类的主要种族［……］（文本对应的是顺时针顺序朗读同心圆上的种族名字）。"

绿色的荧光笔标出，然后把标签贴在地图上。右边的圆圈以瓦杜兹为中心，而左边的圆圈以北太平洋中的某个点为中心，中间的圆圈则以爱荷华州的某个无名之地为中心。后者正是这几个大圆圈的交汇之地，因此也就是世界的中心，也就是说，海德西克的世界的中心并不在列支敦士登。"无论如何，"诗人解释道，"在瓦杜兹艺术基金会开幕时，我的文本还没有准备好。"[①]当地居民看到的只是一张地图，而没有看到他的表演。海德西克于1974年12月完成了他的创作，比基金会日程表上的计划要晚。随后，诗人开始在瓦杜兹周围、在玛尔摩甚至是在利摩日展示他的种族名单——那些生活在瓦杜兹周围，但是从没有生活在这座城市中的种族。

11. 贝尔纳·海德西克：《在瓦杜兹周围》，1974

---

① 贝尔纳·海德西克：《前言》，选自《瓦杜兹》，马赛：阿尔·但丁出版社，2007年，第8页。

这项艰巨的创作任务中迸发出了一股绝望的力量。诗人谦卑的态度是非常令人感动的。或许他自己都不知道，他投身到了一种堂吉诃德式的无止境的追寻之中。然而海德西克是有分寸的。他寻找的是最高效地表征世界与最诗意地表征世界之间的结合点。他为我们提供了一幅语言地图，以展示地球和它的居民。这张地图里没有任何中心，除了瓦杜兹——一个并不觊觎这份荣耀的地方。对于瓦杜兹来说，或许这并不是一份荣耀，而是一个负担。他谈论的是瓦杜兹吗？不是，整个表演"是在瓦杜兹周围展开"。在爱荷华州同样如此。海德西克用各种各样的方法——至少是他拥有的所有方法——表现了世界的景观。然而我们注意到，声音景观（paysage sonore/soundscape）是最能反映世界本质的方法。对于海德西克而言，"多重感官性"（polysensorialité）是通向穷尽性（exhaustivité）的路径。下文引自《万能钥匙》第22期：

我的曲谱是一个长达几米的草纸，上面有一串非常长的名单，在公共演出时，我需要将名单中的每一个种族的名字一一罗列。

尽管朗读这些种族名字时需要非常迅速，节奏要富有变化，就像置身于声音的，或者客观存在的波浪之中一样。在海德西克罗列这个长长的名单时，听众能够从中感受到他不言而喻的想法，即展现厚重性、多样性、美观以及甚至令人惊慌失措的丰富性。①

*

海德西克的这个标志性作品收到了大量的评论。不同评论家的意见接踵而至，这就是民主化批评的特点。我找到了弗朗索瓦·科莱（François Collet）的评论，后者是研究海德西克艺术路径的主要专家之一。他这样评价道：

> 瓦杜兹只不过是这支语言之舞的起点，或者说像是语言本身的戏剧化。它用一种非常人道主义的姿态，在向我们展示这个世界的多样性以及种族的丰富性。②

科莱的判断是正确的。他所说的"语言的戏剧化"和"人道主义的姿态"都是非常真诚的表述。我们非常欣赏这样的评论家。另外，还有一种观点尽管不如上面的观点那么精彩，但是同样很有见地。我是在YouTube上发现了这个评论，尽管我

---

① 贝尔纳·海德西克：《前言》，选自《瓦杜兹》，马赛：阿尔·但丁出版社，2007年，第8页。
② 弗朗索瓦·科莱，《围绕海德西克的一切》，《标准及以上》，参见网址 http://www.standardsandmore.fr/en-images/42-videoscope/194-bernardheidsieck-vaduz，2017年10月16日查阅。原文信息如下：François Collet, «Tout autour d'Heidsieck», *Standards and More*, http://www.standardsandmore.fr/en-images/42-videoscope/194-bernardheidsieck-vaduz, consulté le 16 octobre 2017.

们总是尽量避免在规范的学术评论中谈论YouTube这个平台。这个评论的作者是一个叫阿梅尔·S.（Amel S.）的人，他说道："在瓦杜兹周围，有……人类。"这是一则简明扼要的评论。阿梅尔·S.巧妙地总结了海德西克对名称、种族和地方的排山倒海式的列举。在我看来，这种方式是在巧妙地提醒我们，在这个充满混乱和流动性的今天，地球是什么样子的。世界是人类的家园：这曾是海德西克的梦想，是这位诗人想要传递给我们的重要告诫，是这位艺术家的乌托邦。

海德西克诞生于20世纪的两大主要灾难之间，即两次世界大战之间。他诞生于一战结束后十年，并在二战初期度过了自己的青春期。二战停战时他只有17岁。另外，二战的第一份停战协议就是1945年5月7日在他的故乡兰斯签署的。与众多和他同时代的艺术家、作家、文学理论家一样，他探寻写作的艺术、诗歌的规格以及文本的物质性。他渴望离开白色的纸张，来体验各种崭新的表达渠道。他寻找着氧气、新鲜的空气以及零度。这就是为何他决定去探访声音景观，因为对于像他这样一位诗人，声音景观代表着一个纯净的空间。

碎片化是后现代性的关键词。后现代性致力于孜孜不倦，又极为认真地寻找自由，由此产生了一种担忧：艺术家能够控制他的宇宙吗？他有没有可能成为一个魔法师学徒？当我聆听或者阅读贝尔纳·海德西克的作品时，或者当我在网上重新观看他的部分表演时，我感受到了一种不适。我感觉自己在见证

走出子午线的牢笼，或者被解放的列支敦士登

一个杂耍演员的绝望的表演。这个杂耍演员操控着无数的小木棍，投入到一场与无限性相抗衡的残酷的斗争中。我既感到惊恐，又感到钦佩。杂耍演员向空中抛出的小木棍太多了，多到双手已经接不过来了。而世界亦是如此，它展现了如此多重的样貌，多到没有等量的词语来描绘它。杂耍演员手中的小木棍就是这个世界，这个无尽的世界。在这里，我们面对的正是后现代性的主要悲剧之一，但也是无数开辟的新视野展现出来的可能性。是否进入后现代社会取决于我们是否重新质疑理性崇拜，因为理性证明了现代性轰然垮台之前的最后一个阶段是合理的。这就是西奥多·阿多诺（Theodor W. Adorno）、让—弗朗索瓦·利奥塔（Jean-François Lyotard）等理论家所论证的。在2012年的一次访谈中，乔治·迪迪—于贝尔曼曾经谈到了这一点：

关于这个问题，恩斯特·布洛赫（Ernst Bloch）在1930年代已经说得很清楚了：我们这个时代的遗产，是"世界的脱节"（dislocation du monde）（布莱希特和本雅明也曾这样说）。在艺术和思想领域，一种真正的审美观和一种蒙太奇的认识论也对此作出了回应。[1]

---

[1] 《乔治·迪迪—于贝尔曼》，巴黎：伊麦克／艺术出版社，"艺术出版社重要访谈录"丛书，2012年，第61页。原文信息如下：*Georges Didi-Huberman*, Paris, Imec/Artpress, coll. «Les grands entretiens d'Artpress», 2012, p. 61.

最后，正如乔治·迪迪—于贝尔曼解释的那样，蒙太奇艺术是一个"灾难的艺术"[1]。我认为蒙太奇是一门严苛的艺术，要求艺术家能够将巨型拼图的零件拼装起来。艺术家背离了传统的模式，希望找到形式自由的新的表达方式，因此选择在"可能性的地图册"（atlas des possibles）中迷失。海德西克非常清楚这一点，他在无边际性和不确定性中探索。而结果便是为我们呈现了一个惊慌失措的、言语微不足道的艺术家的表演。海德西克像一个藐视世界复杂性的杂耍表演者。或者，我们要修正一下这个类比：他是一个修补匠，但是人们却要求他制造一个火箭。这里面多多少少有点贝克特及其作品《等待戈多》（*En attendant Godot*, 1952）的影子。一旦开始探讨无尽性，我们便进入了荒诞戏剧的领域。海德西克非常清醒地直面这一悲剧。尽管筋疲力尽，但是他却笑了。据让·皮埃尔·博比奥（Jean-Pierre Bobillot）所言，海德西克从中"获得了某种难以言明的，甚至难以捕捉的乐趣，但是这种乐趣并不来自于意义，也不能归因于这些词汇的声音，而是来自于声音反复叠加所激起的独特的诗歌欲望"。

---

[1] 《乔治·迪迪—于贝尔曼》，巴黎：伊麦克/艺术出版社，"艺术出版社重要访谈录"丛书，2012年，第61页。在这里，乔治·迪迪—于贝尔曼影射的是《地图集，或者忧虑而又愉快的知识》（*Atlas ou le gai savoir inquiet*）的三个部分，分别为《协调的缺失》（Disparate）（"阅读那些从来没有被书写过的作品"）、《地图集》（Atlas）（"承载着苦难的世界"）以及《灾难》（Désastres）（"世界的脱节是艺术的主题"）。

走出子午线的牢笼，或者被解放的列支敦士登

*

乔治·迪迪—于贝尔曼在思考世界的脱节及其应对方式时，曾这样写道："在某一刻，迷失方向会转变为一种对蒙太奇的细致感知，一种对相似性的感知。"①他指向的是海德西克的艺术实践，同时也指向绘制的地图所表达的事物。大多数情况下，我们在地图上看到的是对一个僵固世界的静态表征。墨卡托投影孤独地统治了长达四个多世纪的时间。人们也许会说，我们的星球的形象是一成不变的。然而，现实情况已经发生了变化，甚至是沧桑巨变。我曾探讨过南上北下的颠倒的地图，特别是华金·托雷斯·加西亚绘制的地图。如果说海德西克是通过解放列支敦士登的方式让世界微微张开怀抱的话，那么这位乌拉圭艺术家的表现方式则比海德西克更加直接。问题就在于如何在设计地图时揭示新的相似性。我们同样需要理解的还有"差异"的含义。是的，"相异"指的是与什么相异？与规约相异？与标准相异？还是与主流相异？这是几百位像海德西克这样的艺术家和诗人发出的疑问。

地图记录的是一种对空间、对时间以及对个体与权利之间的关系的体验。它是后现代的主要隐喻之一。罗西·布拉伊多

---

① 《乔治·迪迪—于贝尔曼》，巴黎：伊麦克／艺术出版社，"艺术出版社重要访谈录"丛书，2012年，第63页。

蒂（Rosi Braidotti）在其重要论著《后人类》(*The Posthuman*, 2013）中写道：

> 地图学是一种对现时的解读，这种解读是建立在理论与政治的基础之上的。地图通过揭示权利场所来承担认识论层面以及伦理层面的责任。正是这些权利场所在建构我们这些主体的位置。由此，地图记录的是我们在空间（即地缘政治或生态意义上的）或者时间（即历史或者系谱学意义上的）上的位置。[①]

地图的"单义性"（univocité）受到了质疑，因此，地图的地位更像是虚构叙事的地位。地图最终会成为众多虚构故事中的一种，就像绘画、诗歌和小说一样。这也是地图闯入文学和艺术领域的原因。不可否认，"地图转向"是对"空间转向"的补充，它在本质上并无特别之处。地图转向与空间转向各自将对方带入了自己的轨迹。

2015年11月，在法国巴黎的东京宫博物馆举办了一场献给贝尔纳·海德西克的朋友约翰·乔治诺的作品回顾展——《乌戈·龙迪诺：我爱约翰·乔治诺》(*Ugo Rondinone: I ♥ John Giorno*）。乔治诺是"电话诗歌"（poème téléphonique/Dial-A-Po-

---

[①] 罗西·布拉伊多蒂：《后人类》，剑桥：政治出版社，2013年，第164页。原文信息如下：Rosi Braidotti, *The Posthuman*, Cambridge, Polity Press, 2013, p. 164.

em）[1]的创始人。他同时还创作"绘画诗歌"（peintures-poèmes/Poem Paintings）。其中一幅"绘画诗歌"的作品是在博物馆的墙上创作的，与我们所谈论的主题有很重要的关系。这幅作品叫作《空间遗忘了你》（*Space forgets you*）。作品的标题更像是一个形而上的告诫。事实上，随着我们放弃追寻前所未有的相似性或者奇特的关联性，不再像贝尔纳·海德西克那样在子午线的牢笼之外寻找相似性时，空间就会把我们遗忘。在迷失的过程中，地图为我们提供了新的阅读路径，帮助我们重新感知地球。地图帮助文学和艺术来传递一种关于世界的哲学。

---

[1] "Dial-A-Poem"是诗人约翰·乔治诺创立的、面向公众的诗歌服务机构。公众可以拨打电话，收听包括威廉·巴勒斯（William Burroughs）、艾伦·金斯伯格（Allen Ginsberg）在内的诗人的任意作品。

绛红色的地图

在哪里才能找到这些迷失了方向的东方的入口呢？在土耳其黑海沿岸的城市特拉布宗（Trabzon）吗？特拉布宗在法语里曾有一个充满诗意的名字，叫作"特拉比松"（Trébizonde）。这似乎是个不错的选择，但是寻找这个入口是个有些冒险的行为。因为在意大利语中，当我们感觉迷失了方向，无论在本义还是在引申义上讲，我们都会说害怕"找不到特拉比松"（perdere la trebisonda）。因为在过去，往往因为找不到特拉比松的导航塔而发生沉船事故。对于我们这些多多少少有点迷路的人来说，特拉比松是一个要避开的地方。

从高处看也许会看得更加清楚。让我们不妨从天空进入东方。我们在这里所说的天空是真实的天空，不是诸神的天空。

如果从高处进入东方，那么我们不会选择死海作为入口，因为它的海拔低于海平面。相反，世界屋脊西藏向我们张开了怀抱。我们前往拉萨，想去那里会见著名的女作家茨仁唯色。我们不用再往前走了，因为她已经不住在拉萨了。自从2003年备受争议的《西藏笔记》[1]出版之后，唯色在北京定居了。目

---

[1] 茨仁唯色：《西藏笔记》，广州：花城出版社，2003年。2004年，这本书在中国台湾再版。

前，这本书既没有法语版也没有英语版[1]，似乎中文版也不再刊印了。然而，《金塔语·亚洲文学杂志》(*Jentayu. Revue littéraire d'Asie*)最近向法国读者推出了十几页的节选。这段节选由菲利普·诺贝尔（Filip Noubel）翻译，探讨的是地图之美。

从原则上说，当地理环境因为各种原因变得混乱不清时，地图是能够帮助所有人找到方向的小工具。茨仁唯色持同样的观点，但是略有差别：

> 我坚信地图拥有隐秘而充满魔力的力量，因为它们会让我略微感到晕眩。一幅地图就像一个迷宫：无数没有起点也没有终点的分岔线条相互交织构成了地图。当我们任意选择两个点并用一条直线把它们连接起来时，我们便不能摆脱这种强烈的、彻底的迷失之感。[2]

地图抽象的外观、符码、各种色彩，以及它的象征性所掩盖的一切事物，如"生活以及生活的运转方式""在生活和地理

---

[1] 该书有一个章节《尼玛茨仁的眼泪》已经由詹帕、布春·D.索纳姆、丹增顿珠和简·珀金斯翻译成英文，发表于《玛诺》杂志，2006年第18期，第97—103页。原文信息如下：«Nyima Tsering's Tears», traduit du chinois par Jampa, Bhuchung D. Sonam, Tenzin Tsundue et Jane Perkins, in *Manoa*, nº 18, 2006, pp. 97-103.

[2] 茨仁唯色：《地图之美》，选自《西藏笔记》，由菲利普·诺贝尔译自中文，《金塔语·亚洲文学杂志》，2016年第4期，第109页。原文信息如下：Tsering Woeser, «La beauté des cartes», extrait de *Xizang Biji*, traduit du chinois par Filip Noubel, in *Jentayu. Revue littéraire d'Asie*, nº4, 2016, p. 109.

的直接启发下产生的微妙而复杂的情感"[1]令茨仁唯色有些惶恐失措。这种情感在西藏更加突出。欧洲人用了数百年的时间才设计出了具有俯视效果的地图。在英语中,"俯视"有一个很美的名字,叫作"鸟瞰"(a bird's-eye view)。从茨仁唯色非常喜爱的冈仁波齐峰开始,观者的视线就变成了俯视的视线了。俯视视角实际上是将个体融入一种垂直展开的景观之中,而欧洲的地图则更喜欢水平的延展路线。我们会注意到,如果说"地平线"(horizon)一词自文艺复兴时期起就出现在了欧洲人的词汇表中的话,那么在中文中,这个单词很晚才出现。

1998年夏天,茨仁唯色陪一个朋友去阿里拍摄一部电影。对她来说,西藏西部的地图代表着一个梦,这个梦"具有超越印刷地图边界的权力"[2]。地图册预示着"另一边"(au-delà),"因为正是通过在地图上的旅行,我们唤起了自己身上的探险家的情怀"[3]。如果仔细想一想的话,地图确实是一个奇特的圣物。它向我们讲述的是他人经历过的体验。当一个地图的使用者将地图据为己有时,一个新的主体性便开始更改地图的意义。建立在严格的几何学之上的地图本应该起到"圈定"和"布置"的作用,但是事实上,地图不停地使地方向其自身之外的空间张开怀抱,这是一个既没有被绘制成地图,也不可能被绘制成

---

[1] 茨仁唯色:《地图之美》,选自《西藏笔记》,由菲利普·诺贝尔译自中文,《金塔语·亚洲文学杂志》,2016年第4期,第109页。
[2] 同上,第110页。
[3] 同上,第111页。

地图的空间，是一个"异托邦"（hétérotopie），是私密性的一种空间表述。这个矛盾并不会让茨仁唯色迷失方向，因为她自己的地图集是一个情感地图集。这位旅行者引用了麦克·泰勒（Michael Taylor）散文中的一句话："真正的地图，是面对人类想象力的无限空间时感受到的纯粹的喜悦。"[1]散文中有一部分是献给亚历山德拉·大卫·尼尔（Alexandra David-Néel）[2]的。

对于茨仁唯色而言，地图的本质与曼荼罗相似，因为它为地方注入了一股活力，让我们联想到佛教的图画。它激发了一种"精神的地理学"，因为归根结底，"应该存在不同的地图，因为存在不同的地理学"[3]。西藏就证明了这种多样性。对唯色而言，她在寻找一片"净土"，"这是一个形而上学的地理概念，自身汇聚着不可想象的潜力"[4]。"净土"没有任何官方的地图，每个人都可以为之绘制草图。在离开阿里地区之前，茨仁唯色便开始了这项工作。她在尘土中书写着文字，仿佛在誊写博尔赫斯的沙之书[5]，或者更可能的是，她在创作一个西藏的曼荼

---

[1] 茨仁唯色：《地图之美》，选自《西藏笔记》，由菲利普·诺贝尔译自中文，《金塔语·亚洲文学杂志》，2016年第4期，第112页。同时参见麦克·泰勒《西藏：从马可波罗到亚历山德拉·大卫·尼尔》，巴黎：书局出版社，1985年。原文信息如下：Michael Taylor, *Le Tibet. De Marco Polo à Alexandra David-Néel*, Paris, Office du Livre, 1985.
[2] 亚历山德拉·大卫·尼尔（Alexandra David-Néel, 1868—1969），法国著名女探险家、记者。1924年，尼尔来到西藏，成为第一位进入西藏拉萨的欧洲女性。——译者注
[3] 茨仁唯色：《地图之美》，选自《西藏笔记》，由菲利普·诺贝尔译自中文，《金塔语·亚洲文学杂志》，2016年第4期，第120页。
[4] 同上，第116页。
[5] 这里影射的是博尔赫斯的短篇小说《沙之书》。——译者注

罗。她知道如何在一个定位模糊不清的疆域找到方向。但是，为了记录这段经历，她必须下定决心游走于文字和身份归属之间。我们可以说"属于西藏"（du Tibet），也可以说"西藏的"（tibétain）。"西藏的"代表"一种精神的统一体，超越了地理意义上的'西藏'。形容词'西藏的'试图在自然和宗教维度展现西藏的整体性，因此这是一个广阔而绚烂的地图：一张绛红色的地图"[1]。有白色的斑点，有绛红色的地图。但是这并不是一个关于色彩的喃喃梦语。在与菲利普·诺贝尔的访谈中，茨仁唯色从后殖民主义的视角出发，谈到了爱德华·赛义德（Edward W.Said）[2]，并表达了如下观点：

事实上，很多年前，我开始写一本名叫《拉萨地图》的书，后来我一度把书名改成了《我的拉萨，你的地图》，最后我把书名改为了《拉萨词典》。但是这都是临时起意取的名字，最终的名字还没想好，因为这本书也没有写完。我在这本书里写了这样一段："我觉得自己像一个在考古遗址上工作，但是却没有受过专业学术训练的人一样，像一个在殖民地已经死去的某个人

---

[1] 这段话由菲利普·诺贝尔整理与翻译，参见http://editionsjentayu.fr/numero-4/tsering-woeser-beaute-des-cartes，2016年10月10日查阅。
[2] 这段话由菲利普·诺贝尔整理与翻译，参见http://editionsjentayu.fr/numero-4/tsering-woeser-beaute-des-cartes，2016年10月10日查阅。"建立在真实情况之上的地图可以证明我们在这个世界上占据了一席之地，这是很重要的。正如爱德华·赛义德所言，'关于帝国主义，有一点我们需要清楚的是，与白人不同的是，土著人是没有地图的。'我非常理解这句话，因为如果我们换掉'土著人'和'白人'的话，这同样也在描绘我们的境遇。"

的转世生命一样。历史变成了地理的一种形式，而记忆变成了一种考古。这让我能够在一些地图上、在无数的回忆中重新构建、或者说试图重新创造我的房子。"①

地图有时是我们已经迷失的房子的平面图。

*

茨仁唯色迷失方向是情有可原的。她生活在西藏高原和平原之间的地方，因此有很好的借口，尽管她自己只需要查阅绛红色的地图来找到回家的路。但是为什么东方人都可能会迷失方向呢？也许是地图本身的原因，因为地图是在别处、在远方绘制的。在日落国家绘制的地图上，东方并不在人们习惯去寻找的地方，也就是说，东方并不在东边，在太阳升起的地方。东方在北边。诚然，东方曾经是亚洲，但是亚洲还不完全是东方。

T—O地图（也称O—T地图）在整个中世纪前半期盛行一时。这种地图受西班牙神学家圣依西多禄（Isidore de Séville）《词源学》（*Étymologies*）一书中几何模型的启发绘制而成。整个地球被外圈O型的海洋包围，在球体中央，T型水域将大陆分成

---

① 这段话由菲利普·诺贝尔整理与翻译，参见http://editionsjentayu.fr/numero-4/entretien-numero-4/tsering-woeser-beaute-des-cartes，2016年10月10日查阅。

三个部分。T型的横条将地球分成上下均等的两个部分，就像两个半球。T型横条代表的横向水域由首尾相连的顿河和尼罗河相连，横条上面是亚洲。T型的纵条代表的是地中海，地中海左侧是欧洲，右侧是非洲。球体的中心，也就是T的中央是耶路撒冷。T字型像一个十字架一样，东方作为一个宗教象征被供奉起来。很显然，位于北部的亚洲还不是一个人们的梦想之地。但是我们还是要承认，亚洲的地理位置是值得艳羡的，因为它占据了十字架上面的天空的位置，伊甸园就在那里。而在穆斯林的视阈中，正如12世纪中叶穆罕默德·伊德里西（al-Idrissi）为西西里国王鲁杰罗二世（Roger II）绘制的壮观的地图所显示的那样，亚洲曾经位于西边，因为世界围绕麦加在运转，北边是非洲。很长时间之后，欧洲才移向北方，亚洲才义无反顾地扮演起了东方的角色。迷失了方向的东方最终"理所当然"地找到了方向。殖民化的刀刃瞬间变得锋利起来。

谈到这里，我自然而然想到的是爱德华·赛义德的观点："东方（Orient）是由西方（Occident）创造出来的。"其实，赛义德可以继续这一思考，追问另外一个问题："那么'被西方创造出来的西方'是什么呢？"因为从这个词的西方意义上来讲——如果存在西方的话，那么西方毫无疑问一定属于一种西方式的想象。在中文里，Occident没有对应词，中文里的"西方"指的是"西边"。要想表述Occident这个概念，需要使用"欧美"，即"欧洲和美国"。我们很快便意识到这个分类是人造的。我们只是尽量翻译那些不可译的事物。西方沉迷于一些主流的对立性分类，在这些分类中，它总是占据着中心和垄断地位。西方为这种充满对立性的变体找到了"西方"这个必不可少的词汇，并将其据为己有。

几个世纪以来，疯狂的欧洲中心主义将"东方"变为了一个均质的单数个体，但是对世界进行重新分割是势在必行的。分割世界曾经是，也一直是问题重重。如果我们把目光锁定在旧时殖民列强的语汇中的话，我们会发现法语中的"近东"（Proche-Orient）地区被囊括进了英语的"中东"（Middle East）里，但是英语中的中东还包含阿富汗。因为英语中有"中东"（Middle East），所以英语中也应该有"近东"（Near East）。"近东"原来是一个英语中的表述，也包含希腊，指的是昔日奥斯曼帝国统治的地区。但是随后在美国的施压下，"近东"逐渐被废弃，因为美国只认可"中东"这一个说法，并且他们的中东还包含摩洛哥。你是不是感到迷惑了？即使在法语中，我们感觉也很难区分"近东"和"中东"（Moyen-Orient）。从一般意义上讲，这两个词有交叉重叠的部分。"近东"这个单词可以追溯至19世纪下半叶，甚至是20世纪初，在殖民统治的语境中逐渐流行起来。但是同时，这也是一个备受争议的词。而且，两个语域的部分重合使它们的使用变得更加混乱：一是外交语域，二是考古语域，考古学在探讨古代时期时更喜欢使用"近东"这个表述。

事实上，地理概念的混淆还不止于此。法国前总理曼纽埃尔·瓦尔斯（Manuel Valls）曾多次使用"日出之国"来指称这个地区。首先这是对欧洲移民以及移民接纳情况的一种观察。瓦尔斯总理认为德国总理默克尔的态度太过通融，因此他的态度更加坚决，"解决问题的办法在日出之国，在土耳其、约旦和地中海"。[①]这个被固定在土耳其、约旦和地中海之间的某个地方到底是哪里呢？作为一个集邮者，我想起了20世纪20年代发行的一些日出之国的邮票，这些邮票是在国际联盟[②]将黎巴嫩和叙利亚委托给法国之后发行的。想到这里，我一下从椅子上跳了起来：瓦尔斯的表述难道不是一种殖民话语的回归？在查证之后，我发现考古学领域依然在使用"日出之国"这个单词。我们注意到，法语中的"日出之国"（Levant）[即英语中的"黎凡特"（the Levant）]指的是一块包含了黎巴嫩和叙利亚的疆域，这个单词在阿拉伯语中也有一个意思相近的词——"al-Sham"（沙姆地区）。我们习惯上将这片疆域模糊的土地与伊拉克和叙利亚联系起来。这其实是个错误。沙姆地区涵盖了我们所说的"近东"。需要补充的是，在阿拉伯语中，沙姆地区（Bi-

---

[①] 参见http://www.lemonde.fr/europe/article/2016/02/13/crise-desrefugies-le-discours-de-fermete-de-manuel-valls_4864979_3214.html#S6ww5ibEBgXM3dUv.99，2016年10月11日查阅。

[②] 国际联盟（Société des Nations）成立于1920年，于1946年解散，是一个旨在促进不同国家合作、确保和平和安全的政府间组织，被视作联合国的前身。——译者注

lad al-Sham）指的是"左手边的土地"①，而与之相对应的"也门"（Yemen）指的是"右手边的土地"。当我们来到麦加附近的希贾兹（Hedjaz）并且仔细观察南方时，我们会发现沙姆地区位于我们的西方。事实上，一直以来，定位都是建立在视角之上的。我之所以更倾向于认为，"西亚"或者"西部的亚洲"这样的表述虽不常见②，但却不那么糟糕，原因就在于这个表述有一个不可否认的优点，那便是不再根据西方来定位东方。

确实，我们有各种各样的迷失的理由，特别是还存在东亚、东南亚、南亚和北亚这样的区分，而且这些区域的划分并不是毫无争议的。这些根植于想象和幻想的众多的"东方"有理由让人找不到方向。但是这种感情本身就是含混不清的，因为没有任何一种幻想具有普世的影响力。从一种传统的观念来看，中国意味着"中央的帝国"，或者说"中间的国家"。和所有国家一样，中国的官方地图把中国置于世界的中心。看着这些地图，我们会惊讶地发现，西方，也许和东方一样，很可能是复数的。

---

① 我们也称之为"马什雷克"（Machrek），与"马格里布"（Maghreb）相对应。叙利亚的社会民族主义政党提出了"大叙利亚"的概念，其范围或多或少与沙姆地区相吻合。
② 联合国统计司列出了西亚国家的名单，共计20个，其中包括塞浦路斯。

12. 洪浩：《藏经（世界行政新图）》，1995

在这个并非只有东方人才迷失方向的世界里，我们需要依赖地图来重新找回方向吗？中国艺术家洪浩的作品引发了这一方面的思考。他的作品《藏经（世界行政新图）》（*Selected Scriptures: New Political World*）不是文本，而是20世纪90年代初绘制并且不断被修正的一些虚构的世界地图。他参考的是兰德—麦克奈利公司（Rand McNally）出版的政治地图集。这个地图集自19世纪后半叶起广受好评，并不断被重印。乍看上去，洪浩的《世界行政新图》给人的感觉是世界静止了，并且拒绝一切会引起迷失的因素。毕竟，在英语中，"经文"（scripture）这个单词指的不是任意的文字，而是神圣的文字。这些文字根植于威廉姆·兰德（William Rand）和安德鲁·麦克奈利（Andrew

McNally)①的经典世界。但是，如果仔细审视洪浩的这幅代表作，我们会发现地球的表面并非像它看起来的那样因循守旧。没有任何一幅地图的使命是保持稳定。《世界行政新图》看起来似乎想要维护地方的不可侵犯性，但是与此同时，它又在景观中引入了一些不协调的元素，破坏传统绘图话语所特有的对逼真性的要求②。大卫·布朗斯坦（David Brownstein）在点评洪浩的这幅作品时指出：

如果所有的地图都是一种翻译，那么它们既是基于客观现实的，也是充满嘲讽口吻的。地图充满了修正的痕迹、印刷错误，甚至破坏了它自身作为地图的图像权威。它们让我们看到了一个并不存在的世界的想象地图集。③

这位西方观察者眼前呈现的是一个对他来说谜一样的景观，在这张中国人绘制的地图上，中文遍布世界各地，这是再正常不过的事情了。而在洪浩的另一个作品《最新实用世界地图》

---

① 威廉姆·兰德和安德鲁·麦克奈利是上文提到的兰德—麦克奈利公司的两大创始人。兰德—麦克奈利公司是一家美国出版公司，专门出版和发行地图册和地球仪。——译者注
② 兰德—麦克奈利的地图集还启发了美国华裔艺术家兼建筑师林璎（Maya Lin）。2006年，在《兰德—麦克纳利新国际地图集》（*The Rand McNally New International Atlas*）中，作为地图集景观系列的一部分，她以三维方式再现了地图集，将某些区域挖空，做成湖泊、火山口等。和洪浩的作品一样，正统的地理学在她的作品里也被颠覆。
③ 大卫·布朗斯坦：《洪浩：为一个反乌托邦的、不对称的世界绘制一个想象的地图集》，原文信息如下：David Brownstein, «Hong Hao. Crafting an Imaginary Atlas for a Dystopianly Disproportionate World», https://dabrownstein.com/category/hong-hao，2016年10月15日查阅。

(*Latest Practical World Map*)中，中国重新出现在了世界的中心位置。大卫·布朗斯坦同样没有感到别扭，因为他知道克制自己本能的欧洲中心主义思想。相反，比例尺以及熟悉空间的变化却让他感到不知所措。地图中标有"错误更正"的注释让他吃惊不已，另外，他还意外地发现了一些指示盘，或者睁开的眼睛，用以标识被远程监控的区域。更令他感到不同寻常的是地图上随机出现的一些指令：满足感、孤独感、小心。这些指令预示着语言解体的开始，而地图旁边的一则离奇古怪的警告则更加证实了这一点："内容绝密，切勿外传否则将……"（No Release is termited otherwise will be...）。

*

如果说条条大路通罗马，并且正如古典主义剧作家高乃依（Corneille）笔下的塞多留（Sertorius）所说的，罗马已经不再位于罗马，那么罗马在别处。但是罗马在哪里呢？罗马可能在中国的某个地方？在那里，条条大路通向了忽必烈汗与马可·波罗闲谈的宫殿[1]。如何才能避开伊塔洛·卡尔维诺以及他那55座看不见的城市呢？这些城市无处不在，有的没有在小说《看不

---

[1] 作者这里影射的是伊塔洛·卡尔维诺（Italo Calvino）的小说《看不见的城市》，其中有一个章节为忽必烈汗与马可·波罗谈论地图册以及地图册上的城市。——译者注

见的城市》里出现，有的甚至没有真正存在过。它们也没有出现在洪浩的地图上，这多多少少有些令人惊讶，因为洪浩笔下的世界与东方和卡尔维诺笔下的世界与东方是相互渗透的。卡尔维诺为我们解读迷失的东方提供了一些思路和线索，这让人非常着迷。谈论卡尔维诺是再自然不过的事了，就像我们谈论罗马或者忽必烈汗的宫殿一样。在小说《地图集——一个想像的城市的考古学》（1997）[1]中，中国香港小说家董启章开展了一项虚构地图的绘制工作。在这部小说中，他将故乡的不同发展阶段叠加在了一起。小说中的故乡名为维多利亚，一方面是为了向卡尔维诺致敬，另一方面是为了追忆曾经主宰过香港命运的维多利亚女王。董启章以下的这段评价非常明智，相信无论是卡尔维诺还是洪浩，以及所有将迷失视作一个机会的人都会认可这段话：

没有一个地方可以超越自己，达到永恒和绝对的状态[……]。它的自我肯定有可能走向一个老套的惯例。这就是现代高精度地图缺乏想象力的原因。[2]

---

[1] 中文版信息：董启章：《地图集——一个想像的城市的考古学》，台北：联经出版事业股份有限公司，2007年。英文版信息如下：Dung Kai-cheung, *Atlas. The Archaeology of an Imaginary City*, traduit du cantonais par Dung Kai-cheung, Anders Hansson, Bonnie S. McDougall, New York, Columbia University Press, 2011.

[2] 同上，第6页。

迷失地图集：地理批评研究
Atlas des égarements. Études géocritiques

*

最后，我想以勇敢且才华横溢的女作家郭小橹为例结束本章。郭小橹出生在中国南方，以文学创作和摄影为业，自2002年起定居英国。在提高自己磕磕绊绊的英语表达的过程中，她中断了自己的中文写作[1]。5年之后，她走出沉寂，出版了一本题目颇有深意的小说：《恋人版中英词典》（*A Concise Chinese-English Dictionary for Lovers*，2007）[2]。从此之后，郭小橹变成了 Xiaolu Guo，一颗闪耀在英国文坛的明星。2014年，她的小说《最蔚蓝的海》（*I am China*）[3]出版，更加奠定了她在英国文坛的地位。这部小说并不是对卡尔维诺《看不见的城市》的改写，我甚至不确定卡尔维诺的故事是否与《最蔚蓝的海》有着互文关系，但是在《最蔚蓝的海》中，忽必烈重新出现在了21世纪。《最蔚蓝的海》的主人公名叫伊奥娜（Iona），她负责为伦敦的一家出版社翻译牧（Mu）与忽必烈·建（Kublai Jian）之间的通信。牧和建曾是一对恋人，但分别已久，彼此之间失去了联系。和所有人一样，伊奥娜知道"忽必烈是一个古老的蒙古姓氏，

---

[1] 她最后一部用中文创作的小说《我心中的石头镇》已经译成法语，由克劳德·帕彦翻译，巴黎：毕基耶出版社，2004年。法文版信息如下：*La Ville de pierre*, traduit par Claude Payen, Paris, Picquier, 2004.
[2] 该小说已经由卡琳娜·拉勒歇尔译为法文，巴黎：布歇／查斯特尔出版社，2008。原文信息如下：*Petit Dictionnaire chinois-anglais pour amants*, traduit de l'anglais par Karine Lalechère, Paris, Buchet/Chastel, 2008.
[3] 目前，郭小橹的小说 *I am China* 尚无中译本，为了避免后来的译者将其翻译为《我是中国》，郭小橹特意在英文原版封面上标出了中文名《最蔚蓝的海》。——译者注

或许是忽必烈汗的后代，而忽必烈汗是成吉思汗的孙子。然而建是一个朋克音乐家，是个土生土长的北京男孩"①。后来，伊奥娜得知忽必烈·建是一个假名。他实际上是一个小说人物胡叔来总理②的儿子。在他父亲再婚之后，他切断了与原生家庭的联系。发现了事情真相之后，编辑要求译者终止她的翻译活动，并且不要向外人透露任何信息。

离开中国之后，忽必烈·建被带入了一场漫长的流浪中。这场流浪似乎最终以他在克里特岛海岸溺水而结束。就在他消失前不久，他先后被关押进了一个难民营和林肯郡的一个精神病院。他在精神病院还给英国女王写了一封感人至深的信。他还在伯尔尼的精神病院被关押过。可以说，他从未享受过一点行动自由，像旅途中遇到的一个叫马哈茂德（Mahmud）的人一样，他成为了一个移民。马哈茂德来自利比亚的沙漠地区。他的故事是一个我们熟知且已经反复上演过很多遍的故事，我们甚至都不用提及卡尔维诺的《看不见的城市》：

马哈茂德把许多关于沙漠的知识传授给建，比如沙漠的绿洲、洼地、风以及干旱的气候。马哈茂德讲着一口混合了阿拉伯语和英语的语言。"你知道吗，忽必烈汗，在利比亚东部的沙

---

① 郭小橹：《最蔚蓝的海》，伦敦：凡太齐图书公司，2016年，第208页。原文信息如下：Xiaolu Guo, *I am China*, Londres, Vintage Books, 2016, p. 208.
② 同上，第250页。

漠中，有八个洼地和绿洲，八个！你能想象吗？"自从认识建的第一天起，马哈茂德就叫他忽必烈汗，建也懒得纠正他了。①

技术的进步使得迁徙和沟通更加方便，但与此同时，边界重新封闭了起来。忽必烈汗摇身一变，成为了流浪的中国年轻人，而马可·波罗变成了利比亚移民。这两个人绘制的地图正是难民接纳中心的地图，难民接纳中心的困境会在"日出之国和地中海之间"找到答案。

在法国诗人布莱斯·桑德拉尔生活的年代，他尚不知道世界将会进入全球化的进程，但是他依然把世界视作子午线的牢笼，东方继续着它迷失的历程。日出之国再次出现，变成了一个堕落之地，而西方则在肆意游荡、胡言乱语，西方的精神世界也经受着风浪的洗礼。新的地图应该是茨仁唯色描绘的绛红色的地图。无论颜色和外观如何，艺术家们孜孜不倦地要模仿的也正是这样的地图。希望艺术家们能够继续他们的努力，因为没有任何一个全球定位系统（GPS）能够揭示世界的面貌，并且能够准确地重新指示方向，尽管"全球定位系统"缩写GPS中的G就是"全球的"（Global）之意。

---

① 郭小橹：《最蔚蓝的海》，伦敦：凡太齐图书公司，2016年，第107页。

消失的身体

"盖上这胸脯,不要让我看到!"达尔杜弗大发雷霆地喊道,这句台词是冲着台下的达尔杜弗的同类人[1]喊的:正如糟糕的事情一样,虚伪也是无休无止的。事实上,绘画作品和戏剧作品一样,同样难逃虚伪的抑或是大男子主义的审查者怒气冲冲的指摘。在莫里哀创作《伪君子》很早之前,现实生活中的画家丹尼尔·达·沃尔特拉(Daniele da Volterra)就为自己赢得了"短裤制造者"(Braghettone)的绰号,因为他给米开朗基罗系列画作《最后的审判》中的人物画上了阴户。为了完成创作,他用了一支画笔(pinceau),也就是说一个"阴茎"(penicillus),一个小尾巴[2]。沃尔特拉之前还创作过一些杰作,其中包括《从十字架上降下来的基督》(*Descente de croix*,1545),我们可以在罗马的天主圣三堂欣赏到这幅画。对于后世来说,沃尔特拉一

---

[1] 达尔杜弗(Tartuffe)是法国剧作家莫里哀(Molière)名剧《伪君子》的主人公,是一个道貌岸然的教会信徒。莫里哀创作此剧是为了讽刺路易十四时期天主教会的虚伪性。《伪君子》在法国是家喻户晓、深入人心的名剧,故达尔杜弗已经成了"伪君子"的同义词。——译者注

[2] 达尼埃尔·阿拉斯:《我们什么都看不到:描写》,巴黎:伽利玛出版社,2016年,第119—120页。原文信息如下:Daniel Arasse, *On n'y voit rien. Descriptions*, Paris, Gallimard, 2016, pp.119-120. 阿拉斯从词源上将"画笔"(pinceau)和"阴茎"(pénis)联系在一起。他的这段评价是很有教育意义,也是很有趣的:"如果想到这一点的话,你就会打开新的视野。你有没有注意画家委拉斯开兹(Velázquez)画笔的大小?他给自己打造了又细又长的专属画笔,而不是又短又粗的画笔。英国画家透纳(Turner)才用又粗又短的笔。你注意到我们书写的艺术史了吗?"

直都是"短裤制造者",被保罗三世派往西斯汀教堂,为那里衣着暴露的画像人物穿上短裤。罗马教廷的这段故事让我想到,在意大利语中,"短裤制造者"和"虔诚分子"(bacchettone)是近音词。另外还需要补充的是,"bacchettone"得名自苦修者用来鞭打自己的苔杖。

关于性羞耻导致的舆论审查的例子不胜枚举,而且这样的审查永远不会结束。几年前,意大利总理贝卢斯科尼就认为,有必要遮挡住画家提也波洛(Tiepolo)画作《赤裸的真理》(*Vérité nue*)中的胸脯。这幅画高高地挂在意大利政府所在地基吉宫的墙面上。毫无疑问,对于贝卢斯科尼来说,相比于胸部的隐喻,更令他尴尬的是这幅画中展现的赤裸的真理。如果法国画家库尔贝(Gustave Courbet)的画作《世界的起源》(*L'Origine du monde*)①挂在基吉宫会怎么样呢?很可能会引起一片愤慨之声。2004年,塔尼娅·奥斯托基奇(Tanja Ostojić)拍摄了一个模仿这幅画作的照片。在这幅名叫《库尔贝之后:世界的起源》(*After Courbet : L'Origine du monde*)的作品中,这位塞尔维亚的行为艺术家模仿了库尔贝画中人物的姿势,但是与画作不同的是她穿上了一个带星星图案的蓝色内裤。通过这个作品,她想控诉的是巴尔干半岛移民来到欧洲之后的社会融入境遇,特别是女性在性方面饱受摧残的处境。这个作品以招贴

---

① 《世界的起源》是法国画家库尔贝的一幅写实主义名画,画中呈现了一位女子的腰身、腿部以及生殖器。——译者注

画的形式在奥地利展出,并饱受争议。一部分奥地利媒体叫嚣起来,称其为一个丑闻。其实,这个作品中只有一小块皮肤裸露在外面,但是向库尔贝致敬的这个理念已经足够引起公愤。对于现当代的"虔诚分子"来说,《库尔贝之后:世界的起源》让人联想到的是"国家"的概念。塔尼娅·奥斯托基奇的照片刺激了各种各样的民族主义者。

让我们再在库尔贝身上停留一会儿,但是这个库尔贝是一个被朱莉·拉普重新审视和修正的库尔贝。2002年,拉普在悉尼举办了一个名为《消失的身体》(*Fleshed out*)的展览。这位澳大利亚的艺术家[①]将库尔贝、高更(Gauguin)和马奈(Manet)绘画作品中的裸露的女性身体全部去掉。一想到拉普居然和保罗三世的做法不谋而合,我们便感到不寒而栗。我们以库尔贝的绘画《泉水》为例。拉普将视觉的中心转移到了画面的背景上[②]。她抹去了原画中的裸露的沐浴女子,而事实上,自1868年以来,这个裸女一直吸引着观众的目光。而马奈的《草地上的午餐》中的四个人物,包括男士,也被擦除了。拉普运用剪辑技术,呈现了这些人物消失的过程,为我们展现了人物离开后

---

① 朱莉·拉普是麦克·帕尔(Mike Parr)的妹妹,帕尔是澳大利亚最受瞩目的行为艺术家之一。为了避免产生混淆,拉普选择了笔名。
② 吉拉德·热奈特(Gérard Genette)或许会把它称为"旁侧省略"(éllipse latérale)或者"省笔法"(parallipse)。

野餐的样貌①。而他的另一幅作品《奥林匹亚》(Olympia)中的裸女也消失了。这丝毫不令人吃惊。画面中床上的被子被掀开了,床上空无一人,而一个半世纪以来坚持向维多利亚·缪伦(Victorine Meurent)②(别称奥林匹亚,Olympia)献花的女仆还在,并且继续着她的动作,好像什么事都没有发生一样。在床脚抖动身体的猫还在那里。而高更画作《爪哇女人安娜》(Annah la Javanaise)中的主人公也有着与奥林匹亚相同的命运。这个裸体的女人消失了,只留下了一个塌陷进去的蓝色椅子,椅子上空无一人。

不在场的男男女女并没有凭空消失。在悉尼的罗斯林·奥克斯利画廊(Roslyn Oxley9 Gallery),拉普的创作挂在墙上,而地面上是与画作相呼应的铜铸模型。通过这些铜铸模型,拉普重新创造了画作中消失的人物。模型是一种遗物,是一种"逝去的在场感"(présence passée)的迹象。完整的过程呈现了出来,一切就好像奥林匹亚、安娜以及其他画中的人物都走下画布,变成了雕像。2003年,朱莉·拉普对她对于《奥林匹亚》的再创作有这样一段精准的评价:

---

① 抹除人物的技术是一种应用非常普遍的技术。在这一流派的拥趸中,有居住在波士顿的索菲·马蒂斯(Sophie Matisse),画家亨利·马蒂斯(Henri Matisse)的曾孙女,她在20世纪90年代创作了系列作品《五分钟之后回来》(Be Back in Five Minutes)。
② 维多利亚·缪伦是马奈的忠实模特,也是《奥林匹亚》这幅作品画中人物的原型。——译者注

《无题（马奈的〈奥林匹亚〉之后）》是2022年展出的系列作品的一部分。它们被整合到了一起，取名为《消失的身体》。给我灵感启发的是瑞典艺术大师克拉斯·欧登伯格（Claes Oldenburg）于1960年创作的一个行为艺术表演"照片—死亡"（"Fotodeath"）。在这个表演中，他让一个家庭的三位成员站在幕布前，让一位摄影师抓取他们的肖像，每一次拍摄，这三个人都摔倒在地，这对表征他们构成了极大的挑战。正如罗兰·巴特（Roland Barthes）在《明室》（*La Chambre claire*）中将摄影定义为"平面的死亡"（mort plate）一样，欧登伯格强调拍摄过程，甚至说整个表征的历史都是一个"令人僵化的行动"。①

奥林匹亚、安娜以及库尔贝笔下的浴女一样，她们既生活在身体中，也生活在灵魂里，而且就像《草地上的午餐》中的宾客一样，每个人都有自己的生活方式。但是他们从画面中消失了，或者更简单地说，他们消失了。他们被擦除了，或者从某种程度上说，他们被剥离了肉身。法语中的"剥离肉身"（excarnation）相当于朱莉·拉普的"身体的消失"，它是飞速奔跑的"虚空"（vide）的唯一可能的体现。

---

① 2003年国家雕塑获奖作品展说明，该展览由澳大利亚国立美术馆举办，具体参见https://nga.gov.au/exhibition/sculptureprize03/Detail.cfm?IRN=122552，2018年5月5日查阅。

13. 朱莉·拉普:《无题（马奈的〈奥林匹亚〉之后）》, 2002

*

你还记得米歇尔·恩德（Michael Ende）的小说《永远讲不完的故事》（*L'Histoire sans fin*，1979）①以及书中描绘的幻想国吗？小说中脆弱的小女王每天早上起床，都被一种空无（néant）折磨着。她的臣民试图解释这个现象。他们只是满足于进行如下描述：

"这个虚空（rien）长什么样子呢？"夜精灵问道。

---

① 又译《大魔域》，而后改编成同名电影。——译者注

"这正是难以描述的地方"鬼火面露难色地说道。"事实上,它就像……就像……哎,没有一个词来形容它!"

小男孩打断了他,说道:"当我们看这个地方的时候,就好像我们是盲人一样,是吧?"①

病重的女王绝望了。这时勇敢的阿特雷鲁(Atréju)出现了。他把整个运转机制叫停,因为他发现幻想国只在梦境中存在。然而人类已经不再做梦了,他们的幻想已经不能够再滋养幻想国了。因此,年轻的女王需要更名换姓才能拯救她的王国。女王同意了这个解决方案。

事实上,朱莉·拉普的作品呈现了一个相反的过程,周遭的环境继续存在着,但是消失的是环境的占有者。如何评论这种创作呢?奥林匹亚不再让人产生幻想了?她悄无声息地改名换姓了?她是不是还在原地,只是观众突然失明了,看到的只是不可捉摸的空无?朱莉·拉普的尝试属于我们所说的"挪用艺术"(l'art de l'appropriation),我们找不到更好的术语了,因为艺术总是挪用,无论是在图像中还是在文本中。后现代艺术中有很多诸如此类的尝试,这种尝试为过去赋予了一种积极的在场,就像一些跨越时代的明星总会突如其来地重新出现。博尔

---

① 米歇尔·恩德:《永远讲不完的故事》,由多米尼克·奥特朗译自德语,巴黎:LGF出版社,"口袋书"系列,1985年,第29页。原文信息如下:Michael Ende, *L'Histoire sans fin*, traduit de l'allemand par Dominique Autrand, Paris, LGF, coll. «Le Livre de Poche», 1985, p. 29.

迷失地图集：地理批评研究
Atlas des égarements. Études géocritiques

赫斯的小说集《虚构集》中最后一个故事是由一个名叫皮埃尔·梅纳尔（Pierre Ménard）的人写的[①]。还有什么比重新写出一个与《堂吉诃德》一模一样的作品更具新意的事情呢？还有什么比区别性的重复更具有新意呢？

*

在挪用艺术方面，森村泰昌（Yasumasa Morimura）是朱莉·拉普的前辈。《奥林匹亚》没有让他无动于衷。在他的《作为艺术史的自画像（1988—1990）》[*Self-Portrait As Art History (1988—1990)*]系列作品中，他把自己嵌入了奥林匹亚的身体中，由此挪用了马奈的创作。而10年之后，森村泰昌在《致我的小妹妹：献给辛迪·舍曼》（*To My Little Sister: for Cindy Sherman*）中，他又变成了辛迪·舍曼。这种悖论是非常吸引人的。如何蜕变成为一种变形体？透斯（Protée）[②]到底是什么形状的？

相比于森村泰昌，乔治·蒂姆（George Deem）的名气要小一些。与朱莉·拉普和森村泰昌不同的是，蒂姆是一位画家。他的创作旨在模仿他的诸多前辈，将艺术史本身变成一种艺术。另外需要说明的是，他自己创作了一幅《奥林匹亚（马奈的调

[①] 皮埃尔·梅纳尔是博尔赫斯的短篇小说《〈吉诃德〉的作者皮埃尔·梅纳尔》里的虚构主人公，他撰写出了与《堂吉诃德》一模一样的作品《吉诃德》。——译者注
[②] 透斯是古希腊神话中的海洋之神，能够预知未来，并且能够变换成各种形状。——译者注

色板）》[Olympia (Manet Palette)]。蒂姆于1932年出生在万森（Vincennes）的南部，1950年开始读大学。但是这里所说的万森位于美国印第安纳州沃巴什河的河岸，而不是位于法国的马恩河畔。印第安纳州的万森可能是法国瓦勒德马恩省（Val-de-Marne）的复制品[1]。美国很多的地名都是这种模仿产物。蒂姆先是就读于芝加哥艺术学院，而后在曼哈顿建立了自己的工作室，随后旅居欧洲。他于1963年在纽约的艾伦—斯通画廊（Allan Stone Gallery）举办了个人作品展，这里是艺术大家威廉·德库宁（Willem de Kooning）和安迪·沃霍尔（Andy Warhol）经常举办展览的地方。蒂姆于2008年去世。他并没有给评论家们留下一份轻而易举就能完成的点评工作，相反，他甚至不经意间让点评工作变得格外复杂。我们可以在字里行间听到他们的叹息。有人说"蒂姆时而被视作流行艺术家，时而被列入现实主义的形象艺术派画家的行列，时而又成了解构主义者、早期后现代主义者、后现代主义者以及后后现代主义者"[2]。有些人摆弄的是画笔，有些人摆弄的是措辞。我认为"后现代"一词足矣。而对于有些人来说，这个词已经有些过犹不及了。

---

[1] 事实上，该镇是以万森的创建者弗朗索瓦—马里—比索（François-Marie Bissot）的名字命名的。他于18世纪初出生在蒙特利尔。他在未来城市的土地上修建了一个堡垒，以阻止印第安人和英国人之间的毛皮贸易。

[2] 大卫·B.蒂灵格：《乔治·蒂姆：艺术史的艺术》，波士顿：波士顿图书馆，2012年，第33页。原文信息如下：David B. Dearinger, *George Deem. The Art of Art History*, Boston, MA, The Boston Athenaeum, 2012, p. 33.

我是2012年春天在波士顿图书馆中发现了乔治·蒂姆的作品。我当时去图书馆是为了找一本难以找到的尼加拉瓜小说，最后发现的居然是一位画家和他的作品①。图书馆中举办了一个名叫《艺术史的艺术》（*The Art of Art History*）的展览。这个展览是一个蒂姆的致敬作品展，展出的作品或是向美国画家〔如乔治·加勒伯·宾汉（George Caleb Bingham）、温斯洛·霍默（Winslow Homer）、乔治·贝洛斯（George Bellows）和爱德华·霍普（Edward Hopper）〕致敬，或是向欧洲艺术家特别是欧洲现代艺术家致敬。但是，对于蒂姆而言，给予他启发最多的还是17世纪荷兰画家约翰内斯·维米尔（Jan Vermeer）。在有些巴洛克风格作品中，画面的主人公消失了（就像朱莉·拉普的《消失的身体》一样），而另一些作品则增添了新的人物。我们很难总结出所有蒂姆使用的方法，也许得专作文章探讨他与维米尔之间的关系。蒂姆向维米尔致敬的作品几乎与被视作维米尔本人创作的作品一样多，一共有37幅。也就是说，"蒂姆—维米尔"创作的作品和维米尔本人创作的作品一样多。与此同时，《蒂姆—维米尔》（*Deem Vermeer*）是他本人于1974年创作的一幅自画像。但是，正如艺术评论家亚瑟·丹托（Arthur Danto）在

---

① 还需要补充的是，2003年，我曾在斯特拉斯堡现当代艺术馆的《超—现实主义（美国1965—1975）》（*Hyper-réalismes, USA 1965-1975*）展览中看到过乔治·蒂姆的画。但是我对这个展览毫无印象。蒂姆和罗伯特·贝尔特尔（Robert Bechtle）、马尔科尔姆·莫雷（Malcolm Morley）出现在同一张宣传海报中。另外，策展方把他视作一位"超—现实主义"（hyperréaliste）艺术家。

纽约一个蒂姆作品展的宣传册中写到的,"维米尔太少了!为什么要把时间浪费在别的事情上,而不是创作更多的作品,并关注那些不完美的少数人呢?"[1]

  他为什么这么崇拜维米尔呢?我并不知道。也许他被西班牙画家萨尔瓦多·达利(Salvador Dalí)的偶然创作所吸引?要知道,1955年,达利在万森动物园里,在一头犀牛凶狠的目光的注视下,对着一幅维米尔《花边的女工》的赝品,完成了他对这幅画的模仿。这是个很花哨但是却难以令人信服的假设,因为达利是在瓦勒德马恩省的万森完成的绘画,而不是美国印第安纳州的万森。还有一些观察家注意到,在维米尔出生300年后,蒂姆来到了这个世界上,仅从月份和日期上来看,他们的生日只差了两个月。我们不要再计算了!1975年蒂姆正在意大利,而维米尔逝世三百周年的纪念活动很有可能让他更加崇拜这位荷兰大师。事实上,他从1970年起就开始模仿他了。我怀疑蒂姆把自己当成了维米尔的分身。但是无论如何,维米尔即使有分身,他的分身也一定在别处。在波士顿展览的宣传册中,大卫·B.蒂灵格(David B. Dearinger)回忆起了艺术史学家伊莲娜·麦克马努斯(Irene McManus)的推断,后者认为蒂姆之所

---

[1] 亚瑟·C.丹托:《关于乔治·蒂姆的未成文评论的跋文》,选自《乔治·蒂姆:1932—2008》,展览宣传册,纽约:艾伦·斯通画廊和帕韦尔·祖伯克画廊,2009年,第5页。原文信息如下:Arthur C. Danto, «Postscript to an Unwritten Critical Essay on George Deem», in *George Deem 1932-2008*, catalogue d'exposition, New York, Allan Stone Gallery and Pavel Zoubok Gallery, 2009, p. 5.

以模仿维米尔以及其他艺术家的风格，是为了填补他双胞胎哥哥去世留下来的虚空。在麦克马努斯看来，他的双胞胎哥哥是蒂姆的"镜像身份"（miroir-identity）[1]。这种解读既是一种对可能性的推测，也是一种不太严谨的精神分析。

为什么维米尔会被地图纠缠不清呢？他有六幅室内画的墙上都挂着地图。在他的画作《天文学家》中，天文学家用手扶着一个地球仪，而在《倒牛奶的女仆》中，画家出于懊恼删去了一幅原本挂在女仆身后墙上的地图，怎么看待这两幅画呢？泰奥菲尔·托雷·伯格（Théophile Thoré-Bürger）于19世纪60年代后期重新发现了维米尔的画作，在找到这些画之后，他立刻发现维米尔极为迷恋地图。伯格并不知道这是为什么，或许是由于下述原因：

或许维米尔经常想去日本或者爪哇看看时光留下来的色彩？或许在他画下那些手扶地球仪的地理学家或者用罗盘丈量距离的地理学家时，他想到的正是这些被阳光照耀的国家。[2]

---

[1] 伊莲娜·麦克马努斯：《引言》，《艺术流派：向大师致敬——乔治蒂姆的绘画》，旧金山：编年史出版社，1993年，第9页，转引自大卫·B.蒂灵格《乔治·蒂姆：艺术史的艺术》，波士顿，波士顿图书馆，2012年，第36页。原文信息如下：Irene McManus, «Introduction», *Art School. An Homage to the Masters: Paintings by George Deem*, San Francisco, Chronicle Books, 1993, p. 9, in David B. Dearinger, *George Deem. The Art of Art History, op. cit.*, p. 36.

[2] 泰奥菲尔·托雷·伯格：《代尔夫特的维米尔（第二篇文章）》，选自《工艺美术报》，第21期，1866年11月1日，第461页。原文信息如下：Théophile (Thoré-)Bürger, «Van der Meer de Delft (2e article)», in *Gazette des Beaux-Arts*, n°21, 1ᵉʳ novembre 1866, p. 461.

消失的身体

另外一些评论家的观点没有那么诗意,在他们看来,地图展现了封闭与开放(画中半开的窗户)两种张力之间的对峙,而这种对峙也是荷兰画家室内画的特点。就在波德莱尔出版《巴黎的忧郁》(Spleen de Paris)之前的两个世纪,这些画家创造了某种程度上的代尔夫特的忧郁。然而,尽管维米尔的绘画中大量出现地图,但是在蒂姆的作品中,维米尔式的地图要更多!因为此类例子不胜枚举,所以在这里我仅以《绘画艺术》(The Art of Painting)为例。《绘画艺术》是蒂姆于2002年创作的一组双联画,目前属于一个私人收藏家。这组双联画模仿的是维米尔于1666年创作的同名作品《绘画艺术》。

14. 乔治·蒂姆:《绘画艺术》,油画,2002

在蒂姆的这幅作品里,画家的画室空了。没有了原画中的画家,也没有模特,除了挂在墙上的一幅挂毯,画室中空无一物。画室的挂毯上呈现的实际上是荷兰黄金时代绘图员克拉斯·菲舍尔（Claes Visscher）绘制的十七个省的地图。室内的家具还留了一些，但是所剩不多：放着画作的画架，画架前面的画凳，近景左侧有一把椅子，这就是全部的家具。至于这组双联画，在它的极不对称性中充满着对称性。双联画的两个画面基本上是一样的，除了一点：在左侧的画中，画架上的画是有颜色的，而画室剩下的部分则是浅褐色的，右侧的画则是相反的。现在，画架上的画把蒂姆的《绘画艺术》嵌套了进去。这个画中画的颜色变成了浅褐色，而其他部分又重现了维米尔的色调。显然，这个作品回应的是蒂姆创作的第一个相似主题的双联画：《纽约艺术家在他的画室里／维米尔的艺术家在他的画室里》（*New York Artist in His Studio / Vermeer's The Artist in His Studio*，1979）。在这幅画中，右侧的画是对维米尔原作的忠实复制，而左侧的画则是一幅改编的画，画中的画家正是蒂姆本人，而画中作为模特的女子手里拿的不是原画中的小号，而是电话机。画面背景中的挂毯上是一幅美国地图，即使是美国当代艺术家贾斯珀·琼斯（Jasper Johns）[①]看了也一定会赞不绝口。

---

① 贾斯珀·琼斯（Jasper Johns，1930— ），美国当代艺术家，其作品以呈现各种各样的美国国旗和地图为特色。——译者注

*

在电影《贝拉米犯罪事件簿》(*Bellamy*，2009) 中，导演克劳德·沙布罗尔 (Claude Chabrol)[1]曾经引用了诗人威斯坦·休·奥登 (W. H. Auden) 在《最后秘密终于泄露》(*At Last the Secret Is Out*) 中的一句话："每一个故事背后都有另外一个故事。目光所及之外还有其他的东西。"[2]从很多角度看，这句诗都令人大为震撼。首先是因为《贝拉米犯罪事件簿》是沙布罗尔的最后一部电影，奥登的这句话产生了一种独特的，甚至玄妙的效果。另外，这句诗之所以给人留下深刻印象，还在于它用自己的方式总结了一位探长［由影星热拉尔·德帕迪约 (Gérard Depardieu) 扮演的贝拉米］、一位导演、一个画家与呈现在他们眼前的剧情之间的奇特关系。电影情节告诉我们，无论哪一种叙事都具有借代作用。这让我们想到了意大利导演米开朗基罗·安东尼奥尼 (Michelangelo Antonioni) 的电影《放大》(*Blow-up*，1966)。在这部电影中，一张照片无意间揭露了连摄影师本人也没有注意到的一个犯罪。而另一部立马浮现在

---

[1] 克劳德·沙布罗尔 (Claude Chabrol，1930—2010)，法国电影新浪潮先驱导演之一，《贝拉米犯罪事件簿》是沙布罗尔执导的最后一部电影。——译者注

[2] 威斯坦·休.奥登：《最后秘密终于泄露》，选自《某个傍晚，当我走出房间》，纽约：费伯出版社，1995年，第33页。原文信息如下：W. H. Auden, «At Last the Secret Is Out», in *As I Walked Out One Evening*, New York, Faber and Faber, 1995, p.33. 奥登的原文为 "There is always another story, there is more than meets the eye"。

我脑海中的电影就是《画师的合同》(*The Draughtsman's Contract*，1982)，彼得·格林纳威（Peter Greenaway）巧妙地展现了奥登的这个诗句。在《画师的合同》这部电影中，主人公内维尔受邀来到威尔特郡，为一座漂亮的贵族庄园绘制风景画，在此期间他自己沉迷于各种色情游戏，并巧妙地用绘画作品展现了男主人被谋杀的真相。他用画笔和尺子创作了12幅素描，而第13幅素描，也是最令人迷惑的素描对他来说是致命的。素描作品的草图很快消失了，但是却令庄园里的人惴惴不安。草图里面隐藏了什么？毫无疑问，草图里隐藏着一个模糊的证据。但是是什么证据呢？内维尔被谋杀了。

在观看《绘画艺术》这幅作品时，我们的目光可以触及这幅作品的物质边界之外，挖掘到一份历史的补遗。蒂姆听从了奥登的话，他扩大了维米尔的画面范围。别忘了，在维米尔的原画中，画的外沿与画中地图的外沿是重合的，而蒂姆则多画了画室的一部分陈设。在画面的左侧，蒂姆删去了遮挡窗户的五颜六色的帷幔，而在右侧，他把挂毯地图旁边的墙也纳进了画面。露出来的墙面一片雪白。在双联画左边的这幅画中，画架右侧出现了一些飞溅出画布的深色颜料，这些颜料好像要延伸画布，又好像要逐渐摆脱画布。而在右边的这幅画中，颜料飞溅得更远。蓝色是最具维米尔特色的颜色，这两幅画上的蓝色污渍是同一块污渍吗？这些污渍是否会沿着它们的轨迹，将要给或者继续给左侧画中的画作着色呢？这些游离的颜色是否沿着双联画的轴线旋转，是否进入了一个色彩与非色彩的永恒交替的游戏之中呢？如果这些色块本身在传递某种信息的话，那么这个交替的游戏是否篡改了画作想要传达的信息呢？归根到底，我们是否确定，右侧画面中的颜料在飞溅的过程中被按下了暂停键？如果颜料直接溅到了墙上呢？如果我们看到的不是颜料污渍，而是墙面的裂缝呢？它的反光难道没有让我们联想到画室墙壁外蓝色而宁静的天空吗？观者眼睛看到的比维米尔让他看到的更多，但是历史的意义是转瞬即逝的。让占据画室的人物和一部分家具从画室中消失，来揭示曾经被掩藏的东西，比如打开一些新的视角、一扇窗、墙上的开口或者一些游走的颜料污渍。这样做有必要吗？作品被"解辖域化"，并且呈现了一个不稳定的图景。

*

蒂姆的双联画充满了极度的不稳定性，所以个体只能告别稳定的在场。只剩下了一张地图，这张地图是一个世界的遗迹，这个世界空无一人，因而也失去了人的确定性。如果说蒂姆真的想在绘画中呈现他双胞胎哥哥的早夭的话，那么一定是在这幅画的某一处，在这个被飞溅的颜料赋予了些许生命力的封闭的画室和墙上向湛蓝的虚空开放的缝隙之间，在多层巧妙的嵌套之间。被嵌套在这幅双联画中的画更加空洞，这幅画中画里甚至没有椅子和画架，飞溅的颜料也不复存在。只有模仿维米尔和菲舍尔作品而制的地图还留在背景墙上。叔本华曾经构想了一个意志世界和一个表征世界，而蒂姆则在一个被简化为纯粹的地图表征的世界里前进。除了创造出这幅地图的意志，这个世界已经不受任何人类意志的干预。过去再一次出现，不停地与被束缚的现在重新组合。唯一可以自由支配的便是使用一种玩昧的色调去描绘曾经发生的事情。用什么样的光去描绘都可以吗？不，在一个失去了内容的空间中，任何光都有可能熄灭。柔和的光照亮了维米尔的画室。而在蒂姆笔下，光变得更加强烈。后现代性是建立在历史的消退之上的，有些人在消退中看到了衰败的痕迹。在1982年创作的《维米尔的地图》（*Vermeer's Map*）中，蒂姆在冒险这条路上走得更远。在用石膏硬化的棉质布料上，他原样复制了菲舍尔的《诺瓦十七图：荷兰省区素描》（*Nova XVII ［Septendecim］ Provinciarum Germania Inferioris Descriptio*）。我在波士顿图书馆看到过这幅作品。起初我以为这是菲舍尔的原作，后来我花了几秒钟时间才意识到自己的错误。维米尔画过菲舍尔的这幅地图，而蒂姆又重新复制了维米尔的作品。他的仿制画是忠实于原作的，但是哪一幅是他的原作呢？他的原作或许是现实世界？他将地图创作仅仅局限于荷兰的十七个省是徒劳无益的，因为这幅地图中传递出一种普世的信息。这幅后现代时代的荷兰省区图最终带给我们一个可以预见的结论：太阳底下无新鲜事。

蒂姆于2002年绘制的双联画是具有多重意义的。它可以被视作一个固定不动的整体，两个组成部分彼此交错、对比鲜明：左边的那幅画被嵌套进右边的画中，而右边的画又成为左边的画中画。当然，这只是一种近似的交错配列，因为左右两幅画中飞溅的颜料在画中画里都消失了。另外，我们可以从中发现有色与无色之间的转换，或者更确切地说，无色与有色之间的转换。如果考虑贯穿这幅双联画的多条逃逸线的话，这幅画可以有更生动的解读方式。一种是从整个平面角度出发，将这两幅画视作一种魔法灯笼的两个灯面，从左到右似乎在不间断地重复讲述着一个故事。如果我们将两个画放在一个延续的时间轴上，并且把飞溅的颜料纳入进来的话，这种解读就更加可靠了。左侧的画为我们呈现了一个处于正在褪色的世界中的画室，而画中画则成为这个暗沉的房间里唯一的色彩源。飞溅的色彩给人一种感觉，仿佛这幅画要清空自己的色彩，去给右侧的房间着色。右侧的画则为我们展示了一种色彩的渐褪，而画家使用的墨色稍稍淡化了这种渐褪的效果。然后，画室突然地再次被清空了色彩，颜色都聚集到了右下角，仿佛要去为左侧的画中画着色。以此类推，双联画进入了永恒的轮转进程中。

还有一条逃逸线值得我们关注。这条线就像德勒兹和加塔利笔下在海底行进的龙虾一样隐秘低调。它贯穿了同一空间的纵深维度不同的表征层级，这些表征层被置于一种巧妙的嵌套游戏中，虚空之感在这种嵌套游戏中不断扩大。我们从维米尔笔下饱和的画室过渡到了蒂姆笔下空无一物的画室，而这个画室中摆着一幅画，画中除一幅被孤灯照亮的世界地图外没有任何家具。双重运动操控着《绘画艺术》这幅画的物质环境，仿佛在人类缺席的情况下，或者更确切地说，在与人类永别之后，世界重新找回了生机与活力。

但是我们不要忽视一个至关重要的细节。浅褐色构成了这个正在生成的作品的主色调。正因为这个作品正在生成，所以观者可以在左右两幅画中隐约看到画家勾勒出来的网格线。在乔治·蒂姆为双联画构想的空无一人的空间中，现实与指涉物之间的分野逐渐淡化，甚至完全消弭。我们甚至可以认为，现实位于指涉物之中，而指涉物也位于现实之中。二者之间的各种等级也消失了。我们处在一个他者治理（hétérarchie）的世界中。左侧的画中描绘出一个褪色的世界，就好像一张泛黄的老照片，照片中的模特消失了，或者失去了任何存在的意义。这个世界很有可能是一个未完成的世界，那么，覆盖在画面上的网格线也许就是这个正在生成的作品的标志。我们是在怀念消逝的、失去色彩之物吗？还是在憧憬即将到来的、多姿多彩之物呢？右侧的画变得愈加空旷。画室恢复了色彩，但是依然空无一人。左侧画中的画作描绘了一个比现实更美的世界，或者不管怎么说，颜色更丰富的世界，但同时也更加空旷。相比之下，右侧画要更为尊重传统，或者更加遵守规范。它将世界——即画室——变成了未来审美表征的一个充满色彩的先决条件。

但是正如我们看到的,这种规范性是脆弱的,它只是一个过渡状态,或者说一个"熵"世界的组成部分。如果我们承认,双联画中的两部分预示着一段叙事故事的开端的话,那么双联画则可以被视作时间流的一部分。这个时间性的草图并没有补充任何信息。伊利亚·普里高津(Ilya Prigogine)和伊莎贝拉·斯坦格斯(Isabelle Stengers)曾经在《新的联盟》(*La Nouvelle Alliance*,1979)一书中考察了科学的蜕变。这是一本有些年岁的书,但却并没有过时。作者在这本书中指出:"我们身处一个极度充满偶然性的世界,在这个世界里,可逆转性(irréversibilité)和决定论(déterminisme)只是偶然现象,而微观的不可逆转性和非决定论才是规则。"[1]很显然,蒂姆是这个世界的居民。

在《绘画艺术》这幅画中,一切只是间断和循环。未来是重新找到的过去,而过去是曾经的未来。在这里,人类是不存在的,成为参照索引的符号也是不存在的。在这里,现时(présent)成为了一个注定消散的不稳定状态,也就是说,现时是偶然性的代名词。在《绘画艺术》中,蒂姆对于后现代世界表征给出了一个非常细致的解读。后现代世界是一个波动的、熵的、安静且混乱的世界,缺席是通过持久的间断状态来彰显其在场性的。而持久间断状态的另一个名字是"尚未满足"。在

---

[1] 伊利亚·普里高津、伊莎贝拉·斯坦格斯:《新的联盟》,巴黎:伽利玛出版社,1986年,第40页。原文信息如下:Ilya Prigogine, Isabelle Stengers, *La Nouvelle Alliance*, Paris, Gallimard, coll. «Folio», 1986, p. 40.

这个人类缺席的环境中，菲舍尔的地图、维米尔的地图以及任何人的地图只不过是一个已经枯萎的激情的遗痕：人们总是饱含激情地想要用借代的方式抓牢现实世界，这种借代方式可以是区域地图、世界地图或者地球仪。而极具当代性的世界是一个微不足道的世界。当我们试着用地图总结它时，我们会发现它无法指涉任何确定的东西。在艺术家的画室里，我们这些被地图吸引的观者似乎失去了自己的位置。在蒂姆于2003年绘制的《凳子、椅子和地图》（*A Stool, a Chair, and a Map*）中，作品里的画室还是原来的画室，但是画架消失了，只剩下地图和画家的板凳。在靠着背景墙的地方放置着一把椅子，椅子上铺着红色的锦缎花纹坐垫，椅子就放在那里，仿佛没有人会来坐。这把椅子在双联画右侧画左边的角落里也出现过。而在2003年的另一幅作品《维米尔的细节》（*Vermeer Detail*）中，画面中只剩下被给予特写镜头的板凳。在蒂姆的这些绘画作品中，我们总能发现一些丧葬的维度。哀悼是证明缺席的在场性的另一种方式。

时间的大陆

米开朗基罗……这个名字为什么会让我们觉得这是一个用造梦的布料编织而成的名字呢？我在意大利生活过很长时间，我阅读过但丁的书，也遇到过名叫保罗和弗朗切斯卡的人，但是却很少碰到叫米开朗基罗的人。遇到的可能性微乎其微。根据数据统计，一万个人里面只有三个叫米开朗基罗的。我认识这三个，你们也认识。首先是绘画大师米开朗基罗·博纳罗蒂（Michelangelo Buonarroti），还有画家米开朗基罗·梅里希（Michelangelo Merisi），他后来更名为卡拉瓦乔（Caravaggio），卡拉瓦乔其实是他故乡的名字，而他的创作也令卡拉瓦乔镇闻名遐迩。米开朗基罗同时也是慢动作影像大师安东尼奥尼（Antonioni）的名字。为了美化一下这个不太好看的数据统计，我还要补充一个叫米开朗基罗的人。也许他是上帝的一个不起眼的孩子。在1976年完成的一个行为艺术中，他在墙上写下了这样几个字：

"上帝存在吗？"
"是的，我存在！"[①]

[①] 米开朗基罗·皮斯特莱托：《上帝存在吗？是的，我在这里！》，1976年，362×292厘米。原文信息如下：Michelangelo Pistoletto, *C'è Dio ? Sì, ci sono*, 1976, 362*292 cm.

迷失地图集：地理批评研究
Atlas des égarements. Études géocritiques

尽管表面上看起来这个表述有些狂妄自大，但是这个米开朗基罗实际上并不是这样一个人。他仅仅想表达的是上帝存在于人类之中，存在于艺术家的体内。那是在1976年，作品名叫《时代／教堂改变了》(*I temp (l) i cambiano*)[①]。从此，人类关注的重心发生了变化，上帝关注的重心也变了。死亡抑或非死亡？半个多世纪以来，这位米开朗基罗一直在这个领域耕耘，并且成为了我们这个时代最伟大的艺术家之一。他的全名叫米开朗基罗·皮斯特莱托（Michelangelo Pistoletto），是"贫穷艺术"的大师。他喜欢梦境和布料。他证实了莎士比亚名剧《暴风雨》(*La Tempête*) 中普洛斯佩罗（Prospero）在岛上所宣称的："我们和梦境是用同一种布料编织的。"[②]如果你喜欢布料和梦境的话，那么我邀请你去欣赏艺术家最卓越的设计：《衣衫褴褛的维纳斯》(*La Venere degli stracci*, 1967)。泰特美术馆（Tate Modern）的负责人曾经这样描述这个作品：

《衣衫褴褛的维纳斯》将一个超人类的爱神、美神和生育之

[①] 米开朗基罗·皮斯特莱托：《时代／教堂改变了》，这个巨大的雕塑呈现了一个架在小角柱上的金属寺庙，这个作品是由埃克顿集团（Ecodom）定制的。该集团位于米兰地区的拉伊纳泰（Lainate），专营家用电器的收集和回收业务。
[②] 威廉姆·莎士比亚：《暴风雨》，第四幕，第一场，由皮埃尔·勒弗里斯和伊丽莎白·霍兰德译自英语，巴黎：伽利玛出版社，"七星文库"，1959年，第1515页。原文信息如下：William Shakespeare, *La Tempête*, IV, 1, traduit de l'anglais par Pierre Leyris et Elizabeth Holland, Paris, Gallimard, coll. « Bibliothèque de la Pléiade », 1959, p. 1515.

神的经典雕像与一堆破衣服组合在了一起，放在了地板上。这些衣服的颜色非常鲜艳，但却被弃置。维纳斯背对观众站立着，她的脸和身体平贴着破布堆，因此看不到她的正脸。①

皮斯特莱托的维纳斯看不到她身后发生的事情。有时她的目光注视着博物馆的墙面，有时她的眼睛望向一扇窗户，一切都取决于皮斯特莱托安放的位置。她紧贴着这一堆五颜六色的衣服，她那大理石般的抑或是金色的身体拂过那些布料。她低下了头。观赏者被投射到了这个古典韵味的女神的未来。维纳斯似乎生活在一个非常古老的未来，而这个雕像的永恒的现时（présent）却充斥着破布，这些破布为她提供着消息。它们还有什么作用呢？它们是一个悲剧的遗物，就像克里斯蒂安·波尔坦斯基（Christian Boltanski）②某些作品中的悲剧一样。它们是一些残骸，这些残骸与维纳斯纯净的外表形成了鲜明的对比。抑或它们是一些欢快的物件，为维纳斯单调的颜色带来了光芒。那些乐天派在这个作品中看到维纳斯摆脱了断臂的状态，穿上了一件寒酸但却鲜艳的衣服。在漫长的岁月中，维纳斯明白了，一个可以承受的未来是她能预想的最好的未来，因为现时既可能是一份礼物，也可能是一种毒药。

---

① 参见 https://www.tate.org.uk/art/artworks/pistoletto-venus-of-therags-t12200，2013年10月6日查阅。
② 克里斯蒂安·波尔坦斯基（Christian Boltanski，1944—2021），法国著名雕塑家、摄影艺术家和画家。他的作品多以记忆、死亡和回忆为主题。——译者注

迷失地图集：地理批评研究
Atlas des égarements. Études géocritiques

*

皮斯特莱托出生在意大利皮埃蒙特的比耶拉（Bielle），他出生之后没几年，第二次世界大战就爆发了。比耶拉离阿尔巴（Alba）不远，而《山丘之战》（*La Guerre sur les collines*，1968）的作者贝佩·费诺格里奥（Beppe Fenoglio）就住在阿尔巴。阿尔巴距离意大利伟大诗人切萨雷·帕韦斯（Cesare Pavese）的故乡圣斯特凡诺—贝尔博（Santo Stefano Belbo）也不远。这三个市镇所在大区的首府是都灵，而都灵是化学家和小说家普里莫·莱维（Primo Levi）的故乡。皮斯特莱托所处的时代是无数生灵饱经历史摧残，甚至夭折的时代。也许也正因如此，他选择从一种后现代的视角审视时间。每一个瞬时都值得被经历和体验。与绵延不同的是，瞬时能给人带来庇护。如果说未来和过去引起重重争议的话，那么"现在的瞬时"（instant présent）则带来无限的可能性。皮斯特莱托经常使用镜子为现时赋予形态。从1961年起，也就是从他的职业生涯开始时起，他就从事镜画艺术。他的第一个系列作品叫作《现状》（*Il presente*）。这个作品包含了两部分：一个是穿衬衣的正面自画像；另一个是背面像。在与英国艺术史学家于连·斯塔拉布拉斯（Julian Stallabrass）的访谈中，皮斯特莱托这样解释道：

通过绘制镜子，你们便不可能从现时中解放出来。我认为镜子位于记忆和未来的交汇点上。通过绘制镜子，你知道你的位置，能看到自己，并且知道明天其他某个人会取代你的位置。这涉及的不仅仅是"当下的现时"（présent actuel），也是未来的现时。在镜子中既有对未来的回忆，也有对过去的回忆，这两者在现时中不停地交织在一起。在这种情况下，现时被视作一种存在的现象，以及对生活本来面貌的全盘接受。镜子能让你看到360度的全景：我们可以看到过去，看到未来，从上到下地看，环顾四周地看，并且理智地认识到自己处于中心的地位。这里并不是说自己是绝对的中心，而是自我的中心。我致力于创造世界的形象，并且发明了一种方法，向观者展现宇宙中的每一个点是如何构成中心的。每一个人、每一个世界中的微粒都是中心。[1]

在某种程度上，皮斯特莱托的这种时间观与圣奥古斯丁的时间观非常相近，后者提出了三重现时观[2]。然而，尽管皮斯特

---

[1] 于连·斯塔拉布拉斯：《关于艺术、贫穷以及时间的思考：采访皮斯特莱托》，http://www.courtauld.ac.uk/people/stallabrass_julian/ essays/pistoletto_interview.pdf，2013年10月4日查阅。原文信息如下：Julian Stallabrass, «Reflections on Art, Poverty and Time : An Interview with Michelangelo Pistoletto», in http://www.courtauld.ac.uk/people/stallabrass_julian/essays/pistoletto_interview.pdf, consulté le 4 octobre 2013.

[2] 奥古斯丁将时间划分为"过去的现时""现在的现时""将来的现时"，也即站在现在的视角看待时间。——译者注

莱托小心谨慎地探索现时,但是他对现时的理解也从"当下的现时"(Jetztzeit)向圣奥古斯丁的"三重现时"过渡,"三重现时"是一种不可分割但是更为乐观的时间观。①

*

《时间的大陆》(*Continenti di tempo*)是里昂当代艺术博物馆于2001年3月至5月为皮斯特莱托举办的一个回顾展的名字。这些"时间的大陆"在1992年举办的第九届卡塞尔文献展中就已经展出过。皮斯特莱托决定把他的作品安置在一个闲置的商店里,而商店对面就是卡塞尔文献展的地标性建筑之一——弗里德利希阿鲁门博物馆(Fridericianum),这座博物馆庄严地耸立在弗里德里希广场(Friedrichsplatz)上。商店的社会属性已经发生了变化,变成了一个名叫《幸福的乌龟》(*La tartaruga felice / La tortue heureuse*)的作品。这个装置的宗旨是将艺术家此前12个月在三十多个地方的生活经历浓缩于此。皮斯特莱托就像躲避在甲壳中的乌龟一样,不断地将这些地方据为己有,在这一过程中,时间的大陆便慢慢地产生了。

---

① 保罗·利科:《时间经验的悖论》,选自《时间与叙事》,第一卷,巴黎:瑟伊出版社,"散文"丛书,1991年,第21—65页。原文信息如下:Paul Ricoeur, «Les apories de l'expérience du temps : le livre XI des Confessions de saint Augustin», in *Temps et récit*, 1, Paris, Seuil, coll. «Essais», 1991, pp. 21-65. 对于圣奥古斯丁来说,未来与过去是不可分割的,它们或者是一种期许,或者是一种回忆,都倾注到了现时的层面,构成了三重现时。

我回忆起20世纪80年代在卡塞尔生活的那段日子。这座城市建筑物的地基让我大为震撼：它们远比它们所支撑的楼层要古老得多。事实上，建筑风格本身并没有什么令人惊奇的，它是第二次世界大战的产物。1943年10月的一个夜晚，在一次轰炸中，城中百分之八十的房屋被摧毁，上万人丧生。神奇的是，卡塞尔城堡和城堡中的赫拉克勒斯雕像幸免于难。皮斯特莱托的作品并没有影射这个灾难的时期。《时间的大陆》系列作品体现的更多的是一种主观的维度，强调的是家庭成员之间的联系。作品里面包含了一幅他父亲眼中的皮斯特莱托的自画像，这幅画名为《父亲目光中的自画像（1933—1973）》（*Autoritratto attraverso mio padre（1933 - 1973）*），以及他女儿克里斯蒂纳（Cristina）创作的音乐作品《话筒》（*Mouthpiece*）。她坐在桌子旁，一边吃着一盘米饭，一边用歌剧的演唱方法唱诵报纸的片段。一个铺着罗马风格地砖的走廊占据着展厅的中心位置，正对着入口。顺着这个走廊可以看到一个背对着我们的铜质雕像《伊特鲁里亚人》（*L'Etrusco*，1976）。伊特鲁里亚人抬起胳膊，手指指向了一面镜子。我们更倾向于认为，克里斯蒂纳的报纸把人们带回现在，而伊特鲁里亚人把人们带回了过去，而米开朗基罗父亲视角中的儿子也就是女儿的父亲则在迎接未来。这个解读也许过于简单，因为世代相传并不会触发通常意义上的时间的流动，而且这个雕塑也不仅仅是经典的遗迹。整个作品围绕一面镜子展开，镜子将时间性注到了一个包容的现时之中，而这个现时正是皮斯特莱托时间的大陆所特有的现时。我从来没参观过卡塞尔文献展，我也不知道坐拥着那家废旧商店的街道变成什么样子了。我多么希望镜子里反映的是卡塞尔文献展基金会的样子，而事实上，镜子里照出的是公园中的树影。乌龟穿越时间大陆的旅程从来没有中断过。另外，从古希腊哲学家芝诺（Zénon）起我们便知道，乌龟行动得早，结束得快[①]。

*

1975年10月到1976年9月，皮斯特莱托在"贫穷艺术"的首都之一——意大利都灵的斯坦因艺术馆（Galerie Stein）连续举办了12个名为《房间》（*The Rooms / Stanze*）的展览，并用相机把展览记录了下来。每一个展览都充分利用了艺术馆的布局。正如皮斯特莱托指出的：

三个展厅的门在同一条中轴直线上，创造出一种连续延展的视觉效果。这些门呈现出来的效果正是我在绘画中所使用的典型的镜面效果。也就是说在这扇230厘米*125厘米的门中，我设想最里面展厅的墙上有一个能够反光的镜面，这样一来剩

[①] 作者在这里影射的是著名的芝诺悖论：假设阿基里斯的速度是乌龟的10倍，乌龟在阿基里斯前面100米处跑，他在后面追，芝诺认为，阿基里斯只能无限接近乌龟，而不能追上乌龟。这则悖论意在证明时间和距离可以无限分割。——译者注

下的门和展厅都被延长了。[1]

通过镜面效果,皮斯特莱托再一次把空间透视变成了一种时间的嵌套。《房间3》(*Stanze 3*)和《房间6》(*Stanze 6*)之间有一些承接关系。在《房间4》(*Stanze 4*)中出现了1976年日历上的3个日期以及显示着不同时间的3个钟表。透视效果加剧了时间绵延之感,好像几分钟就可以跨越几个月。透视效果同样也让我们想到世代的更替。但是,正如空间的图像将所有参照点都安置在一个均质的平面一样,在镜面的图像中,现时是至高无上的。在最纯粹的后现代传统中,时间浮出水面。

这个作品中充满了文学影射。爱丽丝悄悄藏在那里,和项狄(Tristram Shandy)——劳伦斯·斯特恩(Laurence Sterne)《项狄传》的主角一样。皮斯特莱托同样把他的作品和但丁的《神曲·地狱篇》(*L'Enfer*)联系在了一起。《房间》这组摄影作品为我们展示了镜子的平面映照出的多个门框。尽管门框的直角格外醒目,但是却让我们想起但丁笔下的曲线形圆圈,只不过是从上向下、从地狱的上端看向下端的。《房间》(*Stanze*)这个作品名还让我想到了吉奥乔·阿甘本的同名论集《诗节》

---

[1] 米开朗基罗·皮斯特莱托:《时间的大陆》,巴黎,国立美术馆大会,里昂当代艺术馆展览册,2001年,第92页。原文信息如下:Michelangelo Pistoletto, *Continenti di tempo. Continents de temps*, Paris, Réunion des musées nationaux, catalogue de l'exposition du musée d'Art contemporain de Lyon, 2001, p. 92.

(*Stanza*)[1]。阿甘本在这本书的开头便开宗明义地解释道,"stanza"一词让我们联想到的"是一种拓扑学,通过这种拓扑学,人类精神完成了将身外之物据为己有这一不可能完成的任务"[2]。阿甘本认为,诗节是一个空虚但是完美的中心,它为西方文化的幻影或者幽灵赋予了形态。这个假设解释了皮斯特莱托的方法。作为镜子的表面,他创作的时间的大陆是空虚的。就像镜子一样,它们潜在地向无限敞开怀抱。它们不带任何感情地吞噬着时间,与此同时向我们讲述着我们的幻影。这些大陆是纯粹的偶然事件。尽管皮斯特莱托认为存在的时间具有完整性,但是他却指出,"身影和镜子之间的关系并不占用任何空间"[3]。如何为镜中之影绘制地图呢?如何为这个摆脱了人类空间束缚的时间的大陆绘制地图呢?

上述这些思考贯穿着皮斯特莱托的作品。至于《减少的物品》(*Oggetti in meno*)——一个创作于1965年到1966年的作品,皮斯特莱托表示,自己在创作时对特别稳固的设计并不感兴趣。他表示,"我的作品往往是那些能够帮助我摆脱某种东西的作品。这不是一种构造,而是一种解放。我不把它们视作'额外'

---

[1] Stanza一词在意大利语中有两个含义,其一为"节",其二为"房间"。——译者注
[2] 吉奥乔·阿甘本:《诗节:西方文化中的词与魅影》,由伊夫·埃尔桑译自意大利语,巴黎:里瓦日出版社,1998年,第12页。
[3] 米开朗基罗·皮斯特莱托:《时间的大陆》,巴黎,国立美术馆大会,里昂当代艺术馆展览册,2001年,第84页。

的物品，而是视作'减少'的物品"[①]。因此，理想的大陆漂移将使艺术家的创作接近诗节的完美的虚空，或者一个镜子中反射出来的减弱的虚空形象。和许多后现代造型艺术家一样，皮斯特莱托反对饱和的世界，并且绘制了一张解开了缆绳、偏离了一切确定性的大陆。将时间记录下来是一个不可能完成的任务，但是与此同时也解放了空间。

15. 米开朗基罗·皮斯特莱托：《房间4》，1976年1月，斯坦因艺术馆，都灵

[①] 米开朗基罗·皮斯特莱托：《时间的大陆》，巴黎，国立美术馆大会，里昂当代艺术馆展览册，2001年，第79页。

迷失地图集：地理批评研究
Atlas des égarements. Études géocritiques

*

从作品《幸福的乌龟》起，我们便很难跟得上皮斯特莱托创作的步伐。卡塞尔文献展之后，他迁徙的步伐并没有终止。我最后一次与他相遇是在我翻看一个展览的作品册时。作品册上有一张他的照片，照片中他站在意大利南部斯科拉西奥姆（Scolacium）考古遗址公园里。他的神态一如既往的庄重，手扶着一棵橄榄树的树干。他不再用镜子反射自己的影子，相反，公园里出现了三个他的身影。时间的大陆被赋予了一种环保主义色彩。随着时间的推移，皮斯特莱托越来越关注环境主题。对于环境在艺术中所处位置的思考是"贫穷艺术"的典型主题，而对生态的担忧已经是我们这个时代的主要问题。

在题为《粪便与灾难：当代艺术的文化症候》（*Mierda y catástrofe. Sindromes culturales del arte contemporáneo*）的论集中，西班牙艺术评论家费尔南多·卡斯特罗·佛瑞兹（Fernando Castro Flórez）分析了"贫穷艺术"的先锋人物吉塞普·佩诺内（Giuseppe Penone）的作品《凡尔赛的雪松（2002—2003）》[*Cedro di Versailles*（2002-2003）]。对于费尔南多·卡斯特罗·佛瑞兹来说，"佩诺内在他想象的涡流内竖起了一座图腾，这个图腾已经成为了一种极端辩证法的标志，这一辩证法主张自然与文化应该共同勾勒出一条道路"[1]。佛瑞兹所说的图腾雕刻在一个高6米的雪松树干里。1999年12月,一场暴风雨席卷了法国和欧洲的其他国家,拦腰斩断了几千棵树木。佩诺内购买了凡尔赛宫花园中被连根拔起的两棵雪松树干。他充分利用雪松树干的空间,在里面雕刻了一棵更小的树的树枝和树干,整个设计就好像一个俄罗斯套娃。2013年,佩诺内的作品展在凡尔赛宫花园举行。在展览的组织者卡特琳娜·佩加尔(Catherine Pégard)看来,佩诺内的理念是"让树木诞生于树木之中"[2]。艺术与自然融为一体,文化开辟了一条路径。

皮斯特莱托的创作得出了相同的结论。他站在斯科拉西奥姆考古遗址公园里思考了很多事情。卡塞尔文献展的商店和意大利卡拉布里亚大区阳光灿烂的公园相去甚远。而《幸福的乌龟》中冷淡的形象与自然遗址中用手触摸橄榄树干的亲密举动也大相径庭。

---

[1] 费尔南多·卡斯特罗·佛瑞兹:《粪便与灾难:当代艺术的文化症候》,马德里:佛索拉出版社,2015年,第139页。原文信息如下:Fernando Castro Flórez, *Mierda y catástrofe. Sindromes culturales del arte contemporáneo*, Madrid, Fórcola, 2015, p. 139. 关于吉塞普·佩诺内,参见乔治·迪迪-于贝尔曼《作为头脑:场所,接触,思想,雕塑》,巴黎:子夜出版社,2000年。原文信息如下:Georges Didi-Huberman, *Être crâne. Lieu, contact, pensée, sculpture*, Paris, Minuit, 2000.

[2] 参见http://www.chateauversailles.fr/resources/pdf/fr/presse/dp_penone.pdf,2015年8月30日查阅。

迷失地图集：地理批评研究
Atlas des égarements. Études géocritiques

*

在最近一次去纽约游玩的时候，我发现了一本题为《一切以及更多》(*Everything and More*)的书，这本书只卖14美元。我的运气真是太好了！这是作家大卫·福斯特·华莱士（David Foster Wallace）的一本著作，该著作的副标题也很吸引人，叫作《关于无限的简史》(*A Compact History of Infinity*)。我还没有阅读这本书，但是如果我需要在时间的大陆上漂移的话——就像其他人在荒岛上求生一样，那么我一定会去读这本书。为什么我如此关注华莱士呢？也许因为他是著名长篇小说《无尽的玩笑》(*Infinite Jest*, 1996)的作者，他希望这本小说能够成为"美国最伟大的小说"，也许因为他比任何人都更了解网球，也许是因为他可能会像皮斯特莱托一样，写下下面的句子：

对我来说，只有一面被分割的镜子，这面镜子增生成我们能够找到的尽可能多的镜子。人类也应该适应这种向普遍性扩张的可能，同时也要适应被简化为特殊性的可能。①

与他书中所构想的不同是，华莱士并不是一个幸福的人。他的幽默近乎于一种绝望的幽默。或许他正在努力接近无限

---

① 米开朗基罗·皮斯特莱托：《第三天堂的基因》，米兰：蒙塔托利·伊莱克塔出版社，2010年，第131页。

(l'infini)？或许他想起了芝诺悖论。我已经谈过了这只不可思议的乌龟，它缓慢地前进证明了终点是无限的对立面，终点永远难以企及，因为无限是没有尽头的。既然如此，如何才能抵达终点，完成自己的使命呢？显然，皮斯特莱托比华莱士要更加幸运，但是和华莱士一样，他也被无限吸引。在他的创作中，皮斯特莱托定义了"第三天堂"这个概念，"第三天堂"同样也是他在卡拉布里亚大区举办的展览的名字。在皮斯特莱托看来，首先存在两个天堂，第一个天堂让人类得以接近自然，第二个天堂是人造天堂，后者自20世纪以来呈指数增长态势。第二天堂"带来了史无前例的进步，但是同样伴随着星球的开采与毁坏"[1]。今后，我们需要构建一个第三天堂，一个存在于地球上的天堂，其目的是使前两个天堂混杂融合。这个天堂拥有一个象征符号——"一条不断交错的连续的线，形成了两个相交的圆形。而在第三天堂，同一条线构建了三个圆圈，而非两个。中间的圆圈代表着新的社会的核心"[2]。我们进入了一个负责任的时代，一个求知的年代。这就是"第三天堂"的关键词。事实上，面对"上帝存在吗？"这个问题，答案已经不再是"是的，我存在！"，而是"是的，我们存在！"。这种扩大化导致了

---

[1] 米开朗基罗·皮斯特莱托：《全神论与民主》，由马修·巴慕勒译自意大利语，阿尔勒：阿克特叙德出版社，2013年，第20页。原文信息如下：Michelangelo Pistoletto, *Omnithéisme et démocratie*, traduit de l'italien par Matthieu Bameule, Arles, Actes Sud, 2013, p. 20.

[2] 米开朗基罗·皮斯特莱托：《全神论与民主》，由马修·巴慕勒译自意大利语，阿尔勒：阿克特叙德出版社，2013年，第20—21页。

"全神论"(omnithéisme)。对于艺术家而言,全神论是真正意义上的民主的关键词:

> 因为我生活在一个向世界敞开怀抱的创作性环境中,所以我应该利用我的艺术创造,把神性带回到人类的范畴,并且致力于构建一个人人自觉、人人负责任的社会。也正因如此,艺术创造了全神论,并且与民主直接相连。①

我们很难去解读皮斯特莱托的信条。如果将这种思辨视作"新纪元"的混乱的话,那么我们就能从这段话中看到一种全神论的复苏。毫无疑问,第三天堂是一个坐落于地球上的天堂。一个与循环利用、生态意识紧密相连的概念。在我看来,这能够更好地解读这个概念的核心②。从第三天堂中衍生出了一个自然的谱系。皮斯特莱托抓住了贫穷艺术的内涵。如果存在第三天堂的话,那么第三天堂的特点一定是谦卑,这是一种腐殖质的艺术,是一种可持续发展的艺术,是一种将第二天堂的遗迹循环使用的艺术。我不知道吉塞普·佩诺内怎么看待这个观点,我们有理由认为他与皮斯特莱托的想法是一致的。乔治·迪

---

① 米开朗基罗·皮斯特莱托:《全神论与民主》,由马修·巴慕勒译自意大利语,阿尔勒:阿克特叙德出版社,2010年,第31页。
② 皮斯特莱托对第三天堂的描述与萨尔曼·拉什迪(Salman Rushdie)、霍米·巴巴(Homi Bhabha)、格洛丽亚·E.安札杜尔(Gloria Anzaldúa)以及包括我在内的其他学者提出的"第三空间"(tiers espace)理念比较接近。参见《地理批评》,巴黎:子夜出版社,2007年,第116—117页。

迪—于贝尔曼分析过佩诺内的充满活力的创造。在他看来,"手从原材料中提取的不过是一种在场的形式,在这种形式中,地方的所有时间都汇聚凝结在一起,构成了创作的原材料,构成了作品的初始状态"[①]。乔治·迪迪—于贝尔曼为佩诺内赋予了一个沉重的使命,那便是考察"第三天堂"的性质,为它赋予一个初始的形态。"贫穷艺术"正是诞生于与自然的接触中。不可否认,我们进入了一个生态的时代,甚至是一个生态批评的时代。

*

前述内容是为了给米开朗基罗·皮斯特莱托系列作品《时间的大陆》绘制一幅地图。以前,我们缺少这样一幅地图,一幅造型艺术意义上的地图。而这幅地图实际上是存在的。自2002年以来,这幅地图就在皮斯特莱托的各种展览中以不同的面貌复现出来,但是参照的都是同一个模型:《热爱差异》(*Love Difference*)。"热爱差异"是一个独一无二的设计,但是热爱差异的方式却是多种多样的。从种族中心主义的视角看,差异产生的地方本身就数不胜数。差异,或者德里达说的"延异"(différance)是从哪里开始的呢?原版标题是"Love difference",

---

① 乔治·迪迪—于贝尔曼:《作为头脑:场所,接触,思想,雕塑》,巴黎:子夜出版社,2000年,第51页。

这一英语标题有两种解读方法：一种是"热爱差异"；另一种是"爱的差异"。我认为皮斯特莱托有意制造了这个一词多义的现象。

16. 米开朗基罗·皮斯特莱托：《热爱差异》，马赛，2007

《时间的大陆》的展览手册里面包含了在"皮斯特莱托艺术基金会"（Cittadellarte Fondazione Pistoletto）[①]展出的多个"热爱差异"的变体。我们可以设想一些长 5~7 米的大桌子，桌子的边角如同海岸线一样支离破碎。2005年，皮斯特莱托用桌子摆出了加勒比海、南海、波罗的海、黑海以及红海的形状。而最具代表性的，同时也是最老的装置是代表地中海的造型。这个

---

① 该基金会位于意大利比耶拉，是皮斯特莱托于1998年在一个废旧的纺织厂成立的艺术创作机构。——译者注

装置模拟了水域的形状，而陆地则消失了，因而营造了一种缺席的在场感。制作桌子的材料变了。除了地中海，艺术家都是用木头、石膏或者压缩的报纸（如描绘南海）来再现海洋。黑海用的是一种板岩黑色，红海用的是一种沙子般的淡红色，而地中海则没有颜色。地中海的表面是一个镜面，反射的是悬在它上方的东西：一个巴洛克宫殿的吊顶，或者是空无一物，因为我们审视这个作品的目光可以是充实的，也可以是空洞的，可以联想到许多故事，就好像唤起过去的幽灵一样。镜面的设计无处不在，它让我们看到我们想看到的东西……但是，在所有的桌子中，只有代表地中海的桌子旁围绕着椅子。

在《时间的大陆》的展览宣传册中，皮斯特莱托为我们提供了解读作品的线索：

《热爱差异》这个作品已经超出了对多样性的"包容"这个概念，直接进入到了情感的领域。《热爱差异》将艺术的普世性与政治的跨国性联系在一起，并将创作的范围锁定在地中海区域，因为这里是全球问题的一个缩影。[1]

总而言之，皮斯特莱托强调更多的参与性，强调一种带有情感的政治介入。艺术与社会是相互交错的，艺术是社会的见

---

[1] 米开朗基罗·皮斯特莱托：《时间的大陆》，巴黎，国立美术馆大会，里昂当代艺术馆展览册，2001年，第215页。

证，但同时艺术也能够确保实现一种适应现实社会境遇的人道主义。事实上，地中海的现实、未来以及理想中的过去都存在强烈的冲突，要知道这是一片接受的空间，一个以好客作为准则的空间，因为陌生人（xenos）可能是个潜在的神（theos）。

在波士顿购买了大卫·福斯特·华莱士的书之后，我跨过查尔斯河，去剑桥做了一场关于地中海的讲座。我谈到了这片水域的形状，以及几十年以来波及地中海沿岸国家无休止的战争[1]。波黑半岛、阿尔及利亚半岛、以色列半岛、巴勒斯坦半岛、黎巴嫩半岛、叙利亚半岛……2002年7月，就在皮斯特莱托设计《热爱差异》这个作品不久之前，摩洛哥和西班牙两个最不可能卷入战争的国家，差点为了一个荒芜的小岛[2]兵戎相见。

因此，皮斯特莱托在地中海形状的桌子旁边放了几把椅子。椅子也是各式各样的。像地中海一样，桌子是异质的、不规则的，皮斯特莱托的桌子和国际组织会议室中冰冷的、令人害怕的椭圆形桌子不一样。它不是在宣告全球化带来的统一性，相反，它是在控诉这种统一性。椅子代表了个体的多种多样的变体。在皮斯特莱托艺术基金会展出的版本中，桌子旁边围绕着

---

[1] 贝尔唐·韦斯特法尔：《地中海或者水的形状》，选自《生态区域：欧洲文学、文化与环境杂志》，2013年第2期，《地中海生态批评》，第15—29页，http://www.ecozona.eu/article/view/526。原文信息如下：Bertrand Westphal, «La Méditerranée ou la forme de l'eau», in *Ecozona, European Journal of Literature, Cultureand Environment*, 4, n°2, 2013 : «Mediterranean Ecocriticism», pp. 15–29, http://www.ecozona.eu/article/view/526.
[2] 这里所说的是佩雷希尔岛（Perejil Island）。这座岛位于距离摩洛哥海岸几百米的地方，是地球上为数不多的无人居住的岛屿。

二十多个座位，其中大部分是椅子。每一把椅子与旁边的椅子都不一样，椅子的材质也多种多样。有蒲团软座，有软垫长椅，还有地毯，这些座椅大部分是手工艺品。只有桌子上倒映出来的巴洛克风格的屋顶为这个装置增添了一些壮观的景象。你向往差异吗？那么不妨和这个装置一样，彰显折中主义吧。你的精神景观也应该如此，要热爱差异！

然而，地中海并不仅仅存在于两极对立之中。在这个空间中，文化从来没有停止过交融和混杂，新的文化在这里源源不断地产生。这样说，那些好战分子和排外分子也许会不高兴，因为他们一直将这里包裹在所谓的不可避免的敌对状态之中。《热爱差异》并不局限于呈现座椅，这是一个真正意义上的"装置"（installation），因为参观者可以在代表地中海的桌子旁落座[1]。皮斯特莱托又把他的展览搬到了位于威尼斯旁边的小城斯特拉（Stra）。在这个展览中，一群人安静地坐在椅子上，好像若有所思。经过反复思考后，他们才开口交谈，且相谈甚欢。一切都需要慢慢来。

观者眼前所见的，实际上是一种深刻的政治忧思的艺术化表达，以及对于21世纪艺术和艺术家所发挥的作用的思考。一切看上去都相互依存，并令人担忧。在人类的理解范围之外，一切都失去了节制。米开朗基罗·皮斯特莱托继续他的分析，

---

[1] 法语中，"落座"（s'installer）的名词是 installation，有"装置"之意。此处为作者的文字游戏。——译者注

并做出了如下点评：

  事实证明，传统的政治制度无法面对和处理当前文化转型内在的主要问题，这些问题既关系到整个社会的境遇，又与地球的物质环境息息相关。从此之后，西方世界需要求助于艺术和创造力，将它们视作最后一个可能的方法，来恢复对一切事物的掌控［……］艺术作为创造力最重要的表达途径，承担着社会责任，并且为地球文明新的发展指明了方向。政治并非艺术的身外之物，而是与它融为一体，并共享着相同的理念和运作机制。①

  皮斯特莱托为他的理念赋予了一种物质的外形。2007 年，他绘制了一幅新的地中海地图。这个地图没有在宫殿或者别墅中展出，而是选择了在那不勒斯的平民表决广场（Piazza del Plebiscito）露天展出。地图直接铺在了地上，长 50 米，呈现出一种荧光橘红色，吸引了大量游客驻足观赏。观众们不需要自言自语或者自己在一旁思考，大家都参与了进来。第一批装置所体现的对话理念已经初见成效。水已经不再给地方赋予实质内容，艺术家又回归了传统的制图方法：这一次，凹陷的部分

---

① 米开朗基罗·皮斯特莱托：《热爱差异展览》，http://galeriemezzanin.com/artists/michelangelo-pistoletto/texts/pistoletto-love-difference-manifesto，2018 年 5 月 10 日查阅。原文信息如下：Michelangelo Pistoletto, *Love Difference Manifesto*, in http://galeriemezzanin.com/artists/michelangelo-pistoletto/texts/pistoletto-love-difference-manifesto, consulté le 10 mai 2018.

为水域，凸起的部分是地中海沿线的国家。艺术家重新将关注的目光锁定在了国家和国家政治上。水域代表着梦想，当然对于那些偷渡移民来说，汪洋大海令他们感到害怕；而地面则是话语交汇的熔炉，是造型艺术家需要介入的地方。他告诉我们，创造力与社会责任并行不悖。

17. 米开朗基罗·皮斯特莱托：《热爱差异》，平民表决广场，那不勒斯，2007

值得注意的是，皮斯特莱托的艺术创作轨迹和他的理论分析是完美契合的。考察他的职业生涯便可证实这一点。几十年以来，他已经从抽象的时间的大陆过渡到了当今时代的物质化的地图。按照皮斯特莱托的话说，造型艺术应该向我们传递关于世界的知识。艺术家肩负着重重责任，而地图是他的工具。至于第三天堂，它依然有待我们探索。

漫步低语之丘

> "你拍摄的是废墟的残余。"
>
> ——安东尼·佛楼定[①]

让我们从一则其实称不上是趣闻的趣闻开始我们的巴伦西亚之行。2008年秋,我第一次拜访这座壮丽的城市,并在此之后常常回访这里。开车穿过街道的时候,我注意到了一个大型工地,这里正在建造的是巴伦西亚足球俱乐部的新体育场。彼时,工程正在如期展开。而到了2009年2月,该工程却正式宣告中止,体育场只建成了一半,或者三分之一,谁知道呢?就在我写下这些话的时候,工程仍未重启。危机来势汹汹,开发商虎视眈眈。俱乐部老板们考虑卖掉市中心的老梅斯塔利亚(Mestalla)球场来注资修建这座新的体育场。新的体育场位于市郊巴伦西亚法院大道上。尽管他们做出了许多承诺,但是新梅斯塔利亚体育场工程依然纹丝不动,整个建筑像一个粗壮的大水泥块。它仿佛是一个抽象概念,一个预示着可怕的失败的抽象概念:在建造的过程中,四名工人断送了性命。自2008年以来,我常在这个体育场近旁的大道上散步,尽管它称不上是

[①] 安东尼·佛楼定(Antoine Volodine, 1950—),当代法国作家。——译者注

体育场。它的轮廓和马诺罗·瓦尔德斯（Manolo Valdés）[①]的巨型雕塑作品《伊比利亚夫人》（*Dame Ibérique*）一样，让我感到熟悉。在新梅斯塔利亚工程动工前的几个月，这座雕塑刚刚落成，离体育场只有一个圆形广场之隔。这个象征着女性的蓝色雕像和灰色混凝土幽灵之间有什么联系呢？也许它们关系很友好。在危机后的建筑世界里，往往会出现影子戏法。

*

汉斯·哈克[②]在马德里的巴列卡斯区（Vallecas）一定也有相同的感觉。恩桑切（Ensanche）是那里最新建成的街区，正如其西班牙语含义一样，它是一个"延伸城区"。然而街区并不见熙攘的人潮，鬼魅的气息到处蔓延。这里的人口还不到两万，而整个巴列卡斯区却足有三十多万人，居民数量远远低于预期。恩桑切街区的建造计划始于20世纪90年代，那时人们热情高涨，他们谈论的不是发家致富，而是实现自己的雄心壮志。没有人预料到不动产泡沫有一天会破裂，这种想法简直是异端邪说。在那个年代，不爱国的行为会受到猛烈的抨击。大家把城市规划和建筑看作精确的科学，认为改造环境的行为是合情合理的。国家经济、投资者的钱袋、政治家的利益都变成了房地

[①] 马诺罗·瓦尔德斯（Manolo Valdés, 1942— ），西班牙艺术家。——译者注
[②] 汉斯·哈克（Hans Haacke, 1936— ），概念艺术家，出生于德国科隆，现于美国纽约工作。——译者注

产开发的赌注。

现在让我们跟随汉斯·哈克的脚步，告别90年代。2011年，这位伟大的艺术家在恩桑切街区看到的是一片荒凉的风景，如同酩酊大醉之后第二天醒来的状态：

> 在我参观马德里期间，我在郊区看到一些只建了一半的建筑。巴列卡斯区的恩切桑是个荒芜地带，不见商铺，不见酒吧，只有寥寥几个行人，我们可以说此处是城市的废墟。[1]

他有些言过其实了，但也不是全无道理。他乘坐小卡车缓缓穿过恩桑切街区的街巷，用摄像机记录下了城区的影像，并用相机拍摄了两千张照片。这段影像和这些照片便是最好的证明。2012年2月到7月，影片和照片在索菲娅王后国家艺术中心博物馆（Reina Sofía）展出。影片投射在三十五米长的大屏上，覆盖了整整一面墙。场景闪过，我们仿佛在观赏一场骷髅舞，死神带领着那些矗立在街区的建筑起舞，它们被无用的脚手架吊着，瘦骨嶙峋，没有墙壁的庇护，就好像一群骷髅。哈克拍摄的照片则贴在另一面墙上。在一个展厅中央，一张张纸被看不见的线串起，在风扇的吹动下微微颤抖，显得很脆弱。这些纸实

---

[1] "汉斯·哈克在巴卡列斯的恩桑切街区建造'空中城堡'"。原文信息如下：Hans Haacke construye "Castillos en el Aire" en el Ensanche de Vallecas, https://www.europaperss.es/cultura/exposiciones-00131/nocia-hans-haacke-construye-castillos-aire-ensanche-vallecas-201202141456655.html, 2017年2月23日查阅。

际上是登记在册的房地契和抵押贷款书，其中夹杂着广告和高级企划书，上面点缀着浓荫绿树和闪亮的长椅。可以说，这些是悬挂在空中的城堡。顺带一提，展览的名字正是《空中城堡》（*Castillos en elaire*）①。在法语中也有一个出处不明的类似短语："在西班牙建城堡"，意思是抱有不切实际的幻想。而让—拉封丹（Jean La Fontaine）也在他的寓言故事《送奶工和奶罐》（*La Laitière et le Pot au lait*）中发出这样惊讶的感慨："谁没有建造过空中楼阁？"②而在德语（即汉斯·哈克的母语）中，Luftschloss一词也表达了相同的含义，直译过来恰好是"空中的城堡"。

18. 汉斯·哈克：《空中城堡》，索菲娅王后国家艺术中心博物馆，马德里，2012

---

① 《空中城堡》，曼纽埃尔·博尔哈—维勒、诺拉·阿尔特、玛莎·布思基克、韦森斯·纳瓦罗、希尔维亚·埃赫罗主编，马德里，索菲娅王后国家艺术中心博物馆，2012年。原文信息如下：*Castillos en el aire*, catalogue d'exposition, Manuel J. Borja–Villel, Alexander Alberro, Nora M. Alter, Martha Buskirk, Vicenç Navarro, Silvia Herrero (éd.), Madrid, Museo Nacional Centro de Arte Reina Sofía, 2012.
② 让—德·拉封丹：《送奶工与牛奶罐》，选自《拉封丹寓言》第二编，第七章，第10页。原文信息如下：Jean de La Fontaine, «La Laitière et le Pot au lait», Fables, second recueil, VII, p. 10.

2017年，索菲娅王后国家艺术中心博物馆举办了另一个展览，名为《虚构与领土：用艺术来思考世界的新理由》(*Ficciones y territorios. Arte para pensar la nueva razón del mundo*)，哈克拍摄的多幅照片在这个展览中亮相。我去参观了展览，并深受那些照片的触动。汉斯·哈克是一位独特的艺术家，任何见过他作品的人都不可能无动于衷。他的学术生涯基本是在纽约的库伯高级科学艺术联合学院（Cooper Union）度过的，这是美国为数不多的免收学费的学校。哈克对社会问题的介入从未动摇。正如展览《空中城堡》所呈现的，他的作品鲜明地展现了对社会或经济问题的关注。哈克曾与皮埃尔·布尔迪厄（Pierre Bourdieu）[①]共事。确切来说，他们一起出版了对话录《自由交流》(*Libre-échange*，1994)，在书中谴责了重商主义的种种害处。尽管如此，哈克总是极力避免采取说教者的姿态，而是把判定事物尺度的权利交给观众。也正因如此，他在展览上如实呈现了所拍摄的街道和建筑，并不发表评论，不做任何解说，也不传达任何信号。他尽量让图像自己发声，并且通过图像激发观者批判的声音。实际上，图像也不必大声吵嚷，只需低声细语即可，它交由观众去构思情节、设计话语。在此过程中，哈克赞颂了自由意志，而这正是自称以民主为荣的社会时常嗤

---

① 皮埃尔·布尔迪厄（Pierre Bourdieu, 1930—2002），法国著名社会学家、人类学家和哲学家，提出"惯习""资本""场域"等概念，对资本主义社会进行了深刻批判。——译者注

之以鼻的东西。汉斯·哈克本人在索菲娅王后国家艺术中心博物馆的折页宣传册上写下了这样一句话："一个民主社会必须鼓励批判性思维，包括不断的自我批评。否则，民主将难以为继。"

民主能在巴列卡斯的恩桑切街区继续存在下去吗？我的意思是平和地继续存在下去吗？哈克的照片透露出怀疑的态度。承诺难以得到兑现，宣称制度公平的保证也仍是空言。"待售"，在四面透风的围篱下，一个纸板上如是写着。"机会'只此一次'。"纸板上又写道。这一用词是如此夸张，谎言都不加掩饰，甚至可以称得上是某种程度上的诚实：人们坚信必须要给"只此一次"加上引号，就像这是一句引语——引用了上千个相同纸板上的话，所有纸板上的内容都同样含糊。一切都在虚幻和无力的氛围中发展。有些时候，人们能看到几栋完整的建筑，但更多时候，只能看到大概是建筑骨架的东西，是由恒久不变的混凝土和金属制成的。风景裹挟在灰暗之下，笼罩着一层铁锈色。尽管天空湛蓝，但是这些空中城堡却让空气显得不太洁净。我们正处在一个拥塞都市的边缘。这里只有一套路标牌。你如果想在废墟里走动走动，最好还是遵循路标的指示行动，否则你可能被处以罚款。这一切是因为有国家存在。

这种凄惨的境况从多个方面揭示了地方政府的虚伪，这种虚伪性表现在地方政府介入的方方面面。汉斯·哈克曾对艺术史教授朱莉·哈默（Julie Ramos）透露，1968年他曾想重建布鲁克林的格林堡公园，当时公园的环境十分糟糕。他的想法是交替建造规划区和自由区："我希望野生植被不受拘束地自由生长，风和鸟粪会带来植被的种子。"这是一种非常环保的想法，即便并不符合纽约公园管理部门的审美。"我预想到，这里很快就会被废纸、包装袋和缠在树枝与灌木上的塑料袋弄得乱七八糟。这并不是一个理想的画面！"这个画面不太环保，但这也说明了城市空间的本质，它是一个由井然有序的装饰区和无人照管的荒地组成的混合体。哈克简洁地总结道："我的建议从未变为现实。"[1]在马德里，人们给开发商大肆改造城市环境的权力。而在纽约，人们却阻挠一位艺术家，因为他想帮助一个公园摆脱人工的矫饰，返璞归真。

在汉斯·哈克拍摄的另一张关于马德里的照片中，无数凭空冒出的氧化金属架笔直耸立，十分显眼。在建筑前面，能辨别出一棵病恹恹的树。这是因为拍照时是冬天吗？还是因为树已经死了？我想起了《国家报》(*El País*)刊登的关于2012年2月展览的评论的标题：《末日的延伸》(*El ensanche del fin del mundo*)[2]。是什么的末日或边界？是地理意义上的吗？还是建筑的？是城市规划的？本体上的？末世论的？另一段记忆浮现。在巴伦西亚逗留期间，我撰写了论集《可能性的世界》。在书

---

[1] 汉斯·哈克、娜塔莉·布朗、朱莉·哈默：《生态造型：艺术和环境》，巴黎：曼纽尔拉出版社，2010年，第187页。原文信息如下：Hans Haacke, Nathalie Blanc et Julie Ramos, *Écoplasties. Art et environnement*, Paris, Manuella Éditions, 2010, p. 187.
[2] "El ensanche del fin del mundo"中的"ensanche"一语双关，既有"扩展""延伸"之意，也指恩桑切街区。——译者注

中，我描述了在意大利帕埃斯图姆城发现的一个石棺盖。盖子上描绘的是一个人登上柱子顶端蓄力跳水的情景。也许这是世界末日的标志。一棵瘦弱的树使这幅图画变得完整。这个跳水者摆出来如此完美的姿势，他想跳入哪里呢？是要跳进大海，还是投身虚无，抑或遁入死亡？没人知道答案。但无论如何，恩桑切街区的树似乎已经和意大利石棺盖上的图案融为一体，成为世界末日的标记。

*

发生在巴列卡斯区的事令人震惊，但并不罕见。虚构作品不断探索这种既虚拟又物质的现实。很多人都看过哈维尔·巴登（Javier Bardem）和玛丽亚·梅黛洛（Maribel Verdú）主演的电影《猛男情结》（*Huevos de oro*）[①]。这部电影是导演比格斯·鲁纳（Bigas Luna）在安达卢西亚地区拍摄的，当时是1993年，正值城市化发展最繁荣的阶段，但开发商们并未从中获利。也有人读过伟大的小说家拉法埃尔·奇尔贝斯（Rafael Chirbes）[②]的作品《火化》（*Crematorio*）。这本小说出版于2007年，也就是

[①] 在法国，这部电影的名字被翻译成了毫无想象力的《大男子主义》（*Manch*）。电影原片名 *Huevos de oro* 实际上是个文字游戏，它自然有"金制睾丸"的意思，但也指投资者们酷爱的母鸡的"金蛋"。

[②] 拉法埃尔·奇尔贝斯（Rafael Chirbes，1949—2015），西班牙著名小说家，代表作《火化》《在岸边》等。——译者注

房产泡沫破灭之际。作者用尖锐的笔调描绘了巴伦西亚地区一个饱受房地产投机摧残的假想小城。让我们回到"现实"中来。萨拉格萨大学建筑系教授贾维尔·蒙克鲁斯（Javier Monclús）曾为索菲娅王后国家艺术中心博物馆的展览写过这样几句话：

说到底，巴列卡斯的恩桑切街区不过是点缀在西班牙城市新郊区的众多住宅区之一。就算这些地方的建筑能完工，也全然没有城市生活的气息。这里的景象就像地产热潮中的某些标志一样，与其说充满了超写实主义的色彩，不如说它们整齐划一、平平无奇，到处被空地侵占。新建起来的楼房位置偏僻，往往无人居住。入住率的提升极为缓慢。[1]

贾维尔·蒙克鲁斯又举了几个西班牙鬼城的例子，包括托雷多省的塞塞尼亚市（Seseña）、萨拉戈省拉穆埃拉市的高尔夫市（Ciudad Golf）以及瓜达拉哈拉省的瓦尔德鲁兹市（Ciudad Valdeluz）。2016年，瓦尔德鲁兹的居民不到2500人，这与预期的30000人有不小差距。塞塞尼亚的例子也颇具代表性。这个小镇位于卡斯蒂利亚—拉曼恰自治区，离马德里很近，在内战期间惨遭破坏。弗朗哥政权曾决定在距小镇四千米远的地方建造

---

[1] 贾维尔·蒙克鲁斯：《空中城堡：房产泡沫后的城市风景》，2012年2月21日发表，2017年2月25日查阅。原文信息如下：Javier Monclús, «Castillos en el aire. Paisajes urbanos después de la burbuja inmobiliaria», 21 février 2012, http://urbanismouz.blogspot.fr/2012/02/castillos-en-el-aire-paisajes-urbanos.html, consulté le 25 février 2017.

一座新城，即新塞塞尼亚。然而计划失败了，人们坚定地选择留在老城这个历史中心。此后，也是在老塞塞尼亚，由弗朗西斯·埃尔南多（Francisco Hernando）①在埃尔奎农建造的住宅区成为了颓败的象征。如果说恩桑切街区基本算建成了的话，那么埃尔奎农的项目则完全是另一回事。这里最终成了一座鬼城，人们甚至忘记为城区供水。直到2016年5月，它才因一场火灾重回大众视野：城区里一个存有五百万个轮胎的非法仓库着火，造成了西班牙近些年最严重的环境灾难之一。尽管上述的例子都发生在伊比利亚半岛，但这种惨剧并非只发生在西班牙。

*

任何一位地名学专家都会同意以下观点：作家和画家是街道名称的重要供名者。青少年时期，我住在居斯塔夫·福楼拜街，成年时搬到了洛伦泽蒂②街，再大一些时又住在保罗·塞尚③街。我们可能都遇到过标着维克多·雨果或巴勃罗·毕加索大名的搪瓷路牌。如果你去弗朗西斯·埃尔南多住宅区逛一逛，

---

① 弗朗西斯·埃尔南多（Francisco Hernando, 1945—2020），西班牙房产开发商，曾主持塞塞尼亚的建设项目，承诺建造13500套住宅，但在房地产泡沫破裂后随即离开西班牙，只留下未完成的项目。——译者注
② 安布罗乔·洛伦泽蒂（Ambrogio Lorenzetti, 1290—1348），意大利画家。——译者注
③ 保罗·塞尚（Paul Cézanne, 1839—1906），法国后印象主义画派画家，被誉为"现代绘画之父"。——译者注

迷失地图集：地理批评研究
Atlas des égarements. Études géocritiques

你会发现一些以伦勃朗、苏巴朗或达芬奇的名字命名的街道。但你肯定没在以这些名字命名的街上走过：具象艺术街、表现艺术街、抽象艺术街、概念艺术街、极简艺术街、波普艺术街，以及超写实艺术街。如果你在这样的街上散过步，那承认吧，你喜欢在恩桑切散步。因为在全世界范围内，只有那里才有叫这种名字的街道。这些街道自然也逃不过汉斯·哈克的镜头。《华尔街日报》的西班牙语版是这样描述索菲娅王后博物馆中的一个展厅的：

  相邻的空间里放着不同艺术家的作品，以展现街名所对应的艺术风格。因此，概念艺术街与约瑟夫·科苏斯（Joseph Kosuth）[①]的代表作《一把和三把椅子》（One and Three Chairs, 1965）放在一起，波普艺术街与安迪·沃霍尔（Andy Warhol）[②]的《刀》（Knives, 1982）联系在一起，超写实艺术街与理查德·埃斯蒂斯（Richard Estes）[③]的《电话亭》（Telephone Booths, 1967）放在一起，奇利达（Eduardo Chillida）[④]街则伴随着西班牙北部城市圣塞巴斯蒂安的同名雕塑家的作品《拓扑斯一号》

[①] 约瑟夫·科苏斯（Joseph Kosuth, 1945— ），美国著名概念艺术家，概念艺术和装置艺术先驱。——译者注
[②] 安迪·沃霍尔（Andy Warhol, 1928—1987），美国艺术家，兼剧作家、出版商、电影制片人等多重身份，是波普艺术的领军人物。——译者注
[③] 理查德·埃斯蒂斯（Richard Estes, 1932— ），美国超写实派画家。——译者注
[④] 爱德华多·奇利达（Eduardo Chillida, 1924—2002），西班牙雕塑家。——译者注

(*Topos I*，1984）。还有安东尼奥·洛佩斯·加西亚（Antonio López Torres）[1]（具象艺术街）、唐纳德·贾德（Donald Judd）[2]（极简艺术街）、本杰明·帕伦西亚（Benjamím Palencia）[3]（瓦列卡斯画派街）、乔·贝尔（Jo Baer）[4]（抽象艺术街）以及马克斯·佩希斯泰（Max Pechstein）[5]（表现艺术街）的作品。每件艺术作品旁边都附有一张哈克在相关街道上拍的照片，以及一些关于该街道上的建筑的信息。[6]

也许是为了纪念由西班牙画家阿尔贝托·桑切斯·佩雷斯和本杰明·帕伦西亚于1927年创立的巴列卡斯画派，人们才用20世纪的主流艺术形式为恩桑切的街道命名。这相当滑稽。实际上，20世纪30年代，巴列卡斯画派主张的是回归到以梅塞塔

---

[1] 安东尼奥·洛佩斯·加西亚（Antonio López Torres，1936— ），西班牙具象主义画家、雕塑家。——译者注
[2] 唐纳德·贾德（Donald Judd，1928—1994），美国艺术家，极简主义重要代表人物。——译者注
[3] 本杰明·帕伦西亚（Benjamím Palencia，1894—1980），西班牙画家，以描绘卡斯蒂利亚地区的风景闻名。他与雕塑家阿尔贝托·桑切斯·佩雷斯（Alberto Sánchez Pérez，1895—1962）一同创建了前卫艺术团体——巴列卡斯画派。该画派主张回归自然，作品混杂野兽派、立体派和超现实主义元素，表达深厚的民族情感。——译者注
[4] 乔·贝尔（Jo Baer，1929— ），美国极简主义设计师、画家。——译者注
[5] 马克斯·佩希斯泰（Max Pechstein，1881—1955），德国表现主义画家，"桥社"主要领导者。作品用色大胆，个性鲜明，不追求准确描绘客观对象，而是色彩变化、画面动感等。——译者注
[6] "汉斯·哈克：空中城堡。2012年2月14日至6月23日于马德里索菲娅王后博物馆"，《华尔街日报》国际版。原文信息如下：«Hans Haacke : Castillos en el aire. 14 de Febrero – 23 de Julio 2012 al Museo Reina Sofía, Madrid», in *Wall Street International*，https://wsimag.com/er/arte/1478-hans-haacke-castillos-en-el-aire.

高原为象征的干旱的自然环境中去，也就是再现纯粹的自然景观。这一灵感源自佩雷斯和帕伦西亚在巴列卡斯区的一次散步。从某种意义上说，巴列卡斯的恩桑切是建筑中的梅塞塔高原。而超写实艺术街可被视作整个工程的缩影。如果在谷歌地图上观察恩桑切区的轮廓，你会发现一条寂寂无人的街道暴露在没有云彩的天空下。在这个毫无人类存在痕迹的环境里，依稀可辨认出一个男人正牵着他的狗小心翼翼穿过人行横道。这不就是超写实艺术的风格吗？

巴列卡斯的恩桑切区突出了艺术、建筑与城市规划间关系的易变性。哈克所发现的一切令他感到震惊，他深深感受到了这里荒凉的气氛。但在西班牙的塞塞尼亚，在欧洲其他国家以及在欧洲以外，还有比这更糟糕的情况。如果没有这些浮夸的街道名称的话，哈克的摄影和装置作品也许少了些令人惊慌失措的魅力。我们为20世纪的艺术赋予了命名街道的任务，但是却惨遭失败。要将毫无艺术性的东西转化成艺术品，简单地把艺术宣之于口是远远不够的。人们可能会像哈克、其他概念主义艺术家以及波德莱尔那样，认为在艺术中一切都值得表现，但很显然，恩桑切街区的开发商们并不关心这些理由。恩桑切街区本应是现代的，甚至是超现代的。但最终结果却令人失望，事实上，一切近乎荒唐。无论是观看哈克拍摄的照片还是亲自走在恩桑切的街头，也不管自2011年、2012年以来情况是否有所改变，人们心中涌动的情感总是复杂的。毫无疑问，《巴列卡斯城市改造计划》是一个野心勃勃的计划。为实现宏图愿景，开发商认为有必要叨扰一下概念艺术、极简艺术、波普艺术等艺术流派。但是，一旦成为城市规划的灵感之源，建筑与现代艺术间的纽带就注定要悲惨地断裂吗？答案并不确定。或许只有被用于满足开发商和政客荒唐浮夸的美梦时，纽带才会断开。在巴列卡斯的恩桑切街区，只此一次的机会已失去。"真是浪费！"这就是我看到哈克的照片时的第一个念头。

*

让我们离开马德里，回到巴伦西亚，漫步于纪廉·德·卡斯特罗[1]大街（Avenida Guillén de Castro）。这条路通向巴伦西亚现代艺术馆（IVAM）。在路上，我们会碰到塞万提斯的铜像。铜像出自雕塑家马利亚诺·本鲁雷（Mariano Benlliure）之手，精致美观。雕像上的堂吉诃德站在一堆骑士小说上，在肩上扛起一座塞万提斯的半身像。这是否意味着人物创造了他的作者？文学在城市空间中留下了印记，但其原型全都来自经典文学。纪廉·德·卡斯特罗、塞万提斯……人们几乎不敢离开文学典籍的范围。现在，我们终于到达了巴伦西亚现代艺术馆。2016年5月至2017年6月底，这里举办了一场令人为之精神振奋的展

---

[1] 纪廉·德·卡斯特罗（Guillén de Castro，1569—1631），文艺复兴时期的西班牙剧作家。——译者注

览：《迷失于城市：馆藏中的城市生活》(*Perdidos en la ciudad. La vida urbana en las colleciones del IVAM*)。城市、书籍、当代艺术以及建筑相互交织，讲述着人们如何"迷失于城市"。走进第一个展厅，你会看到一串挂在线上的书，有点像索菲娅王后国家艺术中心博物馆里展出的那一连串的地契。悬挂着的书都是与城市相关的小说。其中断然少不了卡尔维诺和乔伊斯的作品，当然也有苏科图·梅塔（Suketu Mehta）[1]、拉法埃尔·奇尔贝斯、里卡多·皮格利亚[2]等作家的作品。而在下一个展厅中，你能读到一些悬挂在空中的作品节选。其中的一段话像恩桑切的街道名一样，使我陷入了沉思，但引发我思考的原因却有所不同：

邻近的城市逐渐开放，有了铁路、太阳能路灯和被弃用的机器人，就好像它从建构之初就充满了可能性，总是面向未来。尚未存在的东西定义了世界的建筑。

未来的城市被归入一个空洞的或者说缺席的建筑中，即一个受叙事结构和文学框架制约的非物质的建筑。这难道就是文学和建筑间可能存在的交集吗？汉斯·哈克的作品记录的是一种崩塌，一种抗议，一种对城市规划浩劫后的悲叹。哈克质疑

---

[1] 苏科图·梅塔（Suketu Mehta, 1963— ），美国移民记者、作家，出生于印度，代表作《孟买：欲望丛林》等。——译者注
[2] 里卡多·皮格利亚（Ricardo Piglia, 1940—2017），阿根廷作家、文学评论家，代表作《人工呼吸》《缺席的城市》等。——译者注

的是滥用艺术的行为：看看恩桑切的那些街道名吧！艺术在这里只是为了给一项厚颜无耻或不切实际的计划装点门面。上面那段引自里卡多·皮格利亚的话透露的言下之意则更为微妙。文学和艺术的介入并非发生于现实事件之后，而是之前。它不是揭露，而是宣告。未来的建筑也许已在今日的城市中萌芽，在潜在性中得以自我表达。除了讲述故事、进行文学创作或拍摄影像，还有什么更好的方法进行介入吗？情况真是这样吗？这就是皮格利亚或选择展示这段文字的人想要表达的吗？

在博物馆参观时，我对皮格利亚的文学创作和文学批评所知甚少。他是阿根廷上一代的伟大作家之一，他的作品极具多样性特征。皮格利亚甚至创造了一个名为"伦齐"的虚构自我，让他替自己在书中发声。2017年1月6日，就在我的博物馆之行的几天后，皮格利亚去世了。这则死讯触动了我。我开始读他的《缺席的城市》。巴伦西亚现代艺术馆展览中摘录的那段话正是出自这本小说。其实，摘录的内容并不完全符合小说正文，它是由两个单独的句子组合而成的[①]，但这无关紧要。故事或多或少发生在布宜诺斯艾利斯。之所以说"或多或少"，是因为在故事中，我们处在现实的边缘，有时甚至处于超写实的情景中，进入了反乌托邦的维度。记者朱尼尔（Junior）在调查一个奇特

[①] 里卡多·皮格利亚：《缺席的城市》，由弗朗索瓦·米歇尔·杜拉左译自西班牙语，巴黎：祖尔玛出版社，2009年，第145页："邻近的城市逐渐开放，有了铁路、太阳能路灯和被弃用的机器人，就好像它从建构之初就充满了可能性，总是面向未来的……"；第146页："尚未存在的东西定义了世界的建筑。"

的物件——一台翻译机。它由马赛多尼奥·费尔南德斯（Macedonio Fernández）[1]设计而成，这位作家在大西洋这边鲜为人知，但在阿根廷文学史上却占有特殊地位。这台机器在国会后面的公园博物馆里展出[2]。不管怎么说，正如马赛多尼奥的化身所解释的，这台机器能做的可不只是翻译：

"我们最初希望能有一台翻译机器，但现在得到的是一台能加工故事的机器。"它能抓住主体的双重性并将其表达出来。"它尽可能地自我调节。它以现存的和似乎已丢失的事物为原料，将其重塑为另一样东西。生活就是这样在继续。"[3]

历史上真正的马赛多尼奥·费尔南德斯曾影响了他的朋友博尔赫斯。马赛多尼奥·费尔南德斯已成为传奇，马赛多尼奥这个名字更是经常出现在阿根廷作家的作品里。里卡多·皮格利亚笔下的马赛多尼奥发明了故事机器，想借此保存他心爱的故去妻子埃莱娜·德·奥比塔（Elena de Obieta）的声音和记

---

[1] 马赛多尼奥·费尔南德斯（Macedonio Fernández，1874—1952），阿根廷作家、哲学家，被称为博尔赫斯等阿根廷先锋派作家的精神导师，文中人物的名字即取自他。——译者注
[2] 马赛多尼奥·费尔南德斯写过一本名为《永恒小说博物馆》(*Museo de la Novela de la Eterna*)的小说。这本小说于1967年，也就是在作者去世15年之后出版。1993年，由让—克劳德·马松（Jean-Claude Masson）翻译的法语版 *Musée du Roman de l'Éternelle* 在伽利玛出版社出版。译者在序言中指出，这本书堪称"马赛多尼奥的《追忆似水年华》，是他的一生之作"（第V页）。
[3] 里卡多·皮格利亚：《缺席的城市》，由弗朗索瓦·米歇尔·杜拉左译自西班牙语，巴黎：祖尔玛出版社，2009年，第47页。

忆。在现实生活中，她刚要跨过四十岁的门槛，就不幸去世了。但很难想象这台机器只能不断重复录入的内容，仅仅满足于做简单的复述。如果这样的话，那就太令人失望了。在中央处理器的作用下，这个奇特的留声机开始自动产出故事。这引起了当地军政府的恐慌。皮格利亚写这本小说时正值1992年，军事独裁留下的伤口尚未愈合①。在缺席的城市中笼罩着偏执而狂妄的气氛，思考和叙述会带来极大的风险。庇护所遍寻不见。如同策划一场阴谋一样，当局编造出一种新病症：思想解放会使人患上"精神分裂症"②。不断有人被抓走，精神病医院爆满。

记者朱尼尔的调查行动近乎迷狂。他很快就意识到他接触的一些人正在寻找一种神秘的语言，这种语言综合了所有的语言，并可以不断自我更新。据传，在阿根廷布宜诺斯艾利斯北部巴拉那三角洲的蒂格雷市里，有一座沼泽岛屿，那里还存有这种语言的遗迹。朱尼尔没法理清身边的所有谜团，但里卡多·皮格利亚试图为读者们扫除理解障碍，铺平道路。人们很快就能看出，这座岛屿其实是詹姆斯·乔伊斯作品《芬尼根的守灵夜》（*Finnegans Wake*）中都柏林的虚幻投影，象征着语言游戏，蒂格雷的岛民将乔伊斯的这本书奉为圣书。整座岛浸润

---

① 1976年，豪尔赫·拉斐尔·魏地拉（Jorge Rafaél Videla, 1925—2013）通过政变成为阿根廷总统，开始了残酷的独裁统治。据统计，军事独裁期间（1976—1981），阿根廷有近三万人被杀或失踪，整个国家陷入白色恐怖中。——译者注
② 里卡多·皮格利亚：《缺席的城市》，由弗朗索瓦·米歇尔·杜拉左译自西班牙语，巴黎：祖尔玛出版社，2009年，第111页。

在利菲河的河水中，但在现实中利菲河应当在都柏林而非在布宜诺斯艾利斯周边流淌。对《缺席的城市》一书的概要到此为止，我不会再做进一步探讨。整本书的故事情节就是一块后现代拼图，体现出了极大的互文性。让我们还是回到我们感兴趣的问题上来：艺术、文学和建筑间的关系。马赛多尼奥发明的机器的真正价值在于它源自一个错误："从一开始，机器就出错了。"[1]机器讲的并不是它应该讲述或者重复的话。它偏离了正轨，而正因为它受到了难以预测之物的影响，故事才得以保持创造力。最初的错误导致了微小的偏差，话语因此从中产生。吉尔·德勒兹可能会说，这是"差异性重复"，或者就像皮格利亚笔下的马赛多尼奥所评价的，这是"虚构类作品的潜在核心"[2]。接下来，故事飞速发展，摆脱了包括中央政权在内的一切控制。叙事不再受缚，成了自由意志的表达。因为不是所有的东西都符合预期和既定秩序，事实甚至正好相反："真实是由可能性（而不是由实际的存在）定义的。真相与谎言间的对立应被可能和不可能的对立取代。"[3]正如小说人物之一史蒂芬·史蒂芬森（Stephen Stevensen）所认为的那样，对周遭环境产生影响意味着操控真相，就好像一个微小的人工制品用毫米的精

---

[1] 里卡多·皮格利亚：《缺席的城市》，由弗朗索瓦·米歇尔·杜拉左译自西班牙语，巴黎：祖尔玛出版社，2009年，第115页。
[2] 同上。
[3] 同上。

确度丈量世界的秩序一样。"[1]在皮格利亚的小说里，在缺席的城市里，在故事的迷宫中，人们试图拆解唯一的真相与世界间的联系。生活不是以毫米为单位精确校准的地方，而是向对话和交流开放的理想的空间。如果说叙事构筑了一座房屋，那么居于这所房屋之中的是一个面向未来或过去的充满可能性的世界，但无论如何，它仍处于现在的庇护中。没有人有义务将这座房屋纳入一个处处被规划的世界里，一个充满着条条框框的世界里。我们知道，在埃莱娜过世之后，马赛多尼奥·费尔迪南多被绝望压垮了。他设计了故事机器，但作为一名小说家，他不善于把他的设计付诸实践，于是转而求助神秘的工程师、机器人制造专家埃米尔·鲁索（Emil Russo）："鲁索希望能为他建造一个与他的幻想一致的世界，这样他就能快速回到过去。他为他构筑了一个现实，一个可供马赛多尼奥居住的房子。"[2]作家隐居在这栋由文字和幻影编织而成的屋子里消化悲伤，停留在充满着怀旧之情与思念心爱之人的气氛的空间里。

　　如何构想一个丝毫不受具体的时间性影响的建筑呢？如何构想一个对现在和将来都无动于衷的建筑呢？实际上，将明显带有虚构特质的作品和建筑放在同一个维度相提并论并非为后现代主义所独有。古希腊罗马时期的演说家已经会建造"记忆

---

[1] 里卡多·皮格利亚：《缺席的城市》，由弗朗索瓦·米歇尔·杜拉左译自西班牙语，巴黎：祖尔玛出版社，2009年，第116页。
[2] 同上，第138页。

宫殿"，他们的目的是借助建筑方面的隐喻来组织已经习得并且记住的知识。依纳爵·罗耀拉（Ignace de Loyola）[1]在其《神操》（*Exercices spirituels*）的第47篇中曾描述过"场所构建"（compositio loci）的祈祷方法，我在《可能性的世界》[2]一书中已对此有过评价。这位耶稣会的创始人写道："对此，需要指出的是，在所有对物质现实（réalité corporelle）的静观或冥想中，比如对基督的冥想中，我们应当在某种想象的视阈下，想象出所静观的实在地点。"[3]冥想体现了一种规划精神世界的努力。祈祷者必须产生"某种想象的视野"[4]并借此塑造我们如今称之为"心灵风景"（mindscape / paysage mental）的东西。这种做法已经具有了巴洛克美学的色彩。

*

对文学和建筑的评论能否共存？当然可以，前提是将这些评论置于跨学科的视阈中，并且尊重各自的特性。正如保罗·

---

[1] 依纳爵·罗耀拉（Ignace de Loyola，1491—1556），西班牙贵族、天主教耶稣会创始人，其作品《神操》为耶稣会的精神修炼纲领。——译者注
[2] 贝尔唐·韦斯特法尔：《可能性的世界：空间、地方、地图》，巴黎：子夜出版社，2011年，第61—62页。
[3] 依纳爵·罗耀拉，《神操》，由让—克劳德·居伊译自拉丁语，巴黎：塞伊出版社，"观点"丛书，1982年，第69页。原文信息如下：Ignace de Loyola, *Exercices spirituels. Texte définitif*, traduit du latin par Jean-Claude Guy, Paris, Seuil, coll. «Points», 1982, p. 69.
[4] 依纳爵·罗耀拉：《神操》，由让—克劳德·居伊译自拉丁语，巴黎：塞伊出版社，"观点"丛书，1982年，第69页。

利科（Paul Ricœur）①这位偶尔居住于缺席的城市中的公民所指出的，文学是"可能性的实验室"（laboratoire du possible）。我不厌其烦地引用这句箴言。而马赛多尼奥也许会谈到"未来形式的不确定空间"②。文学中没有任何预制之物，它是实验场，实验成功与否要视具体情况决定。这个实验室勾勒出了众多可能的世界，不多也不少。因此，它叙述的故事有时先于建筑的形态而存在。"尚未存在之物定义了世界的建筑"，在巴伦西亚艺术馆那有关迷失城市的展览上，投影墙上出现了这样的句子。尚未存在之物可以通过文学形式表达。有时小说内容会走在城市和建筑前面。缺席的城市其实是城市的城市。它直接诞生自小说文本，来源于叙事，就像伊塔洛·卡尔维诺笔下看不见的城市，詹姆斯·乔伊斯笔下各种各样的都柏林一样，或者谁知道呢，也许还像巴列卡斯的恩桑切。里卡多·皮格利亚补充道：

  故事只不过是世界秩序在纯语言层面的再现。如果生活仅是由词语构成的，那故事就是对生活的复制！但生活并非仅由词语构成，不幸的是，它还包含实体，也就是说，正如马赛多尼奥所说，生活由疾病、痛苦和死亡构成。③

---

① 保罗·利科（Paul Ricœur, 1913—2005），法国著名哲学家、阐释学家，代表作为《弗洛伊德与哲学：论解释》《解释的冲突》等。——译者注
② 里卡多·皮格利亚：《缺席的城市》，由弗朗索瓦·米歇尔·杜拉左译自西班牙语，巴黎：祖尔玛出版社，2009年，第69页。
③ 里卡多·皮格利亚：《缺席的城市》，由弗朗索瓦·米歇尔·杜拉左译自西班牙语，巴黎：祖尔玛出版社，2009年，第163页。

文学能提供的于是到此为止。生活中有一些完全具体的东西，它不仅容纳了有关疾病或城市废墟的话语，还将其原原本本地展现出来，展现它们的粗俗，展现它们的物质性。有时，宅子、大楼和城市从小说中获得灵感，呈现文学作品所揭示的世界的建筑。但无论如何，我们所处的世界是可以感知和触碰的世界。建筑师肩负着重要的职责，即确保事物必须的物质性。

*

让我们回过头来再看汉斯·哈克的作品。我重点介绍了他最近的一些作品，但这位艺术家已经活跃很久了。1969年，他最著名的艺术装置之一《青草生长》(*Grass Grows*) 落成。《青草生长》是一个覆盖着青草的土堆，该装置后来被送到德国汉堡、纽约的伊萨卡城、巴塞罗那附近的马托雷尔等地进行展出。这个不起眼的土堆只有两三米高，像一座小岛，让我们联想到里卡多·皮格利亚书中的岛。它是幸福的，还是不幸的？我们无从知晓。但那土堆就在那里。它努力抵抗着周遭生态系统受到的冲击。汉克希望这块脆弱的土地能撑过展览的时间。观众都很好奇，想知道在一个把观察或倾听青草生长作为唯一消遣的地方，生活将会是什么样。

遗憾的是，汉斯·哈克对于巴列卡斯恩桑切街区的考察只局限在以艺术流派冠名的街道上。实际上,在不远的地方还有一条叫"低语之丘"的街道。观看青草在这个山丘上生长对我来说可能是一件幸福的事。我会平静地观赏这一切。恩桑切的设计者们也会爬上来。我们将会彼此交谈。他们会重新考虑当地的建筑规划,我则会思考文学和建筑间的联系。我们将一起倾听山丘的低语之声。唉,愚钝的现实会搅乱这个迷人的计划。和许多承诺一样,这条街的名字是个谎言。低语之丘街地势平缓。这里不见任何山丘的痕迹,更无草地,只剩下来自别处的低语和一个故事的草稿。

附 注

本书收录的大部分文章出自作者于2013年至2018年期间发表的学术报告。我们对文章进行了大刀阔斧的调整，来保证全书的连贯性。

《城市之线，生命之线》（卢森堡大学，2014年7月）的精简版已经发表于《阅读·写作·实践城市》，娜塔丽·罗伦斯、托马·维尔克鲁伊斯主编，巴黎，基美出版社，2015年，第233—240页［原文信息如下：*Lire, écrire, pratiquer la ville*, Nathalie Roelens, Thomas Vercruysse (éd.), Paris, Kimé, 2015, pp. 233–240］。

《绛红色的地图》原题为《迷失方向的东方的制图术》（克莱蒙奥弗涅大学，2016年11月），初稿收录于《迷失方向的东方：全球化时代东西方关系再思考》，让·皮埃尔·杜博斯特、阿克塞尔·加斯盖主编［原文信息如下：*Les Orients désorientés. Repenser la relation Orient / Occident dans un monde global*, Jean-Pierre Dubost, Axel Gasquet (éd.)］。

《南上北下的地图》（瑟里西拉萨勒国际文化中心，2017年6月）初稿发表于《美洲空间与文学：变化、互补与共享》，基拉·博恩德、帕特里克·安倍尔、丽塔·奥利维耶利·戈待主编，魁北克，拉瓦尔大学出版社，2018年，第31—45页［原文信息如下：*Espaces et littérature des Amériques: mutation, complémen-*

tarité, partage, Zilá Bernd, Patrick Imbert et Rita Olivieri – Godet (éd.), Québec, Presses de l'Université Laval, 2018, pp. 31–45]。

《漫步低语之丘》(博洛尼亚大学，2017年5月)，意大利语，发表于《建筑学：建筑与文学的形式与叙事》，安德烈·博萨里、玛特奥·卡萨尼·西蒙奈提、基里奥·伊阿科利主编，米兰，米梅希斯出版社，2019年[原文信息如下：*Archiletture. Forma e narrazine tra architettura e letteratura*, Andrea Borsari, Matteo Cassani Simonetti, Giulio Iacoli (éd.), Milan, Mimesis, 2019]。

下列文章是尚未出版成书的演讲稿：

《时间的大陆》(英语，基尔福特学院，格林斯伯勒，北卡罗来纳州，2013年10月)；《流动的制图学》，讲座原题为《不确定的制图学》(*Cartographies indécises*)(圣·路易大学，布鲁塞尔，2016年)；《走出子午线的牢笼，或者被解放的列支敦士登》(英语，雪城大学，纽约，2017)；《大陆的漂移》(波尔多蒙田大学，2018年5月)；《巴西空间视阈下的地理批评》(法语，索邦大学，2018年3月；西班牙语，布宜诺斯艾利斯天主教大学，2018年6月)。

《消失的身体》和《津邦贝尔—伊洪伽》两篇文章没有以任何形式发表过。除标注外，本书的外文引用均由作者本人翻译。

译后记

《迷失地图集：地理批评研究》(*Atlas des égarements. Études géocritiques*)（下文简称《迷失地图集》）于2019年在法国子夜出版社（Éditions de Minuit）出版，是法国比较文学专家贝尔唐·韦斯特法尔（Bertrand Westphal）继《地理批评：真实、虚构、空间》(*La Géocritique: Réel, fiction, espace*，2007)、《可能性的世界：空间、地方与地图》(*Le Monde plausible. Espace, lieu, carte*，2011)、《子午线的牢笼——全球化时代的文学与当代艺术》(*La Cage des méridiens. La littérature et l'art contemporain face à la globalisation*，2016) 之后的又一"地理批评"（géocritique）力作，该书既是对已有理论成果的一次总结，又是对其应用范围的一次拓展，标志着法国地理批评学派"地图转向"（tournant cartographique）的开启。

地理批评由韦斯特法尔本人于1999年提出，至今已经走过了20多年的发展历程。特别是经由美国空间批评领军人物、得克萨斯州立大学教授罗伯特·塔利（Robert T. Tally Jr）引介后，这一理论在西方文学批评界引起巨大反响，并引发中国国内学者的关注[①]，成为又一假道美国而在世界范围内获得成功的法国理论。在《西方文论关键词：地理批评》[②]一文中，笔者指出，作为方兴未艾的空间转向浪潮中的一个重要批评分支，地理批评旨在探讨真实空间与虚构空间的双向互动关系。换言之，地理批评不仅考察文本中塑造的地方，也考察文本对于真实地方的建构和重构，从而使读者走出僵化的、单一的、种族中心主义的空间认识，走向审视真实空间的多重视角。从某种意义上讲，地理批评既是对法国比较文学形象学研究的继承和发展，也是对后者的反拨和超越。这一理论打破了比较文学形象学研究中的"自我中心主义"（égocentrisme）范式，不再关注单一作家表征空间，特别是异域空间的方式，而是采取"地理中心主义"（géocentrisme），即将研究的重点转向具有独特文化记忆的空间或者空间概念，比如巴黎、伊斯坦布尔、地平线、世界中心等，通过分析不同模态、不同语言、不同历史时期的文本对空间的表征，构建空间研究的复数视阈，以此来挖掘空间的潜在性（virtualité），为真实空间注入新的意义，从而丰富对它的

---

① 近年来，中国学者已经发表了多篇关于法国地理批评学派的论文，从理论缘起、研究重点和专著评介等不同视角对这一理论进行了述评，例如：陆扬：《空间批评的谱系》，《文艺争鸣》，2016年第5期，第80—86页；齐艳：《波特兰·韦斯特法尔地理批评的四个重要转向》，《南京社会科学》，2019年第8期，第126—130页；高方、路斯琪：《从文本到世界：一种方法论的探索——贝尔唐·韦斯特法尔〈地理批评：真实、虚构、空间〉评介》，《文艺理论研究》，2020年第4期，第21—28页；张蔷：《论韦斯特法尔的空间隐喻与世界文学观——从〈子午线的牢笼〉谈起》，《外国文学研究》，2020年第2期，第60—70页。
② 关于地理批评，参见张蔷《西方文论关键词：地理批评》，《外国文学》，2023年第2期，第108—117页。

认知。

　　《迷失地图集》的书名为我们点明了该书的两个关键词："迷失"（égarement）与"地图集"（atlas）。首先来看第一个关键词"迷失"，它指向的是一种对现实空间的认识。法语中有一个有趣的巧合："迷失"的动词égarer与"停车"的动词garer只有一个字母之差，但是意义却截然相反。这两个在词源上没有任何关系的词之间产生了一个奇妙的化学反应："迷失"站在了"停泊"的对立面。"迷失"意味着离开封闭的空间，摆脱固定的锚点，告别客观真理。全球化时代世界空间格局的骤变、人口与物资的加速流动、被信息通信技术消解的物理距离，重新定义了人与空间之间的关系，同时也改变了人对现实空间的感知。这一切正如马克思、恩格斯早已预见到的，"一切固定的古老关系以及与之相适应的、素被尊崇的观念和见解都被消解了，一切新形式的关系等不到固定下来就陈旧了，一切固定的东西都烟消云散了"[1]。地理批评学派反对的正是一种僵化的空间表征方式和空间认识论，认为空间在本质上是流动的，是变动不居的。借用德勒兹（Gilles Deleuze）和加塔利（Félix Guattari）的话，空间永远处于"解辖域化"（déterritorialisation）和"再辖域化"（reterritorialisation）之中，整个过程缓慢且不易觉察，就

---

[1] 马克思、恩格斯：《马克思恩格斯选集》（第一卷），北京：人民出版社，1972年，第254页。

好像"龙虾在水底列队行走，朝圣者或骑士沿着天际线前进"[①]一般。正因如此，任何为空间赋予固定表征形式的尝试都是徒劳无益的。而迷失的目的正是告别僵化的精神景观，走向未知，走向多重可能性。

第二个关键词是"地图集"，指向的是本书的研究对象。据学者考据，Atlas原指古希腊传说举着擎天柱的巨人，1595年墨卡托将其置于地图册的封面，以此象征地图在世界建构中不可忽略的栋梁作用，atlas因而被赋予了装订成册的地图集的含义[②]。"地图"在文学研究和比较文学研究中并不是一个新鲜的话题，莫莱蒂（Franco Moretti）的《欧洲小说地图集：1800—1900》（*Atlas of European Novels: 1800-1900*，1999）、埃里克·布尔森（Eric Bulson）的《小说·地图·现代性：空间的想象1850—2000》（*Novels, Maps, Modernity. The Spatial Imagination 1850-2000*，2007）、塔利的《文学制图：空间性、表征和叙事》（*Literary Cartographies. Spatiality, Representation, and Narrative*，2016）以及中国学者郭方云的《文学地图学》（2020）都从不同视角探讨了文学与地图之间的关系。只不过，在上述学者那里，"地图"更多的是作为隐喻出现，是作家在建构叙事的过程中对真实或者虚构空间的想象、规划和描述。而韦斯特法尔关注的则是文学文本之外的真实"地图"。这里的"地图"应该从更广

[①] Gilles Deleuze, Félix Guattari, *Qu'est-ce que la philosophie*, Paris：Les Éditions de Minuit, p.82.
[②] 郭方云：《文学地图学》，北京：商务印书馆，2020年，第13页。

义的角度去理解，不仅仅是印刻在纸张上的传统地图，还有绘画、拼贴画、微缩景观、行为艺术、摄影艺术、展览装置、建筑中的艺术地图。正如笔者在《地理批评》一文中所言，韦氏在选择研究对象时始终秉持着他所倡导的"越界性"（transgressivité），将研究的触角伸向人文社科的各个领域，"地理批评可以被视作一个向模仿艺术的各个领域无限敞开、不断增生并消解了学科边界的'超学科'理论场域"[①]。

《迷失地图集》由一篇题为《地图与疆域》的长篇序言和11篇文章组成，这11篇文章是2013年至2018年间作者在世界各地所作的学术报告的底稿，经修订后集结成册。每一篇散文均围绕一个主题或者一位艺术家展开。正如韦斯特法尔在前言中所言，《迷失地图集》实际上是一部"反地图集"（contre-Atlas），他反对的是自诩精准、客观的科学地图。我们日常所见的地图，无论是纸质地图还是虚拟的导航工具，都以其科学的算法和精确的比例尺确立了自己的科学属性。然而，韦斯特法尔认为，地图虽然指涉真实空间，但地图并非现实空间的副本，也不是真实空间的忠实写照，地图往往具备欺骗性。

一方面，因为地图具有瞬时性和孔隙性，因此只能片面地反映某一时刻的世界景观。在《流动的制图学》一章中，他援引中国艺术家艾未未拍摄的短片《北京2003》为例，指出地图

[①] 张蕾：《西方文论关键词：地理批评》，《外国文学》，2023年第2期，第114页。

无法复原一个真实的空间。当艾未未试图穷尽式地呈现长安街的景象时，他发现在拍摄的过程中，街景本身就已经发生了变化。正如韦斯特法尔在本书中所言，当我们表征空间时，我们已经落后于想要表征的空间的现状，"与其说表征的是现时，不如说是一种过去的在场（présence du passé），或者说是一种过渡（passage）"。韦斯特法尔随后又补充道："制图学抓取的信息本身就是不牢靠的。它是瞬间的，就像任何一个记录一样，比如照片拍摄的画面，代表的都是一个转瞬即逝的形象。"（《大陆的漂移》）与此同时，制图家在绘制地图的过程中总是有所取舍，对复杂的现实世界进行简化处理，主观或者无意地忽略某些元素，造成了地图上的空白。在《流动的制图学》一章中，作者还以法国作家菲利普·瓦塞（Philippe Vasset）为例，后者去探访了一些未出现在地图上空白区域，那些被人忽视的"缝隙"，并最终写成了一本独特的小说《白皮书：与地图有关的故事》（*Un livre blanc: récit avec cartes*，2007）。因此，地图呈现的至多是在一个特定历史时期空间的一个面向，一种可能性。

另一方面，地图是政治和权利的表达形式。韦斯特法尔指出，"地图总是人类中心主义的，所以地图呈现的是一种地缘政治的解读，它充其量只不过是一个进行武断筛选的人工制品"（《大陆的漂移》）。世界中心的选择、方向的确定、比例尺的厘定、疆域的分割、呈现的元素都体现着地图绘制者的主观意志，讲述着它所处时代对世界的认知和想象，反映着某种文化倾向和政治意图。以确立方向为例。确立方向是绘制地图的一个重要环节，通常所见的世界地图和地球仪都将北方置于上方，南半球置于下方。而韦斯特法尔在《迷失地图集》中则论证了这一表征形式的任意性和霸权主义特征，并梳理了不同时期颠倒方向的地图（《南上北下的地图》《绛红色的地图》）。比如中世纪盛行的T—O地图，这种地图外圈被象征海洋的O形环绕，中间的土地被T形水域隔开，代表东方的亚洲在T的横杠的上方，横杠下面左右两边分别是欧洲和非洲。T—O地图之所以把东方置于顶端，或许是因为中世纪是一个被基督教话语统治的时代，而东方正是基督教的起源。除此之外，早期阿拉伯地图，比如伊德里西地图将南方放在地图的顶部，之所以出现这种结果，是因为"中世纪早期大多数穆斯林居住在麦加北边，所以当他们向麦加祈祷时，他们要转向南方"[①]。论及颠倒方向的地图，不得不提的还有乌拉圭画家托雷斯·加西亚（Torres García）的那幅著名的《南上北下的地图》（*El mapa invertido*，1943）。他用钢笔绘制了一幅南北颠倒的美洲地图，拉丁美洲在上，更接近太阳，而北美洲在下，他用这张地图控诉北美向南美施加的文化和政治霸权。诸如此类的艺术构想还有很多，比如危地马拉歌手里卡多·阿尔侯纳（Ricardo Arjona）发表的专辑《如果北方是南方》（*Si el norte fuera el sur*）、阿根廷画家豪尔

---

① 马里奥·T.努尔米宁、尤哈·努尔米宁主编：《欧洲地图里的世界文明史》，尹楠译，北京：东方出版社，2019年，第45页。

赫·马基（Jorge Macchi）绘制的《蓝色星球》（*Blue Planet*，2002）和《海景画》（*Seascape*，2006）。

在这本书中，我们还会遇到各式各样背离传统的地图。有的地图从二维转向三维，立体地呈现真实空间。比如在《流动的制图学》一章中，我们看到艾未未用古代建筑上取下来的铁力木制作了厚度达0.51米的作品《中国地图》，为平面的地图叙事赋予了历史的厚重，使瞬间（instant）与绵延（durée）同时在场。在《津邦贝尔—伊洪伽》一章中，作者为我们展现了刚果艺术家波蒂斯·伊塞克·金杰雷斯（Bodys Isek Kingelez）用模型夸张地再现的自己的家乡、一个已经在地图上消失的村庄津邦贝尔—伊洪伽。而在《时间的大陆》一章中，意大利艺术家米开朗基罗·皮斯特莱托（Michelangelo Pistoletto）在系列作品《热爱差异》（*Love Difference*）中，巧妙地用桌椅摆出了地中海的造型，以此表达对地中海地区政治危机的忧思。有的地图则已经不具备地图的物质形态，而是一种通过行为和动作表达的对空间的思考。比如在《走出子午线的牢笼，或者被解放的列支敦士登》一章中，韦斯特法尔细致地分析了法国诗人贝尔纳·海德西克（Bernard Heidsieck）的动作诗《被解放的列支敦士登》（*Le Liechtenstein déchaîné*）。海德西克将世界地图转化成了文本，并把世界的中心定在了列支敦士登的首都瓦杜兹，他以瓦杜兹为中心在世界地图上画下了多个同心圆，由内向外依

迷失地图集：地理批评研究
Atlas des égarements. Études géocritiques

次念诵落在每一个圆圈上的种族的名字。同样以行动对抗西方中心论和英美文化霸权的还有佩德罗·拉施（Pedro Lasch）和弗朗西斯·阿里斯（Francis Alÿs）。他们都通过自己的行为艺术批判了人为划定的政治边界和文化间隔（《南上北下的地图》《城市之线，生命之线》）。

在韦斯特法尔看来，地图的功能除了提供地理信息，还肩负着一项重要的任务：引导观者认识世界，并重构世界。如他所言，"制图师创作的作品永远是可能性世界的大门，或者更确切地说，是解读众多'可能性的世界'的一种方式"（《城市之线，生命之线》）。正是在这个意义上，地图与虚构作品之间的分界线消失了。正像地理批评所一直倡导的那样，文本不仅仅被动地反映真实空间，也参与真实空间的建构，事实上地图也应该参与到这个相互作用、互为指涉的互文链条中。韦斯特法尔预见到，地图这一表征方式本身的特点决定了它"最终会成为众多虚构故事中的一种，就像绘画、诗歌和小说一样"（《走出子午线的牢笼，或者被解放的列支敦士登》），地图和所有虚构艺术一道，应当引领观众（读者）走出僵化的精神图景，在规范化的、模式化的视角之外寻找新的可能性。

《迷失地图集》与其说是一部严谨的学术著作，不如说是一部散文集。韦斯特法尔旁征博引、娓娓道来，抽丝剥茧地在不同形式的地图中挖掘共通性和文化涵义，展现了一位比较文学学者扎实的专业素养和渊博的百科知识。因为这本书本身是一

译后记

部演讲稿的合集，所以整体文风简单朴实，风趣幽默，贴近口语，阅读起来丝毫没有学术著作冗赘、佶屈聱牙之感。但是翻译这样的著作并非易事，书中出现了大量的人名、地名、作品名，以及作者擅长使用的文字游戏，这对译者的理解与表达构成了重重考验。为了尽量不破坏原作的风格和流畅性，我尽量使用脚注的方法对可能令中国读者感到陌生的背景知识予以解释。

在本书翻译工作即将结束之际，要感谢一直以来给予我帮助的前辈和同仁。感谢复旦大学中文系的陆扬教授，感谢他带我走上了地理批评的翻译与研究之路，并在这一路上发现了无数美好的风景，收获良多。感谢我的学生杨晓玮为我通读并校对了译稿。最后，感谢福建教育出版社，感谢"西方思想文化译丛"对本书的关注与支持。尽管我在翻译本书时倾注了大量心血，但是由于能力所限，译文难免有疏漏之处，还望学界同仁批评指正，不吝赐教！

张蔷

2023年7月于山东大学